처음처럼

처음으로 하늘에 안기는 새처럼 처음으로 땅을 밟고 일어서는 어린 싹처럼

교육문예창작회 창립
30주년을 축하하며
2019년 새내기 이미지 붓

교 육 과 문 예 _ 3 호 _ 교 문 창 3 0 년 을 쓰 다

아직 저 꽃들의 이름을 다 부르지 못했네

2019년 11월 30일 제1판 제1쇄 발행

발행인   교육문예창작회(회장 조향미)
편집위원   박일환(편집장), 권순긍, 윤지형, 조향미, 김태철, 이정은
표지화   조영옥

펴낸이   강봉구
펴낸곳   작은숲출판사
등록번호   제406-2013-000081호
주소   413-120 경기도 파주시 신촌로 21-30(신촌동)
전화   070-4067-8560
팩스   0505-499-8560

홈페이지   http://cafe.daum.net/littlef2010
이메일   littlef2010@daum.net

©교육문예창작회

ISBN 979-11-6035-076-0   03810

값은 뒤표지에 있습니다.

아직 저 꽃들의 이름을 다 부르지 못했네

발간사

교문창 30년, 따뜻한 안부

조향미 | 교육문예창작회 회장

　일요일인 오늘도 교문창 단톡방은 왁자합니다. 휴일엔 휴식을 방해하지 않기 위해 업무 연락은 물론 친목 모임도 가급적 단톡방 연락을 않는 것을 예의로 아는데, 교문창 방은 휴일도 한밤도 예외가 없습니다. 회원들이 예의가 없는 걸까요? 그럴 리가. 예의를 차리지 않아도 되는 벗들인 까닭입니다. 일년 삼백육십오 일 내내 이야기가 끊이지 않는 공간으론 교문창 방이 최강입니다. 누군가의 이야기에 호응을 잘해주는 곳도 교문창 방만 한 데가 없습니다. 교육 문제는 물론 시국 현안에 대해 열렬하게 공유하고 공감하며 격렬한 토론이 벌어지기도 하고, 소소한 일상의 이야기들이 그치지 않는 곳. 아름다운 꽃들과 뜨거운 집회 현장의 사진들이 쉼 없이 올라오는 곳도 교문창 방입니다. 저 또한 수다에 한몫 빠지지 않지만, 참새 방앗간처럼 왁자지껄한 벗들의 모임방이 있어, 기분 꿀꿀한 날에도 그 방에서 터지는 웃음소리에 덩달아 미소짓게 됩니다.

교육문예창작회라는 고풍스런 이름의 단체가 생겨난 지도 올해 30년째입니다. "1989년 12월 16일 동국대 강당에서 '교육문예창작회'(이하 교문창) 창립대회를 열고 공식적인 교육문예운동 조직으로 정식 출범하였다. 당시 교문창 회원은 100명을 넘어 많을 때는 150명 정도가 되었다." 권순긍 선생의 30년사 기록입니다. 교문창이 어떻게 출범하여 어떤 활동들을 해왔는가는 이어지는 교문창 30년사에 소상히 나와 있습니다.

교육과 문예를 아우른 명칭에서도 알 수 있듯이 우리 회원들은 모두 교사입니다. (이제 '-였습니다'라고 써야 할 만큼 퇴직 선배들이 많아졌습니다.) 그래서 작가회의나 소설가협회 시인협회 등등의 문인단체보다 교문창은 공유하는 것이 하나 더 있습니다. 전교조, 국어교사모임, 실천교사모임 등등의 각종 교사단체보다 공유하는 것이 역시 하나 더 있습니다. 교육과 문학을 함께 하는 벗들이란 참 대단한 인연입니다. 삶에서 가장 소중한 두 가지를 함께 나누는 사람들이니 남다른 친밀감이 있을 수밖에 없지요.

모르긴 하나, 제가 그러했으므로 짐작해 봅니다. 우리 회원들은 먼저 문학도였을 겁니다. 문학에 한 생을 걸어보고 싶은 청(소)년 시절을 거쳤으리라 생각합니다. 글을 쓰는 것으로 자신의 생을 확인하고, 문학을 통해 삶의 근원을 궁구하는 인생을 꿈꿨습니다. 그리고 어쩌면 생활의 방편으로 교직을 선택했는지 모릅니다. 문학 하기 제일 좋은 직업이 교사—그것도 문학을 가르치는 국어교사. 교문창 회원들 절대 다수는 국어교사입니다.—라고 생각하여 사범대나 교직을 선택했을 것입니다. 그리고 아마도 대학 다닐 때까지만 해도 교육에 대해서는 크게 생각하지 않았을 것입니다. 시든 소설이든 문학에 더 청춘의 열정을 바쳤겠지요. 혹은 세상의 변혁운동에 열정적인 벗들도 있었습니다.

  그런데 막상 교사가 되고 보니, 어떤 직업이 그렇지 않으랴마는, 새싹 같은 인간의 성장을 돕는 일만큼 엄중한 소임이 없다는 것을 발견하게 됩니다. 부모 다음으로 책임이 막중한 사람이 교사들 아니겠습니까. 소위 글을 쓴다는 사람이 자신의 현장인 학교를, 교실을, 아이들을 염두에 두지 않고 글을 쓰는 것은 말도 되지 않는다는 것을 절감합니다. 교육이란 단순히 상품을 쌓거나 돈 계산하는 일과는 다릅니다. 거기 갈망하는 순수한 영혼들이 있고, 선생이란 자의 온 마음을 다 바치지 않고는 그 영혼들 속으로 들어갈 수 없다는 것을 깨닫습니다. 이런! 글만 쓸 수가 없구나. 아니, 이 생생한 현장을 글로 쓰지 않을 수 없구나! 막연한 시인 작가였던 우리들은 교육 현실에 온몸으로 다가설 수밖에 없게 되었습니다. 당연하겠지만, 우리 회원 모두는 전교조 조합원이기도 합니다. 미우나 고우나, 옳으나 그르나 교육 분야에서 전교조만큼 온몸을 던져 올바른 교육을 실현하려 애쓴 단체도 없으니까요. 그냥 조합원 정도가 아니라 대표적인 활동가들도 많았습니다. 김진경, 도종환, 안도현 등 지금은 좀 멀리 있는 듯한 그 이름들도 해직교사였고 교문창 멤버이기도 했습니다. 교문창은 전교조 해직교사-작가들이 주축이 되어 만들어진 단체라고 하는 것이 더 맞겠습니다. 영육을 바친 전교조 투쟁으로 유명을 달리한 조합원, 교문창 회원들도 한둘이 아닙니다. 유달리 예민한 영혼을 가진 이들이라 그럴까요. 타락한 시대에 맞서 싸우다가 산화한 이름들은 모두 시인이었군요. 이광웅, 신용길, 정영상, 정세기, 김시천.

어두운 시절을 만나 벗들과 술잔을 기울이는 것으로 한세월을 보낸 적도 있었습니다. 그 시절 우리 교문창의 이름을 자타가 술문창으로 부르기도 했었지요. 물론 그 시절에도 회원 각자들은 왕성한 활동을 해 왔습니다. 시인, 소설가, 동화작가, 평론가, 학자들은 모두 제가 발 디딘 곳에서 열정적인 교사였고, 지역과 조직의 활동가였으며, 마음 깊이 작가였습니다.

그러다 최근 몇 년 교문창은 부흥기라 해도 될 만큼 맹렬한 활동을 했습니다. 어쩌면 외면할 수 없는 슬픔과 분노가 우리를 술잔 들고 한탄이나 하다가 헤어지게 할 수는 없었던 것이겠지요. 2016년부터 2017년까지 진행된 세월호 기억시 창작-낭송회-전시회는 밖에서는 물론 우리 스스로도 감탄할 만한 작업이었습니다. 단원고 희생자들 모두의 삶을 시로 그려내고 한 주도 빠짐없이 안산에서 낭송회를 갖고 각 지역 교육청에서 육필시 전시회를 했습니다. 전국 각지에 사는 우리 회원들이 매주 시 낭송을 하러 올라오고 유가족과 초대 손님들을 모셔 말씀을 듣는 참 소중하고 뜻깊은 행사였습니다. 이 일에는 김태철 선생을 비롯한 안산 지역 회원들의 열정과 노고가 든든한 바탕이 되었습니다. 시집 기획과 편집까지 모두 마친 상태에서 외부적인 요인으로 시집을 묶어내지 못한 것은, 유가족들뿐 아니라 우리 회원들에게도 무척 아쉬운 일입니다.

또 하나의 역작은 평화시 전시회와 시집 발간입니다. 판문점에서 남과 북의 정상이 손을 맞잡은 감동적인 장면을 보고, 우리 교육 문예의 전선에 서 있는 동지들은 그냥 넘어갈 수 없었습니다. 하여 두어 달 만에 시 두 편씩을 내어 시집을 만들고, 김성장 시인의 서예사단과 함께 액자를 만들어 전시를 했었지요. 누군가 말만 내면 요술방망이처럼 뚝

딱뚝딱 일을 치러내는 것은 앞서서 헌신하는 운영진들과 함께 전체 회원들의 열정이 하나였기 때문에 가능한 것이었습니다.

올해 2019년. 1899년 출범한 교문창이 서른 번째 생일 맞은 건데, 그냥 넘어갈 수는 없다고 모두의 마음이 합쳐졌습니다. 처음엔 작고한 회원들의 추모행사를 할까 하다가 지금 우리들의 이야기도 소중하다 하여, 다양한 장르의 글을 모으는 무크지로 형식을 정했습니다. 그동안 두 권을 내고 중단했던 〈교육과 문예〉 3호의 형식을 잇기로 했습니다. 하여 회원 각자의 작품들과 먼저 떠난 회원들에 대한 추모 글이 합쳐졌습니다.

교문창의 역사를 정리한 권순긍, 박일환, 유영진 선생님의 글을 통해 잊고 있었던, 혹은 알지 못했던 역사와 사람들에 대해 새로이 알게 됩니다. 박두규, 배창환 등 32명 시인들의 시편들에는 각자가 궁구하고 있는 삶의 진실과 역사의 현장이 아름답고 치열하게 담겨 있으며, 이시백, 한상준 작가의 짧은 소설에는 시대현실을 읽는 날카로운 시선이 돋보입니다. 윤지형 선생의 구도자적인 희곡과, 송언, 임정아 선생의 일상과 역사를 아우른 산문도 좋습니다. 글쓰기교육 현장과 베트남의 한국어 교육, 세월호 교과서 발간 경과를 집필한 김수연, 김진호, 민태홍의 글들도 소중한 활동이며 기록입니다. 신입회원 이미지의 멋진 글씨도 함께 선보입니다.

문예지는 가독성이 없는 책이라고 처음엔 반대도 있었지만, 한 권의 책으로 묶고 보니 참으로 훈훈하고 다정하고 아름다운 교문창의 과거와 현재와 미래가 담겨 있음을 알게 됩니다. 이 책은 우리 회원끼리는 물론, 바깥의 친구들에게 전하는 30년의 따뜻한 안부이기도 합니다.

　교육문예창작회의 문은 누구에게나 열려 있습니다. 교육과 문학을 애틋한 사랑으로 마음에 품고 싶은 후배들이 동참해 주기를, 그리하여 더욱 아름답고 활기찬 30년을 이어가기를 소망합니다.

차례

특집 2 작고 회원 조명

미니 픽션

희곡

산문

교육 실천 사례

교문창 30년, 교육문예 운동을 통한 참다운 민족 문학 건설

권순긍

1. 지배계급의 창고에 유폐된 문예를 대중에게 해방의 무기로!
─교문창 창립

 1989년 5월 전국교직원노동조합(이하 '전교조'로 약칭) 결성과 함께 여기에 가담했다는 이유로 1500명의 교사를 대량 해직시키는 사태가 벌어지자 당시 전국의 민족, 민주화운동 세력은 전교조를 구심점으로 교육의 민주화 더 나아가 이 사회의 민주화를 요구하기에 이르렀다. 당시 전교조에 가담했던 교사들 중에는 시인, 작가들이 적잖았고, 특히 지역에서 중심적으로 활동하는 문인들 중에는 교사들이 많은 부분을 차지하고 있었다. 이런 점에 착안하여 문예운동과 교육운동을 결합시키고자 하는 움직임이 있었으며, 그 중심에 김진경(이하 서술의 편의와 객관성 담보를 위해 경칭은 생략한다)이 있었다. 김진경은 이미 '5월시' 동인으로 활동해오던 터였고, 1985년 『민중교육』지 사건으로 해직된 후 전교조 정책실장을 맡아 전교조 결성에 지대한 역할을 했던 활동가이기에 문학과 교육 부문에서 많은 인적 연결고리를 만들기가 비교적 수월한 장점이 있었다.

김진경을 중심으로 우선 민족문학 진영의 교사 출신 작가들이 대거 합류하였다. 전북의 이광웅·안도현·김영춘, 전남의 김경윤·한상준·이봉환·나종입, 충북의 도종환·김시천·정영상, 충남의 조재도·신현수, 대구의 배창환, 경북의 김종인·조영옥, 경남의 김춘복·이응인, 부산의 이상석·신용길 등과 서울·경기 지역의 조성순·임정아·이원구·이중현 등이 연결되었다. 이들 작가들은 이미 지역을 연고로 한, '전남교사문학회, 『삶의 문학』(충남), 『분단시대』(대구/충북) 등의 동인으로 활동해오던 터였다. 여기에 1987년 『삶을 위한 문학교육』을 통해 교과서를 비판하고 문학교육의 대안을 제시했던 '문학교육연구회'의 권순긍·김진호·최성수 등이 서울 지역에서 합류하였다. 이들은 우선 서울 지역을 중심으로 해서 6차례에 걸친 준비모임을 갖고 1989년 12월 16일 조성순의 주선으로 동국대 강당에서 '교육문예창작회'(이하 교문창) 창립대회를 열고 공식적인 교육문예운동 조직으로 정식 출범하였다. 당시 교문창 회원은 100명을 넘어 많을 때는 150명 정도가 되었다.

"지배계급의 창고에 유폐된 문예를 대중에게 해방의 무기로 되돌려주자"는 슬로건을 내세우고 창립된 교문창의 목적은 〈창립선언문〉에도 적시된 바처럼 "이 땅의 진정한 민주화와 민족해방 그리고 민족통일에 이바지할 수 있는 민족문학의 건설"에 있다. 이를 실현하기 위하여 이미 '오송회(五松會)' 사건으로 옥고를 치른 바 있는 이광웅을 초대 회장으로, 조성순을 초대 사무국장으로 조직을 갖추어 산하에 교육·연구분과, 출판·홍보분과, 교과·학생문예분과, 총무·재정분과를 두었다. 이들 분과는 각기 교육문예 활동을 조직하고, 교육운동과 관련된 창작, 연구 및 출판 활동을 하며, 학생문예 활동의 지원과 대중적 문학교육 활동을 하는 임무를 지니고 있었다. 사무실은 우선 전교조 본부가 있었던 당산동 사무실 303호에 둥지를 틀었다. 그 뒤에는 충무로에 있던 '개마고원' 출판사에 곁들여 살다가 참교육실천위원회(이하 '참실'로 약칭)의 산하조직으로 들어가면서 낙성대로 옮겨 교과교육 모임과 사무실을 공동으로 쓰게 되었다.

교문창의 조직은 이광웅 초대 회장이 지병으로 입원하면서(결국 이광웅은 위암을 이기지 못하고 1992년 12월 22일 타계했다.) 1992년 후반기부터 수석부회장을 맡았던 김진경이 회장을 이었고, 1990년대 중반 이후에는 수도권과 지방을 오가며 권순긍이 회장을 맡다가 한상준이 이어받았으며, 그 뒤 수도권의 이중현이 맡았고 지방의 조영옥으로 이어졌다. 초기 활동은 서울에서 김진경과 사무국장 조성순이 부산은 신용길, 대구와 경북은 배창환과 김종인, 충북은 도종환, 충남은 조재도, 전북은 김영춘, 전남은 이봉환과 한상준, 경기는 이중현 등이 주로 대전에서 만나 현안에 대한 여러 의견을 나누어 방향을 결정했다. 대전에서 모임을 갖다 보니 〈삶의 문학〉 동인들인 강병철, 이강산, 최교진 등이 합류해서 어울리기도 했다.

교문창의 창립과 더불어 가장 먼저 한 사업은 조직을 다지고 교육운동의 정당성을 알리기 위해 교문창의 이름으로 교육시집을 내는 일이었다. 그래서 신용길의 시 제목을 그대로 표제로 삼은 교문창의 첫 번째 교육시집 『교사는 노동자다』(푸른나무, 1989.12)가 창립에 맞추어 나오게 되었다. 교문창 결성 이전부터 준비하다가 결성에 맞춰 펴낸 것이다. 이 시집은 "현재의 우리 교육시가 보여줄 수 있는 최대치를 집약했다는 점과 다양한 가능성을 함축하고 있다는 점"(〈서문〉)에 의

미를 두었다. 시집은 '교사는 노동자다', '가는 길', '굳센 투쟁의 맹세', '학교의 부활' 등 모두 4부로 구성되어 당시 교육시의 다양한 스펙트럼을 보여주고 있지만 실상 대부분의 지향은 전교조로 대표되는 교육운동에 대한 정당성 내지는 필연적 요구를 담아내고 있다. 신용길의 표제시 「교사는 노동자다」를 보자.

> 그러나 교사들이여, 대한민국 교사들이여
> 아침 자율학습 보충수업 주당 24시간 수업
> 오후 보충수업 심야 자율학습까지
> 하루 12시간 근무를
> 당신들은 힘들다 고되다 말하지 않는가
> 성직이다 전문직이다
> 배부른 자의 궤변에 속아
> 선생 좋다는 방학도 반납하고
> 일직 숙직을 하며 채점을 하는
> 우리는 과연 누구인가
> 수업시간마다 감시를 받고
> 쉬는 시간도 눈치를 살펴야 하는
> 우리는 과연 누구인가. (부분)

전교조 결성과 더불어 기만의 세월을 벗어나 이제 비로소 노동의 주체로 일어서는 교사상을 제시하고 있다. 바로 이런 선언적인 시의 창작과 선전·선동이 교육운동과 연결된 당시 교육문예 운동의 방향이었던 것이다.

이를 위해 당면한 사업의 하나로, 우선 적극적으로 교문창을 홍보하고 교육문예 운동의 바람을 일으키고자 지역을 돌며 시낭송회를 개최하기도 했다. 다섯 번에 걸쳐 시낭송회를 개최했는데, 1회는 1990년 1월 12일 부산에서 신용길이 주도하여 〈교육시 낭송의 밤〉을, 2회는 2월 17일 청주에서 도종환, 김시천 등이 주도하여 〈참교육을 위한 시와 노래의 밤〉을 각각 가졌다. 이 외에도 전주에서는 안도현과 김영춘, 천안에서는 조재도와 신현수, 대구에서는 배창환 등이 주도하여 〈참교육 실현을 위한 시와 노래의 밤〉을 1990년 전반기에 개최하였다. 참교육을 위한 시낭송회는 지역의 많은 교사들과 문인들이 참여하여 성황을 이루었으며 이를 통해 교육운동의 정당성과 나아갈 지향을 알렸다. 교문창의 창립과 더불어 비로소 교육운동과 문예운동의 행복한 결합이 이루어지기 시작한 셈이다.

2. 우리는 날마다 이긴다-교문창 연수와 내부 활동

교문창이 조직을 갖춤으로써 외부로는 시낭송회처럼 교육문예 운동과 교문창을 알리는 일에 주력했다면, 내부에서는 자체의 역량을 강화하기 위해 본격적으로 회원들의 연수와 교육을 시행하였다. 이는 교사들이 교육문예 운동의 전사로 나서서 부조리한 교육현실과 싸워 이기기 위해서는 무기가 되는 전문성의 칼날을 벼릴 필요가 있었기 때문이다. 매년 여름과 겨울에 시행됐던 연수는 방학을 이용하여 회원들이 서로 만나 지역의 교육문예 운동을 점검하고 문학과 교육에 대한 이론을 학습하는 계기로 삼았다. '연수'의 시절이 시작된 것이다.

교문창이 결성되고 첫 연수는 다음 해인 1990년 8월, 경남 합천 해인사(海印寺)의 홍제암(弘濟庵)에서 있었으며, 그 뒤 지속적으로 회원들의 결속력을 다지고 전문성을 강화시키기 위해 매년 1월과 8월 중에 방학 기간을 이용해 2박 3일로 진행됐다. 매회 30~40명의 인원이 참여했으며, 초등과 결합한 뒤에는 50~60명의 인원이 참여하기도 했다. 초창기 시행됐던 연수의 시기와 장소를 정리하면 다음과 같다.

① 1990년 8월 여름연수: 해인사 홍제암
② 1991년 1월 겨울연수: 괴산 화양동 계곡
③ 1991년 8월 여름연수: 단양 상선암
④ 1992년 1월 겨울연수: 강진 백련사/ 해남 대흥사 사하촌
⑤ 1992년 8월 여름연수: 속리산(참실대회와 결합)
⑥ 1993년 1월 겨울연수: 서울 불암산장
⑦ 1993년 8월 여름연수: 경주 보문단지(참실대회와 결합)
⑧ 1994년 1월 겨울연수: 대천 청소년 임해수련원
⑨ 1994년 8월 여름연수: 월악산 수안보(참실대회와 결합)
⑩ 1995년 1월 겨울연수: 안동 하회마을(문학답사 동시 진행)

연수는 대부분 당시 전반적인 정세분석이 있었고(대부분 김진경이 담당했다), 여기에 따라 지역과 학교현장에서 교육문예 운동을 어떻게 전개시켜 나갈 것인가의 개별 발제와 토론으로 이어졌다. 1991년 3차 연수부터는 초등과 결합하면서 초등과 중등으로 나누어 연수가 진행되었다. 초기 홍제암과 화양동(華陽洞)에서의 연수는 서로의 친목과 결속을 다지는 연수였기에 마음을 열고 밤새워 술 마시며 문학과 교육에

대한 끝없는 담화가 이어지곤 했다. 얼마나 술을 많이 마셨는지 자타가 인정하듯 '술문창'이라는 불명예로운(?) 별칭을 얻기도 했다. 그만큼 고통스런 시절이었고, 어쩌면 술은 서로의 마음을 열어주고 위로해 주는 촉매제였으리라.

단양 상선암에서 있었던 3차 연수부터 본격적인 연수로서 틀을 갖추기 시작했다. 무엇보다도 당시 '삶의 동화 운동'을 벌였던 초등 교사들의 열의가 연수를 보다 학습적(?)인 분위기로 이끌었다. 이런 계기로 초등분과에서는 '삶의 동화 운동'에 대한 집중적인 점검과 토론이 있었고, 중등분과는 그 해부터 시작한 '청소년 문예교실'에 대한 보고와 점검의 기회를 가졌다.

'삶의 동화 운동'은 이재복, 이중현, 송언 등이 중심이 되어 당시 여러 권의 동화책을 성과로 출간하기도 한 터라 각 지회별 동화작업에 대한 점검이 있었고, 권순긍은 그 이론적 기반으로 식민지 시대 동화 자료를 발굴하여 〈KAPF의 현실주의 동화론〉을 발표하기도 했다.

초등의 활동 못지않게 중등의 '청소년 문예교실'은 그해 전반기 국어교사모임과 공동으로 성균관대학교를 빌려 청소년 문예교실을 개최했고, 그 성과를 보고하고 점검하는 자리를 가졌다. 여기서 이상석, 최성수 등이 문예교실의 경과와 앞으로의 방향에 대한 발표를 맡아 심도있는 논의가 이어졌다.

1992년부터는 모든 교과모임과 통일교육 등의 주제별 교육운동이 결합하는 '참교육실천대회'가 개최되었고, 교문창도 여기에 참여하여 연수를 진행하게 되었다. 첫 번째 대회가 속리산에서 개최되었는데, 전교조 결성과 투쟁과정을 다룬 〈닫힌 교문을 열며〉를 제작한 장산곶매의 대표 강헌이 영화 제작과정과 숨은 이야기를 특강으로 진행했고,

초등은 교과서 동화 분석과 창작 경험을 나누는 시간을 가졌으며, 중등은 조직창작과 지역 교문창의 사례들을 발표하는 시간을 가졌다. 한편 이때부터 교문창이 제작한 벽시(壁詩)들이 대회장을 장식했고, 동극분과의 인형극 공연도 주목을 받았다.

1995년부터는 연수의 새로운 시도로 지역의 문화유산을 돌아보는 '문학기행'을 시행하게 되면서 첫 번째로 안동을 선택하게 되었다. 하회마을을 시작으로 병산서원, 봉정사, 도산서원, 부석사 등을 돌아보는 일정으로 안동, 영주 일대의 유교문화와 불교문화의 유산을 돌아보는 기회를 가졌다. 초등분과에서는 동화운동과 관련해 동화작가 권정생 선생과의 대담을 가졌고, 중등분과에서는 장시기(문학평론가)의 〈상품화 시대의 우리문학〉과 이동백(안동여고 교사)의 이육사에 대한 강연 〈안동의 문학과 그 자취〉를 듣는 자리를 마련했다.

문학기행은 그 뒤 한 차례 더 시행됐는데, 1994년 6월 25~26일에 제천과 영월, 영춘 지역에서 진행되었다. 최성수의 안내와 권순긍의 해설로 제천의 의림지, 박달재 그리고 영월의 장릉, 청령포, 영춘의 온달산성 등을 돌아보며 여기에 얽힌 전설과 역사적 기록, 〈온달전(溫達傳)〉 등의 문학작품을 살펴보았다.

1993년 문민정부의 출범과 함께 전교조 해직교사들에 대한 복직이 본격적으로 논의되었고 드디어 1994년 3월 많은 교사들이 학교로 돌아가게 되었다. 이에 따라 학교 현장 중심의 새로운 틀로 교문창 활동이 전개될 필요성이 제기되었다. 그래서 시작된 것이 '교사를 위한 문예강좌'였는데, 문학반과 영화반으로 나눠 매주 목요일과 화요일에 2시간 정도 14주 수업으로 진행됐다. 문학반은 최성수가 맡아 김진경, 최유찬, 김성수, 임규찬, 손경목, 권순긍, 김형수, 최성수 등을 강사로,

영화반은 조현설이 담당하고 '장산곶매'가 주관하여 강좌를 진행했다.
자세한 내용은 아래와 같다.

[문학]

1. 교육운동 속에서의 문예의 역할

2. 리얼리즘에 대한 전반적 이해

3. 근대 민족문학의 발전과정(1)

4. 근대 민족문학의 발전과정(2)

5. 시 창작과 평가

6. 소설창작(이야기 틀짜기)

7. 작품을 어떻게 평가할 것인가

8. 교육문예에 대한 점검

9. 문예반 운영(1)

10. 문예반 운영(2)

11. 학급에서의 문예활동

12. 지구, 지회에서의 문예활동

13. 문예운동과 문예조직

14. 이제 무엇을 할 것인가(평가, 토론)

[영화]

1. 과학기술과 자본예술로서 영화의 성장

2. shot by shot의 세계

3. 영화의 주요 관심사(폭력)

4. 영화의 주요 관심사(섹스)

5. 영화의 주요 관심사(SF와 공포)

6. 영화의 주요 관심사(가정과 학교)

7. 할리우드가 본 진실의 관점

8. 억압받는 제3세계의 영화선언

9. 시나리오와 내러티브

10. 배우와 연기

11. 테크놀로지

12. 영화 속의 음악

13. 다큐멘터리의 세계

14. VCR와 CAMCODER의 활용법

이 '교사를 위한 문예강좌'는 교육문예 운동을 담당하는 교사들에게는 자신의 전문적 역량을 강화하는 계기가 됐으며 나아가 학교현장에서 문예반이나 영화반 등의 운영을 위한 전문성과 지침을 익히는 계기를 만들기도 했다.

3. 교육운동과 대중문예의 결합—공동시집 출간과 회지『교육문예』발간

1989년 12월 교문창이 창립되고 바로 첫 번째 공동시집『교사는 노동자다』가 출간됐거니와 교문창의 역량을 결집시키고 이를 알리는 지속 가능한 매체가 필요하게 되었다. 이에 따라 1990년 7월 26일 교문창의 첫 번째 회지『우리는 날마다 이긴다』가 출간됐다. 이 회지는 그간 조직화되어 활동을 개시한 교문창의 역량을 보여주는 첫 번째 책자로서 의미를 갖는다. 이광웅 회장은 〈인사말〉을 통해 "이 회지의 발간은 교육문예창작회가 지향하는 '지배계급의 창고에 유폐된 문예를 대중에게 해방의 무기로 되돌려주기 위한' 첫걸음"이라 전제하고 "현재 전교조 전술, 전략에 도움이 될 수 있는 지회 대중사업 사례, 농촌 지역 학생들에 대한 교육의 현주소, 교육민주화를 위해 산화한 김수경 학생을 주된 내용으로 다루었"다고 밝혔다. 이에 따라 특집으로 [우리는 지금 무엇을 할 것인가]와 [교육민주화를 위해 산화한 김수경 열사]를 다루었으며, 회원들의 작품을 [교육문예]로 실었다.

특집 I 에서는 현 단계 교육운동의 과제와 교육문예의 역할에 초점을 맞춰 김진경, 김영춘, 조재도, 권순긍, 김형수, 김진호의 글을 실었으며, 특집 II 에서는 전교조 교사들의 부당한 해직에 반대하다 모진 탄압을 당하고 결국 자살을 택한 대구 경화여고 김수경 학생에 대한 추모 특집을 마련하여 학생 부문에서의 교육운동을 점검하기도 했다. [교육문예]에는 김시천, 김진경, 도종환, 이원구, 정영훈, 조성순, 조재도, 조향미, 한상준의 시와 변옥금, 이봉환의 꽁트, 신종봉의 소설 「까닭을 모르면 웃지 않는다」를 각각 실었다. 이런 내용은 "교육에 대한 반성의 계기를 마련하고 교육운동가들이 나아가야 할 올바른 방향을 찾아서 '참교육'을 실현하는 데 보탬이 되고자" 하는 의도로 회지를 편찬한 결과일 것이다.

회지에 이어 두 번째 공동시집 『대통령 얼굴이 또 바뀌면』(푸른나무, 1992)이 1992년 1월 30일 출간됐다. 여기에는 당시 활동했던 교문창 회원인 이광웅, 김진경, 도종환, 조영옥, 배창환, 안도현, 신현수 등 모두 52명의 시가 실려 있다. 이 공동시집에 실린 시의 미덕은 심선옥(평론분과)도 지적했듯이 "『교사는 노동자다』에서 보여진 선언적이고 투쟁적인 정서가 차츰 교사들의 일상적인 삶의 모습과 실천들을 서정적으로 형상화하는 것으로 옮겨지기 시작"한 것에 있다. 그렇다. 어차피 이 싸움은 한 번으로 끝날 것이 아니라 합법화될 때까지 계속해야 하는 것! 그 험난한 길에서 목소리만 높일 수는 없는 일이다. 하여 〈시집을 내며〉에서도 "홍수 속에서도 홍수에 쓸리지 않으면서 자기가 발 딛고 있는 현장을 개선하기 위해 싸우며 고심하는 진실한 삶의 자리. 여기에 모인 시들은 서로 다른 목소리를 내고 있으면서도 진실한 삶의 자리를 노래하는 하나의 화음을 만들고 있다."고 한다.

주목되는 작품은 투쟁의 모습을 삶의 일상성으로 환치한 신현수의 「스티커를 붙이며」나 배창환의 「백아홉 계단」, 조영옥의 「호박」, 김진경의 「수지침」과 구리·남양주지역 동화모임에서 공동 창작한 「대통령 얼굴이 또 바뀌면」이다. 그중 당시 교육시의 경향을 전교조 투쟁에서 일상적 삶으로 바꾼 김진경의 시 「수지침」을 보자.

　고슴도치처럼 바늘이 꽂힌 손을 책상 위에 올리고
　한가로이 잡담을 하는 사이
　생기의 작은 신호들이 온 몸을 돌고
　터진 봇물 사이로 언뜻언뜻 보인다.
　먼지 자욱한 교실에서 웃는 여린 아이들.

　그렇지, 우리의 싸움은 여기서부터였다.
　여리디 여린 것들을 위해
　차가운 벽과 벽 사이에 숨쉬며 살아 있는
　여린 것들을 위해　(부분)

이 시에서 건강을 지키기 위해 수지침으로 막힌 기(氣)와 혈(血)을 뚫어주는 일상적인 행위가 많은 제약에 가로막혀 있는 교육의 벽을 허물고 나아가 분단의 장벽을 허물어 참교육과 민족정기를 회복하는 것까지 나아가고 있음을 본다.

공동시집은 이상 두 권으로 종말을 고한다. 세 번째 공동시집은 이로부터 무려 25년을 기다려 『세월호는 아직도 항해 중이다』(도서출판 b, 2017)로 출간하게 된다. 그 뒤 소책자 형태로 교문창의 회지『교육문예』를 출간했기 때문이다. 『교육문예』는 모두 10호까지 출간됐는데, 무려 3천 부나 인쇄해 전국의 지부, 지회로 배포했다. 이를 발행 일자별로 정리하면 다음과 같다.

① 창간호 1992년 4월
② 2호 1992년 6월
③ 3호 1992년 8월
④ 4호 1992년 11월
⑤ 5호 1993년 4월
⑥ 6호 1993년 8월
⑦ 7호 1993년 11월
⑧ 8호 1994년 3월
⑨ 9호 1994년 6월
⑩ 10호 1994년 9월

회지를 내는 데는 원고를 청탁하고 수집하고 편

집해야 하니 실무적인 일을 챙길 수 있는 사무국장의 역할이 무엇보다도 절대적이었다. 교문창이 창립되어 초창기인 1990~1991년에는 조성순이 그 일을 맡았고, 1992~1993년경에는 조현설이, 1994년 이후에는 최성수가 사무국장을 맡았던 것으로 보인다.(서로 인수인계를 하고 임명된 것이 아니니 분명치는 않지만 대략 그 정도의 시기로 보인다. 1992년 회지에는 조현설의 글이 보이고, 1994년 회지에는 머리말을 최성수 사무국장의 이름으로 게재했음을 단서로 삼았다. 본인들에게 물어봤지만 워낙 오래 전이라 기억이 가물가물하다 한다. 실상 사무국장은 무보수로 엄청난 일을 감당하기에 꼭 필요하다고 여기지만 모두가 꺼리는 일이었다. 이 세 사람의 애씀과 희생(?)에 경의를 표한다.)

1992년부터 3년 동안 발간된 회지는 당시 필요한 여러 사안들을 제시하고 교육문예의 올바른 방향을 제시했다는 데 의미가 있다. 1992년 4월에 발간된 창간호를 보면 교문창 5.28창작단의 공동창작시 「다시 시작하는 우리 힘찬 걸음으로」을 시작으로, 김진경 교문창 부회장의 〈92, 93년 참교육 실천사업과 관련된 교육문예창작회 조직방침〉과 참교육 실천 사례, 회원들의 교육문예가 실려 있다. 당시 각 부문에서 나타났던 대중문예운동의 발전을 중요한 진전으로 파악해 교문창 역시 교육운동 내에서 대중문예운동의 역할을 담당해야 함을 역설하였다. 특이한 기사는 당시 사무국장이었던 조현설의 '고 신용길 추모 문학의 밤' 참관기다. 교문창 회원 중에 부산에서 열성적으로 활동했던 신용길은 교문창 회원 중에 가장 먼저 1991년 3월 9일 위암으로 세상을 떠난 바 있다. 부산에서 개최된 추모 문학의 밤을 다녀와, 조현설은 "모임과 흩어짐. 흩어짐과 모임. 운동은 이 양가적인 반복을 통해서 발전해 가는 것이리라. 신용길 선생의 죽음과 삶은 추모 문학의 밤이라는 짧은 시간 속에 있는 것이 아니라 이 두 개의 운동 사이에, 그 접점에 살아 있는 것이리라. 그러므로 신용길은 죽었다. 그렇다. 아니다. 신용길은 살아 있다."고 소회를 적었다.

교문창의 회지는 이런 방식으로 소책자로 발간돼 주로 회원들과 현장에서 읽혔다. 1992년 6월에 발간된 2호는 1992년 5월 31일 교사대회 당시의 5.28공동창작단의 벽시와 벽동화를 특집으로 다루었다. 그 의의와 과제에 대하여 "각 지역에서 문예활동을 해오던 사람들이 주체적으로 참여할 수 있도록 조직화"되어 "교사운동 내 문예운동이 집단성을 형성하는" 의미를 살려 주었다고 평가했다. 여기서도 부산 지역의 「그리움만 그대 종양처럼 자라고」와 충북 지역의 「먼저 가신 신용길 선생님께」라는 벽시는 고 신용길 선생에 대한 헌시다. 교육문예의 대중지향을 잘 드러낸 교문창 5.28 공동창작단의 「포장을 하며」를 보자.

유인물을 묶는다.
수요일까지는 도착해야
현장에서 써먹을 수 있을 텐데
4만 5천 매를
150개 지회별로 나누어 세고 또 세고
포장지로 싸고 끈으로 묶고
꺼끌꺼끌한 눈꺼풀 속으로 훤히 날이 샌다.
……중 략……
너와 나를 잇는 끈들이
얽히고설키면

어린 시절 푸른 뽕잎에 매달린
신기하게 하얀 고치가 될까.
혁명처럼 나비가 되어 날아오를까.
그리운 이름처럼
주소를 찾아 붙인다. (부분)

교육운동의 내일을 준비하며 유인물을 보내는 모습이 일상 속의 교육운동을 선명하게 각인시킨다. 벽시(壁詩)와 벽동화(壁童話)는 모두 20편이 게재됐는데, 교사대회 당시 현장에 붙였던 것으로 이들 벽시와 벽동화를 통해서 한층 성숙된 교육운동의 모습을 확인할 수 있다. 공동창작 벽시와 벽동화는 교육운동이 대중문예운동과 결합한 크나큰 성과임에 분명하다.

8월에 발간된 3호는 1992년 여름연수 자료집으로 나왔으며, 11월에 발간된 4호는 1991년부터 시작되어 2회째 시행되고 있었던 '학생문예교실'과 교육소설, 교육시집 등을 점검하는 특집으로 게재하였다. 시 모둠, 이야기 모둠, 생활글 모둠, 노래 모둠, 만화 모둠, 연극 모둠에 관한 진행 과정과 성과를 최성수가 자세히 정리했으며, 당시 출간된 소설 〈아버지의 꽃밭〉(유시춘), 〈당신〉(김인숙), 〈올가미〉(박치대, 교문창 활동에 열성적이었던 예천의 박치대 선생님은 그 뒤 2009년 2월 14일 급작스럽게 세상을 떠난다.), 〈촌지〉(최병탁), 〈갈라의 분필〉(이석범) 등을 대상으로 권순긍이 〈앙상한 '사실'을 넘어 풍부한 '형상'의 세계로〉를, 이명주 교육시집 『너희를 위하여』와 오인태의 교육시집 『그곳인들 바람불지 않겠니』를 대상으로 김진호가 〈시를 읽으면 사람이 보인다〉를 각각 썼다.

교문창의 회지『교육문예』는 이런 방식으로 당시 정세와 교육문예의 역할, 교육문예 점검, 연수 자료집, 지역 교육문예와 회원들의 작품 등을 주로 게재하였다. 분량은 대략 50면 내외였지만 후반으로 가면서 회원들의 작품이 늘어나 70면 이상이 되기도 했다. 어쨌든『교육문예』는 교문창의 공식적인 회지로서 당시 많은 회원들의 참여 속에 발간되었다.

그런데 1994년 3월부터는 대부분 교사들이 학교현장으로 복직되면서 상근체제가 불가능해져 회지도 지속적으로 발간할 수 없게 되었다. 소책자 형태의 회지가 아닌 본격적인 계간지 체제로 바뀌게 되어『삶, 사회 그리고 문학』이라는 제호로 1994년 겨울호부터 나오게 되었다. 편집위원으로는 김진경, 권순긍, 최성수, 장시기가, 간사로 변경섭과 김형식이 실무적인 일을 맡아 진행했다.

한편 2003년도에는 그간 학생들과 같이 문예교실의 방식으로 진행돼 왔던 청소년 문학의 성과들이 '문학동네'에서 김진경을 주간으로 하고, 이중현, 이시백, 최성수, 박일환, 원시림을 편집위원으로『푸른작가』로 나오게 되면서 교문창의 역량들이 공식적인 매체로 확대되게 되었다.

4. 우리들의 노래, 우리들의 이야기, 우리들의 몸짓-청소년 문예교실

교문창은 그 창립선언에도 적시한 바처럼 "30만 교사, 1,000만 학생, 2,000만 학부모에게 참된 글쓰기를 자기해방의 무기로써 되돌려주"겠다고 선언했으며, 기구 및 조직에도 '교사 및 학생문예 분과'를 두어 학생들의 문예활동을 조직하고 지원하고자 했다. 이런 학생 문예운동에 대한 요구가 교문창과 국어교사모임이 공동으로 중고생을 대상으로 한 '청소년 문예교실'의 형태로 1991~1992년 여름 모두 2차에 걸쳐 진행됐다.

1차 여름 청소년 문예창작교실은 1991년 7월 18일~23일 성균관대학교의 강의실과 운동장을 빌려 진행됐다. 학생들에게 필요한 강연과 모둠 활동을 했는데, 시, 생활글, 이야기, 연극, 영화(비디오) 다섯 모둠으로 나누어 진행됐다. 강연은 〈올바른 문학예술관을 갖자〉(김진경), 〈올바른 글쓰기를 위하여〉(이상석), 〈민족문학의 흐름〉(권순긍), 〈중고등학교 문예반이 해야 할 일〉(김은형) 등이 매일 하나씩 있었고, 2시간 정도 모둠별로 학생들의 실천 활동이 있었다. 얼마 모이지 않을 거라는 처음 예상과 달리 100명이 넘는 학생들이 몰려들어 성황을 이루었다.

이런 결과에 고무되어 청소년 문예교실이 끝나고 서울의 북부와 중부지역을 중심으로 상시적인 지역 문예학교를 운영하기도 했다. 중부에서는 최성수, 최재식이, 북부에서는 이명주, 김진호가 중심이 되어 문예에 대한 학생들의 요구를 채우고 실천 활동을 지도하고자 격주로 다양한 프로그램을 시행하였다.

2차 청소년 문예교실은 1992년 8월 3일~7일 역시 성균관대학교를 빌려 진행됐다. 2차 문예교실은 1차와 달리 강연을 대폭 줄이고 전체 활동보다는 각자 참여한 모둠활동 위주로 진행됐다. 2차 문예교실은 시, 이야기, 생활글, 노래, 만화, 연극 등 크게 여섯 영역으로 구분되는데, 각 영역 별로 노래 모둠 셋, 만화 모둠 둘, 연극 모둠 셋, 생활글 모둠 둘, 시 모둠 둘, 이야기 모둠 하나로 전체 13개 모둠으로 구성하였다. 전체 활동 시간은 30분 내외로, 모둠 활동 시간은 2시간 30분으로 하여 총 3시간가량 문예교실을 진행했다. 학생들은 모두 150명 이상 참여했으며 13개의 모둠에는 담임도 두어 모두 20명의 교사가 학생들과 같이 행사를 진행했다. 최성수, 김진호, 정의연 등이 시와 생활글 모둠에서, 최재식, 임정아가 연극 모둠에서, 조현설이 영화 모둠에서 담임으로 활동하였다.

한편 최성수는 청소년 문예교실을 마친 뒤에도 중부지역의 대신고, 서울여상, 배화여고 학생들로 구성된 자신의 모둠 학생들과 지속적으로 만나며 학생들과 공동창작을 진행하여 그 결과물을 실천문학사에서 『까치발로 올려다 본 하늘』(1993)이란 장편소설로 펴내는 성과를 거두기도 했다.

청소년 문예교실의 성과는 무엇보다도 학교에서는 할 수 없었던 다양한 문예활동을 틀에 얽매이지 않고 학생들 스스로가 주체가 되어 추진했다는 점이다. 대중 문예운동의 가장 중요한 점은 바로 이처럼 스스로 주체가 되어 자신의 문화를 만들어 나가는 데 있음은 주지의 사실이다. 학생들은 뒤에 시는 물론이고 소설을 쓰기도 하고 희곡을 써서 이를 연극으로 공연하기도 했다. 『교육문예』 4집(1992년 11월 발행)에 실린 공동창작 소설 〈아버지와 아들〉과 공동창작 촌극 대본은 그런 값진 성과다.

또 하나는 글을 쓰는 행위를 통하여 자신의 생각을 표현하고 나아가 우리 사회의 현실들을 체계적으로 인식하기 시작했다는 점이다. 교육의 구조적 모순, 이를 그대로 보여주는 학교라는 사회에 대하여 마음에 담고 있던 생각들을 학생들이 글을 써나가면서 깨닫고 인식했다는 것이 문예교실의 또 다른 성과임에 틀림없다. 그렇다. 교육의 개혁은 교사들만의 몫이 아니다. 여기에 교육의 주체라는 학생들도 참여하여 그들의 눈으로 무엇이 잘못됐는지를 깨닫고 이를 바로 잡도록 노력하는 것이 진정한 교육문예 운동의 귀결점인 것이다.

5. 동지는 간 데 없고―먼저 세상을 떠난 벗들을 위하여

초창기 교문창의 활동은 우리가 무엇을 어떻게 해야 하는지를 분명히 인식하고 진행되었다. 루카치의 말처럼 "창공에 빛나는 별이, 우리가 갈 수가 있고, 가야만 하는 길의 지도를 밝혀주었던" 힘들었지만 행복했던 시절이었다. 동지들과 만나 밤새 얘기를 나누면서, 시간을 쪼개 행사를 진행하면서, 필요한 문건을 만들기 위해 밤새워 글을 쓰면서도 힘들어하지 않았다. 우리의 노력이 새로운 세상을 열어줄 것이라는 믿음 때문이었다. 글을 쓰면서 당시 우리가 무엇을 위해 싸우며 노력해야 하는지를 알았고, 든든한 동지들이 곁에 있어 외롭지 않았다.

이제 마지막으로 먼저 세상을 하직한 작고 회원들의 얘기를 해야겠다. 교문창은 전교조 내의 다른 집단에 비해 유난히 유명을 달리한 동지들이 많은 편이다. 창립 초창기, 가장 먼저 부산에서 활동하던 신용길이 1991년 3월 9일 우리 곁을 떠났고, 1992년 12월 22일에는 초대 회장을 지냈던 부안의 이광웅이 위암 투병 중에 세상을 하직했다. 이어 1993년 4월 15일에는 단양에서 활동하던 정영상이 돌연 숨을 거두었다. 교문창 초창기 지역에서 전교조 활동과 교육문예 활동에 열정을 바쳤던 벗들이 1991년부터 1년 간격으로 어이없이 세상을 하직한 것이다. 묘하게도 모두 '시인(!)'들이었다. 전교조 관련 탄압과 해직으로 이

어지는 흉포한 세상과 치욕스러운 짓거리에 대한 분노가 이들을 태웠
거나, 어쩌면 맑은 시인으로서 수치스러운 현실과 타협하지 않으려는
염결성(廉潔性)이 이 더러운 세상을 견디지 못하게 했으리라!

게다가 2006년 9월 11일에는 경기 지역에서 활동하던 『어린 민중』
의 정세기가, 2009년 2월 14일에는 소설 『올가미』를 썼던 예천의 박치
대가 돌연 세상을 하직했다. 늘 적극적으로 글을 쓰고 아이들을 가르
쳤던 동지들이었다. 전교조 연수 때면 일찍부터 술이 거나하게 취해서
사람들을 붙잡고 잔을 건네던 박치대, 앞장서서 힘차게 나가자던 초등
의 정세기! 그리고 마지막으로 우리는 2018년 4월 7일 충북의 김시천
을 보내야 했다. 김시천은 전교조 충북지부장을 역임하기도 했으며,
제천, 청주, 영동 등을 무대로 활동하며 아무것도 거슬릴 것이 없었던
바람같이 자유로운 영혼이었다.

이들 먼저 간 동지들, 우리의 다정했던 벗들을 위하여 우리는 무슨 말을
해야 할까? 무슨 노래를 불러 이들을 위로하고 우리의 마음을 다질까? 그
렇다, 마지막으로 우리 곁을 떠난 김시천의 시 「안부」로, 먼저 간 동지들,
벗들에게, 그리고 살아있는 우리 모두에게 '안부'를 묻고 싶다. '안부'를
전하고 싶다. 모두들 안녕하시길! 아, 교문창이여! 영원하길!

때로는 안부를 묻고 산다는 게
얼마나 다행스런 일인지

안부를 물어오는 사람이
어딘가 있다는 게
얼마나 다행스런 일인지

〉
그럴 사람이 있다는 게
얼마나 다행스런 일인지

사람 속에 묻혀 살면서
사람이 목마른 이 팍팍한 세상에
누군가 나의 안부를 물어준다는 게
얼마나 다행스럽고 가슴 떨리는 일인지

사람에게는 사람만이 유일한 희망이라는 걸
깨우치며 산다는 건 또
얼마나 어려운 일인지

나는 오늘 내가 아는 사람들의 안부를
일일이 묻고 싶다
– 김시천 「안부」 전문

세월호 참사를 지나 평화의 길목까지

박일환

1. 두 개의 문예지—『삶 사회 그리고 문학』과 『푸른작가』

1994년 가을께였다. 그해 봄에 복직을 한 나는 중학교 생활에 겨우 적응하기 시작하고 있었다. 그러던 차에 느닷없이(그전까지 사적 교류가 없던 터라) 전교조 산하 참교육실천위원회를 이끌고 있던 김진경 선생님이 자신의 일을 도와달라는 전화를 주셨다. 그런 인연으로 『교과연구』라는 제목의 계간지 편집을 맡게 되었다. 그렇게 학교와 당산동에 있는 사무실을 오가던 중 옆방에 몇 명이 모여서 뭔가를 하는 장면을 목격하게 됐다. 무슨 모임이냐고 물었더니, 시 합평회를 하는 모임이라고 했다. 해직교사들이 대부분 복직을 한 뒤로 교육문예창작회(이하 교문창) 활동이 시들해지자 수도권에 있는 회원 몇이 따로 모임을 갖기 시작했다는 거였다. 혼자 습작을 하며 내가 지닌 문학적 재능에 대해 긴가민가하고 있던 중이라 마침 잘됐다 싶은 마음에 나도 끼워달라는 부탁을 했고, 다음 모임부터 내가 쓴 시를 갖고 모임에 참석하기 시작했다. 그때 함께하던 이들이 정세기, 조현설, 허완, 김영언, 이미경 시인과 정의연(현재 필명은 강물) 소설가, 그리고 참교육실천위원회 간사로 활동하던 김형식 시인이었다. 그 뒤로 약 4~5년간 꾸준히 모임을 가졌던 걸로 기억한다.

그 무렵 김진경 선생님을 발행인으로 해서 1994년 겨울호로 『삶, 사회 그리고 문학』이라는 제호의 계간 문예지를 창간했다. 창간사 제목이 '문학의 민주화, 대중화를 다시 생각한다'였다는 사실을 통해 지향점이 어디에 있었는지 알 수 있다. 창간호와 함께 독자들에게 끼워 보낸 별도의 안내문에는 아래와 같은 내용이 담겨 있었다.

"그동안 교육문예창작회 활동을 통해 만났던 인연으로 이렇게 따뜻한 소식을 전해드리게 되어 무척 기쁩니다. 그간 교육문예창작회에서는 꾸준히 회보(10호)를 발간해 왔는데 그것은 교육문예창작회의 활동을 증명해주는 것이지요.

그 활동의 성과를 이제 더 질을 높이고 넓게 전파할 시기가 온 것 같습니다. 그래서 우리는 지난 1년여 동안 다른 영역에서 문예활동을 했던 사람들과 결합하여 문학지 창간을 준비해 왔습니다. 이제 우리의 문예운동이 수공업적인 틀을 벗어나 그동안의 성과와 영향력을 대외로 확산시킬 때가 된 것입니다. 나아가서는 우리의 역량을 결집시켜 민족문학의 미래를, 대중문예운동의 미래를 개척할 책임이 우리에게 부여된 것입니다. 그 결실의 하나가 이제 발간된 『삶, 사회 그리고 문학』인 것입니다."

위 내용에는 교문창을 중심으로 다른 영역에서 문예활동을 하던 단위와 결합하여 문예대중화 운동을 펼치겠다는 의지가 담겨 있다. 간사 역할을 하던 김형식 시인이 부천노동자문학회에서 활동하고 있었기에,

주로 노동자문학회와 대학 문예패 등과의 연결을 염두에 두고 있었다. 그 외에는 다른 단위와의 연결지점이 없었고, 따라서 문예운동의 확산이라는 측면에서는 큰 성과를 내오지 못했다고 볼 수 있다.

창간호 필자들의 상당수가 교문창 회원들이라는 사실에서, 그동안 발간하던 회보의 확장판 성격을 띠고 있었음을 알 수 있는데, 그렇다고 해서 교문창의 기관지라고 하기도 어려웠다. 회원들이 모두 복직을 해서 학교 생활과 전교조 활동을 병행해야 하는 처지였던 탓에 회원들의 결합력도 상당히 느슨한 편이었다. 그러다 보니 애초의 의지와는 달리 문학장 내에서 의미있는 성과를 가져왔다고 보기는 어렵다. 다만 교문창 회원들의 발표 지면 확보와 창작 의욕 고취라는 측면에서는 일정한 역할을 했다고 볼 수 있다.

합평회 모임에 참석한 걸 계기로 교문창 전체 모임에도 자연스레 합류하게 되었다. 이 무렵 초등 회원들은 독자적인 활동을 하기 시작했는데, 아무래도 동화 창작을 중심으로 하는 데서 오는 활동 영역의 차이를 무시할 수 없었다.

전체 모임이라야 방학 때마다 2박 3일 일정으로 지역을 돌아다니며 친목을 다지는 수준이었다. 권순긍 선생님이 오랫동안 회장을 맡고 있었지만(모임이 잘 이루어지지 않다 보니 회장 승계 작업이 어려운 상황이었다) 실질적인 활동이라고 할 만한 건 없었다. 해직교사 복직이라는 1차적인 목표는 이루었고, 복직 후 다들 자신이 속한 학교와 지역에서 쏟아지는 일들을 감당하는 게 벅찼기 때문이기도 하다. 그러다가 교문창이 이런 식으로 흐지부지 없어지는 게 아닌가 해서 한상준 선생님이 모여서 술이라도 마시자고 하면서 회장을 이어받았다. 10여 년을 그렇게 교문창 대신 술문창(모이면 술만 마신다고 해서)이라는 이름으로 불리기도 하던 시절이었다. 특별한 사업이 없다 보니 방학 모임 프로그램(그래도 명칭은 꼭 연수라고 붙였다)을 짜서 운영하는 게 거의 전부였다고 해도 과언이 아니다. 그럼에도 그 시절을 아름답게 기억하는 회원들이 많다. 창작은 어차피 개인이 하는 것이고, 함께 모여서 고민을 나누며 각자의 창작 활동을 격려하는 것만으로도 충분히 아름다운 관계를 만들 수 있었기 때문이다.

한상준 선생님에 이어 2003년에 이중현 선생님이 회장을 맡게 되었다. 그리고 그해에 의미 있는 사업을 시작하게 되었다. 청소년문예지 『푸른작가』를 교문창에서 맡아 발간했기 때문이다. 애초에는 민족문학작가회의(현 한국작가회의)에서 문예진흥원의 발간 지원을 받아 2002년에 창간호를 발행했는데, 청소년 대상의 문예지라는 성격상 아무래도 교사 문인들이 담당해주면 좋겠다는 제안이 들어왔다. 그래서 교문창이 그 사업을 받아안기로 하고, 민족문학작가회의에서 실무자로 파견한 원종국 소설가와 함께 김진경, 이중현, 이시백, 박일환 등으로 편집위원을 꾸렸다. 다음 해인 2003년 박일환을 편집주간으로 해서 2호부터 반년간지 형태의 『푸른작가』를 발간하기 시작했다. 그 후 편집위원의 일부 변동(조현설, 김영언, 이기인, 김일영 등 추가)을 거쳐 2007년까지 14호를 발간했다. 발간 기간 동안 〈푸른작가 청소년문학상〉을 운영하는 등 청소년문학의 저변을 넓히는 데 애를 썼으나 자체 재정 구조를 갖추지 못한 한계로 인해 문예진흥원의 지원금 규모가 줄면서 2009년 하반기 호인 14호를 끝으로 폐간할 수밖에 없었다.

2. 다시 기지개를 켜기 시작하다

2004년에 임기를 시작한 조영옥 회장에 이어 2008년 8월부터 박두규 회장이 교문창을 이끌어 갔다. 박두규 회장 시절에 특기할 만한 일이 있다면 김태철 선생님이 새로운 회원으로 가입했다는 사실이다. 처음으로 1989년 전교조 해직사태 이후에 교단에 서기 시작한 회원이 가입함으로써 새로운 기운을 받기 시작했다고나 할까? 김태철 회원은 대학 시절에 청년학생들의 대중문예 활동을 주도적으로 이끌었으며 교사가 된 후에는 전국국어교사모임 회원으로 활동하며 경기국어교사모임 대표를 맡고 있었다. 그러면서 안산 지역을 중심으로 '열정'이라는 이름을 건 문학강좌와 문학기행을 말 그대로 열정적으로 이끌었다. 그만큼 활동력과 의욕이 충만한 회원이었다. 김태철 회원에 이어 안산 쪽의 젊은 교사들과 전남에서 국어교사모임 활동을 하던 조경선 선생님이 교문창 회원으로 활동하기 시작했다. 특히 김태철 회원은 사무국장(후에 사무총장으로 개칭)으로, 조경선 선생님은 총무로 오랫동안 교문창의 실무를 책임져 주었다.

김태철 회원이 처음 모습을 나타낸 건 2010년 1월 부산에서 진행한 연수 때였다. 그 후 김태철 회원의 주선으로 문예지 『실천문학』 2010년 가을호에 '집중조명'이라는 타이틀로 교육문예창작회 특집란을 마련할 수 있었다. 회원 12명의 시 한 편씩을 싣고 최성수 회원이 해설을 썼으며, '절박한 시대에 맞서는 교육과 문예의 역할'이라는 제목으로 대담을 진행했다. 대담은 박일환 회원이 사회를 보고, 김진경, 송언, 한상준 회원과 청소년문학을 일구고 교육문예에 관심이 많은 박상률 작가가 참여했다. 교문창이 결성된 지 20년이라는 세월이 흘렀기에 이전에 이룬 성취와 의미, 그리고 향후 고민 지점에 대한 이야기들을 나누는 자리였다는 점에서 의미를 찾을 수 있는 대담이었다. 아울러 교문창이 조금씩이라도 제 역할을 찾아 나서야 할 때가 되었다는 점을 확인하는 계기가 되기도 했다.

2011년 2월 12~13일 겨울연수는 충남 일대를 돌아보는 일정으로 잡았다. 충남에는 교문창과 별도로 강병철, 류지남, 최은숙, 최경실, 신경섭 등이 참여하는 충남교사문학회가 오랫동안 활동하고 있었다. 같은 길을 걷고 있는 충남교사문학회와 교류를 해보자는 취지를 담아 진행한 연수였다. 덕분에 심훈이 거처하던 당진의 필경사를 비롯해 보령과 부여 등을 돌며 우의를 다지는 시간을 가질 수 있었다.

교문창의 새로운 역할에 대한 고민의 물꼬를 트기 시작한 건 2013년 8월로, 2012년부터 나종입 선생님이 회장을 맡고 있던 시기였다. 그때 강원도 안흥 보리소골에 있는 최성수 회원 집에서 여름연수를 진행하며 교문창의 매체를 만들기로 의기투합했다. 편집장 박일환을 중심으로 임정아, 이시백, 김태철, 나종입, 최성수 회원으로 편집위원회를 구성했다. 곧바로 편집회의를 통해 기획안을 마련하고 원고를 모아 다음해 1월에 무크지 『교육과 문예』 1호를 발간할 수 있었다. 제호는 '안녕하지 못한 시대의 문학'으로 했고, '다시 불러보는 그리운 이름들'이라는 제목으로 작고 회원들(이광웅, 정영상, 신용길, 정세기) 추모 특집을 꾸렸다. 그리고 교문창의 큰형님이라고 할 수 있는 소설가 김춘복 선생님을 밀양으로 찾아가 대담한 내용을 싣기도 했다.

보리소골 연수에서 결정한 것 중의 하나는 그해 8월 15일에 열리는 '국정원 해체 민주주의 실현을 위한 전국대회'에 교문창의 깃발을 들고 참여하자는 거였다. 당시는 대선에 개입하여 노골적인 불법선거를 자

행한 국정원에 대한 규탄 시위가 연이어 벌어지고 있었다. 드디어 8월 15일, 회원들은 단체티를 맞춰 입고 거대한(?) 깃발을 앞세워 종로거리를 누빌 수 있었다. 교문창이 시대의 부름에 응답하는 새로운 걸음을 내딛는 순간이었다.

『교육과 문예』는 2015년 8월에 '다시 교육과 문학의 안부를 묻다'라는 제호를 달고 2호를 펴냈다. 회원들의 작품과 함께 그 무렵 불기 시작한 혁신교육의 흐름을 이중현, 임덕연 회원의 대담을 통해 짚어보았다. 그리고 『민중교육』 발간 및 탄압 30주년의 의미를 짚어보는 글 두 편을 실었다.

이 시기에 기억나는 일 하나를 더 기록해 두고자 한다. 2015년 4월 18일, 전남 광양 옥곡초등학교 교정에서 정세기 시인의 동시 「모락모락」을 새긴 시비 제막식을 가졌다. 2006년에 뇌종양으로 타계한 정세기 시인의 10주기를 앞두고 회원들이 시비 건립을 논의하기 시작했다. 시비 건립 장소로 묘지 옆과 고인이 나온 서울교대 교정 등을 물색해

보았으나 사정이 여의치 않아 고인의 모교인 광양의 옥곡초등학교 교정으로 최종 확정을 했다. 시비 건립을 위해 옥곡초등학교 총동창회가 발벗고 나서 주었다. 시비 제막식에는 회원과 유가족들을 비롯해 옥곡초등학교 교장과 학생 대표, 총동문회 임원 등이 참석했다. 시비 건립 과정에서 초등 교문창을 이끌었던 유영진, 장주식 선생님이 많은 애를 쓰셨다. 2003년에 정영상 시인 시비 건립, 2008년에 신용길 시인 시비 건립이 있었다. 이때도 교문창이 힘을 보태긴 했으나 다른 단체들과 공동 주관 형식을 띠었다. 그에 반해 정세기 시인의 시비 건립은 처음부터 끝까지 교문창이 주도했다. 다정했던 벗, 정세기 시인의 푸근한 웃음이 옥곡초등학교 교정에 오래 머물고 있기를!

3. 아, 세월호

2014년 4월 16일! 세월호의 침몰은 대한민국이라는 나라가 침몰한 거나 마찬가지였다. 경악과 분노, 그리고 가없는 슬픔이 화인(火印)처럼 국민들의 가슴에 새겨진 그날은 참담함이라는 말로도 표현이 부족했다.

추모의 물결이 이어지는 동시에 진상조사와 책임자 처벌을 요구하는 목소리들이 터져나왔다. 하지만 정부의 대응은 국민들의 마음에 분노의 불길만 지르고 있었다. 진상규명과 책임자 처벌을 위한 특별법 제정을 요구하며 유가족들이 광화문에서 단식을 하며(마지막까지 남은 김영오 씨는 46일 만에 병원으로 실려갔다) 울부짖었지만, 박근혜 대통령은 유가족 면담을 끝내 거부했고 진상조사위원회에 수사권과 기소권을 줄 수 없다며 막무가내로 버티기만 했다.

그날 이후 교사이자 작가로 살아가던 회원들은 차마 하늘을 보기 부끄러웠다. 그러면서 교사로 살아가는 일은 목숨을 걸어야 하는 엄중한 삶일 수밖에 없다는 뒤늦은 깨우침과 부끄러움을 느껴야 했다. 회원들은 각종 추모집회와 낭송회에 참여하거나 단원고 약전 집필에 참여하는 등 자신이 서 있는 자리에서 할 수 있는 일들을 찾아서 했다. 2015년 1월 나주에서 진행한 연수 때는 회원들이 함께 팽목항을 찾았다. 방파제 끝에 있는 등대와 줄지어 걸어놓은 노란 깃발, 하늘 우체통 등을 둘러보는 회원들이 저마다 말문을 닫고, 때로는 눈자위를 훔쳤던 건 결코 차가운 겨울 바닷바람 때문이 아니었다. 결코 잊지 말자는 다짐을 다시금 마음에 새기는 시간이었다.

2016년에 회장이 박일환으로 바뀌었고, 덧없이 스러져간 어린 영혼들에게 마음의 빚을 조금이나마 덜 수 있는, 세월호 희생 학생들의 넋을 기리고 위로하는 교문창 차원의 활동을 2017년에 시작하게 되었다. 중국 옌타이의 한국인학교 파견교사로 나가 있던 김태철 사무총장이 임기를 마치고 돌아온 뒤 세월호 추모 행사를 기획했다. 마침 김태철 회원이 안산 지역의 학교에 근무하고 있었기에 중국에서 돌아오자마자 안산에 있는 유가족들을 만나면서 그들과 함께할 수 있는 일들을 모색할 수 있었다. 그리고 희생 학생들을 기억하기 위한 공간인 4·16기억전시관이 마련되어 있던 참이라, 기억전시관을 활용하는 방식으로 기획안을 짰다. 교문창 회원들이 전체 희생 학생과 희생 교사들을 추모하는 기억시를 일일이 써서 낭송하자는 것이 기획안의 골자였다. 회원들에게 동의를 구하고 바로 기억시 집필에 들어갔다. 이 과정에서 희생 학생과 교사들의 삶을 취재해서 정리한 『416 단원고 약전』(굿플러스북)의 도움을 많이 받았다.

드디어 2016년 9월 23일(금) 저녁, 기억전시관에서 첫 번째 기억시 낭송회 '금요일엔 함께하렴'이 시작되었다. 그런 후 매주 금요일에 기억시 낭송과 함께 노래손님, 말씀손님을 모셔서 행사를 진행했다. 지방에 거주하는 회원들이 많아 저 멀리 대구, 부산, 전주 심지어 해남에서도 시 낭송을 위해 금요일 저녁에 안산으로 달려와 주었다. 기억시 작업에 참여한 회원들은 모두 32명이었다. 낭송회는 다음해 4월 14일, 세월호 참사 3주기를 앞둔 시점까지 약 7개월에 걸쳐 이루어졌다. 낭송회는 눈물바다를 이루기 일쑤였다. 낭송자도, 유가족도, 참가자도 희생 학생들을 생각하며 함께 눈물을 흘렸다.

 낭송회와 함께 그전에 진행하고 있던 홍성담 화백의 세월호 그림전에 이어 2017년 1월 13일부터는 회원들이 기억시를 직접 육필로 써서 만든 육필시 전시회도 열었다. 낭송회가 끝난 다음에는 국회와 서울시교육청을 비롯해 전북교육청, 세종시교육청, 충남교육청, 경남교육청, 강원교육청 등을 돌며 순회 육필시 전시회를 열었다.

 2017년 3월 23일, 드디어 차가운 바다 깊이 잠들어 있던 세월호가 수면 위로 모습을 드러냈다. 그토록 애태우던 인양에 성공한 것이다. 그리고 다음날인 3월 24일에 기억시 낭송회가 열렸다. 미수습자인 허다윤 학생을 위한 시를 낭송하는 날이었다. 그러자 세월호 인양과 관련한 기삿거리를 찾고 있던 언론사 기자들이 너도나도 기억전시관으로 취재를 나왔다. 반년에 걸쳐 낭송회를 진행하는 동안 한 번도 찾아오지 않던 기자들이었다. 그날 낭송한 시 제목이 「이제 그만 나오너라」였는데, 세월호 인양과 딱 맞아떨어졌다.

 아쉬움이 있다면 그동안 낭송한 기억시들을 묶어 시집으로 출판하려던 계획이 여러 사정으로 인해 무산되었다는 점이다. 비록 기억시집은 출간하지 못했지만 기억시와 별도로 회원들이 세월호 참사를 생각하며 쓴 시들을 모아 세월호 참사 3주기에 맞추어『세월호는 아직도 항해 중이다』(도서출판b)라는 제목의 합동시집을 냈다. 모두 26명이 참여했으며, 권순긍 회원이 발문을 썼다. 시집의 '들어가는 말'에 다음과 같이 적었다.

"돌이켜 보면 그해 사월의 진도 앞바다, 참혹하게 져버린 꽃잎들이 우리를 여기로 이끌었다. 탄식과 울음으로, 회한과 반성으로, 분노와 다짐으로 이어지는 날들이 아직은 끝나지 않았다. 세월호는 올라왔지만 아직 인양하지 못한 진실이 바다 저 깊은 곳에 잠겨 있다. 그러므로 우리가 쓰는 시는 여전히 현재진행형이다."

기억시 낭송회는 김태철 사무총장의 헌신이 있었기에 가능했다. 첫날부터 마지막 날까지 행사 사회를 본 것은 물론 노래손님과 말씀손님 섭외까지 도맡아 하는 열성을 보여주었다. 더불어 안산 지역 학교에 근무하던 이기경, 김지령 선생님 등이 옆에서 행사 진행에 도움을 주었다. 이 자리를 빌어 기억시 집필과 낭송에 참여한 회원들과 실무를 맡아 수고해 주신 모든 분들께 고마운 마음을 전한다.

4. 평화로 가는 길목에서

그러는 사이 광화문에는 촛불이 타오르고 있었고, 마침내 박근혜 대통령 탄핵을 이끌어냈다. 촛불혁명, 세월호 인양, 정권 교체 등이 숨가

쁘게 이어지면서 한국 사회에 새로운 희망의 기운이 꿈틀거리는 걸 목격하는 시간이었다.

마침내 2018년 4월 27일, 북한 김정은 국무위원장이 판문점 공동경비구역 내 군사분계선을 넘어와 문재인 대통령 손을 잡고 평화의 집으로 향하는 장면을 벅찬 마음으로 지켜볼 수 있었다. 김정은 위원장이 평양랭면을 직접 가져왔다며 했던 "멀다고 하믄 안 되갔구나"라는 말이 한동안 사람들 입에 오르내렸고, 도보다리에서 대화를 나누는 두 정상의 모습 역시 역사에 길이 남을 장면이었다.

4.27 판문점 회담에 이어 한달 만인 5월 26일에 판문점 북측 구역에서 2차 정상회담을 가짐으로써 남북의 평화 분위기는 한층 부풀어올랐다. 이러한 기운과 분위기를 이어가야 한다는, 정부 차원에만 맡겨둘 게 아니라 민간 차원에서도 평화를 앞당기기 위한 노력을 펼칠 필요가 있다는 공감대가 형성되기 시작했다.

2018년 7월 27~29일의 여름연수는 충북 옥천에서 진행했다. 옥천은 정지용 시인의 고향이면서 시인이자 서예가인 김성장 선생님을 길러낸 곳이다. 초창기에 교류를 하다 잠시 멀어졌던 김성장 선생님이 마침 교문창과 다시 인연을 맺은 지 얼마 안 되는 시점이었다. 옥천 연수에서 김태철 사무총장의 제안에 의해 평화시를 창작하여 전시하자는 안이 통과되었다. 시화전이 아니라 김성장 선생님이 글씨를 써서 시서전(詩書展)으로 하자는 게 행사의 골자였다.

행사를 결정하고 나서 일을 추진하는 과정은 상당히 급박하게 진행되었다. 사업 결정과 행사 날짜 사이의 시간이 두 달밖에 안 되었기 때문이다. 그럼에도 회원들이 빠른 시간 안에 평화시를 창작해서 보내주었다. 참여 회원이 46명에 작품 수는 모두 75편이었다. 이 많은 작품을 글씨로 써내는 건 보통 일이 아니었다. 다행히 김성장 선생님이 〈세종손글씨연구소〉를 만들어 운영하고 있었기에 연구소 제자들이 참여하여 힘을 보태주었다.

아울러 진행한 것은 전시회 출품작을 책으로 만드는 일이었다. 시와 함께 글씨까지 넣어서 시각적인 효과를 얻도록 했다. 그렇게 해서 나온 게 시서집『평화 먼동이 튼다』(해냄에듀)였다. 촉박한 일정에도 불구하고 출판사에서 행사의 취지에 공감하고 적극 도와주었기에 가능한 일이었다. 뿐만 아니라 행사 기간 내내 출판사 직원들이 나와서 전시 진행까지 도와주었다. 교문창 스스로의 힘이었다기보다는 이렇게 옆에서 도와준 많은 이들의 힘이 있었음을 잊지 말아야 한다. 그만큼 평화에 대한 열망이 사회 전반에 폭넓게 퍼져 있었음을 확인하는 기회이기도 했다.

전시회는 2018년 10월 1일부터 3일까지 서울시의회 별관(서소문청사 2층) 대회의실에서 열렸다. 그리고 마지막 날에는 같은 자리에서 전시와 출판을 기념하는 축하 행사를 열었다. 김성장 선생님의 글씨 시연에 이어 노래손님들이 멋진 공연으로 자리를 빛내주었다.

김태철 사무총장을 도와 안산 지역의 민태홍, 이성균, 경윤영 선생님 등이 힘을 보태주었다는 사실을 고마운 마음을 담아 덧붙여 둔다. 이후 평화시 전시는 서울시교육청, 세종시교육청 등에서 이어받아 순회전시를 했다는 사실과 함께.

5. 다시 또 길을 나서며

숨가쁜 2018년을 보내고 2019년 1월 25~27일에 목포에서 겨울연수를 진행했다. 이 자리에서 조향미 선생님이 새로운 회장의 임무를 맡게 되었다. 첫째날 목포 근대화거리 탐방에 이어 둘째날에는 팽목항으로 갔다. 매월 마지막 주 토요일마다 팽목항 기억예술마당 행사를 하는데 마침 연수 기간과 맞아 떨어져서 함께할 수 있었다. 팽목항의 겨울 바람은 여전히 차가웠고, 정부 차원의 진상조사위원회 구성도 지지부진해서 마음 또한 시렸다. 많은 인원이 참석하는 행사는 아니지만 그래도 꾸준히 기억하기 위한 몸짓들을 이어가는 분들이 있어 위안을 받을 수 있었다. 작가인 우리가 할 수 있는 일은 그 자리에서 시를 낭송하는 정도였지만, 2019년의 출발을 팽목항에서 시작했다는 데서 의미를 찾을 수도 있겠다.

앞으로 교문창이 어떤 발걸음을 이어가게 될지 모른다. 김태철 회원 이후 젊은 회원들이 일부 합류하긴 했지만, 대다수는 이른바 왕년의 선수들이다. 게다가 상당수가 퇴직을 해서 이제는 현직에 남아 있는 회원 수를 웃돈다. 그만큼 노쇠했다고 할 수 있겠는데, 그래도 회원들이 각자 자신의 창작에 게으르지 않고 뛰어난 성취들을 보여주고 있어 마음 든든하다.

올해가 교문창 창립 30주년이다. 그래서 지금과 같은 글을 쓰고 있는 중이다. 결코 짧다고 할 수 없는 시간이기에, 그 사이에 우리 곁을 떠난 그리운 이름들이 더욱 생각난다. 특히 전주와 부안을 중심으로 진행한 올해 여름연수 마지막 날, 금강 하굿둑 어귀로 찾아가 초대 회장이었던 이광웅 선생님의 시비 앞에 술 한잔 올린 일은 오래 기억에 남을 것이다. 시비에 새겨진 이광웅 선생님의 대표작 「목숨을 걸고」처럼, 이 땅에서 교사와 작가로 살아가는 일이 만만치 않았던 지난 시절을 돌아본다. 잘 걸어왔다고 하기에는 아쉬움이 없지 않고, 남은 발걸음을 어디로 어떻게 옮겨놓아야 할지에 대해서도 다시 고민하는 시간을 갖게 될 것이다. 그럼에도 특별한 걱정은 하지 않는다. 누가 교문창이 어떤 조직이냐고 물어온다면 아마도 다수의 회원이 '사랑과 우정의 공동체'라고 답하지 않을까? 먼 길을 걸어왔으되, 허튼 걸음은 아니었으리라는 믿음으로 새로운 길을 나서야 하리라.

우리는 날마다 이긴다, 초창기 문집 제목처럼 우리는 같은 마음으로 여전히 우리의 길을 간다. 길은 끝나는 법이 없다. '교육'과 '문예'라는 두 개의 기둥을 붙들고 고뇌했던 시간들이 새로운 길을 열어줄 것이다.

교육문예창작회 동화 모임 '숲속나라' 소사
─한국아동청소년문학동네의 빨간약

유영진

1. 교육문예창작회와 나

F학점이 너무 많아 제때 졸업을 못하고 5학년을 다니던 1993년 봄, 나는 낙성대 앞 전교조 해직교사 3분이 공동운영하는 아침햇살이란 서점에서 시간제 일을 하고 있었다. 이 서점은 좀 길쭉한 직사각형 형태로 안쪽에는 어린이청소년책들이 꽂혀 있었는데 의자를 두어 꼭 책을 사지 않더라도 읽다 갈 수 있게 해놓았다. (거기서 사지는 않고 책만 읽다 가는 백수 한명이 있었는데, 그 이야기는 나중에) 이 책 저 책 탐색하다 고 정세기 시인의 『어린민중』이란 시집을 만났다. 충격이었다. 「어린민중」이란 시도 인상적이었지만 그가 내 모교 출신의 시인, 초등학교 교사라는 사실이 더욱 놀라웠다. 중고등학교 때부터 시와 소설을 좋아했지만 교대라는 꽉 막힌 공간, 답답한 교육과정 속에서 나는 그어떤 것도 상상하지 못했다. 그런데 이 시집은 초등학교 교사가 되어서도 이렇게 피 끓는 언어로 시를 쓸 수 있다는 걸 알려주었다. 놀라웠다. 근처에 있던 푸른나무 출판사의 '삶의 동화' 시리즈를 열어 보았을 때는 더 강력한 충격이었다. 초등학교 교사들이 이렇게 동화라는 장르

를 통해 자기를 표현하고 있다니! 상상 밖의 일이었다. 교대를 다니면서 어린이문학이나 어린이문화에 대해 손톱만큼도 관심이 없던 내게 '교육문예창작회'라는 이름은 이렇게 각인되었다.

스물다섯 살이던 1994년 9월, 첫 발령이 난 학교에서 교장은 내게 교총 가입을 강요했다. 교총 분회장부터 교감까지 으르고 달랬지만 교총이 아주 문제가 많은 어용 단체인 걸 알았던 나는 이를 거부했다. 추석 연휴가 시작되기 전날 교장은 나를 교장실로 불러 우리 학교는 교총 100퍼센트 학교인데 너 때문에 그게 깨져 있다. 교총에 가입하지 않으면 수업도 빼앗고, 책상도 빼앗겠다고 협박을 했다. 아, 스물다섯이던 그때 나는 너무 어리고 바보 같았다. 수업을 빼앗겠다는 말에 결국 교총 회원 가입 용지에 서명을 했다.

교무실에서 울었다. 학교 선배들은 그 누구도 무슨 일이냐 묻지 않고 흘끔흘끔 쳐다보다 일찌감치 퇴근하고 사라졌다. 추석 연휴를 앞두고 모두가 일찍 퇴근한 교무실 한 구석에서 나는 오래 울었다. 학교가 너무 답답했고 외로웠다.

얼마 뒤 지역교육청 교사 체육대회에서 대학교 선배였던 박붕서 형을 만났다. 이런저런 이야기를 나누다 그 형이 교육문예창작회(이하 교문창) 모임에 나가고 있다는 걸 알게 되었다. 오, 책에서 봤던 그 모임이라니! 제발 나 좀 거기 데려다 달라고 했다. 붕서 형은 낙성대 전통찻집에 나를 데려다주었다. (풍물에 빠졌던 그 형은 그 뒤 다시는 교문창 모임에 나오지 않았다. 인생이란 게 참 묘한 것 같다.)

처음 교문창 모임 나갔을 때 이재복, 이향원, 임난주 선생님이 있었다. 이재복 선생님은 처음 봤는데 굉장히 낯이 익었다. 이재복 선생님도 자꾸 나를 어디선가 본 것 같다고 하셨다. 얼마 지나지 않아 왜 낯이 익은지 알게 되었다. 아, 그 조용히 책만 읽다 책값 대신 미소만 던져주고 가던 백수 아저씨가 바로! (당시 이재복 선생님은 1991년에 학교를 그만두고 아동문학 공부에 한참 빠져 있을 때였다.)

나는 처음에 이 모임이 동화만 공부하는 모임인지 몰랐다. 시나 소설을 공부하는 곳인 줄 알았는데 만날 동화 이야기만 하고 있어 좀 이상하다 싶었지만 답답한 학교를 벗어나 말이 통하는 사람을 만나는 것만으로도 행복했다. 그래서 나는 모임에 한 번도 빠지지 않았다. 금세 가을이 지나고 겨울이 되었다. 학교에 한참 컴퓨터나 IT교육이 도입될 시기라 나처럼 젊고 창창한(?) 교사들이 주로 그쪽으로 진로 설정을 하고 있었는데, 나는 뭔가 난파선을 탄 건 아닌가 하는 생각이 슬금슬금 들고 있었다.

교문창 겨울 연수를 안동으로 가는데 거기서 권정생 선생님을 만날 거라고 했다. 안동으로 떠나기 전날 밤, 책 한 권 읽지 않고 작가를 만나는 건 예의가 아닌 것 같아 동네 서점에서 『몽실 언니』를 사왔다. 그 때만 해도 권정생 선생님이 누군지, 『몽실 언니』는 또 어떤 책인지 전혀 모를 때였다.

이 책은 또 무엇인가? 세 번째 충격이었다. 손에서 책을 놓을 수 없었다. 가슴이 먹먹했다. 교문창 연수 둘쨋날 밤 우리가 머무르던 숙소에 권정생 선생님이 오셔서 살아온 이야기를 조근조근 들려주셨다. 방 안에 있던 선생님들은 모두 눈물을 흘렸다. 선생님에게 사인을 받고, 같이 사진을 찍었다. 그때 어린이문학이 내 인생을 걸 만한 거라고 생각하게 된 듯하다. (이때 한 가지 에피소드가 하나 더 있다. 고등학생이던 1980년대 중반 신문지상을 통해 『민중교육』 사건을 알게 되었다. 단골 서점에 급히 달려가 보니 동네 서점까지는 압수가 덜 되었는지 『민중교육』이 남아 있었다. 얼른 그 책을 사서 읽었다. 그때 김진경이란 이름을 알게 되었는데 교문창 연수 가면 김진경 선생님을 만날 수 있다고 해서 그 또한 기대고 설레었다. 너무 어려워서 말도 못 붙이고 연예인 보는 심정으로 먼 발치에서 쳐다만 보았는데 그 뒤로 수년이 흐른 뒤 십년 넘게 김진경 선생님이랑 어린이문학 관련 일을 함께 하게 된다. 돌이켜 보니 인연의 사슬이라는 게 참 신기하다.)

교문창 동화모임 초기에는 앞서 말한 선배들과 장주식, 임덕연, 김제곤 형이 꾸준히 모임에 나오고 있었다. 가끔 김영주 형이나 다른 몇몇 사람의 모습도 볼 수 있었다. 그런데 슬금슬금 한두 명씩 사람이 빠지더니 어느 해 겨울에는 모임에 이재복, 김제곤, 나 이렇게 세 명만 나온 적도 있었다. 당시 김제곤 형은 이재복 선생님에게(정확한 말은 기억이 안 나지만) 좀 더 학문적인 언어를 써서 글을 쓰면 좋겠다고 한 것 같다. 그때 이재복 선생님은 '나는 아이들의 눈물을 보았기에 그런 글을 쓸 수 없다. 초등학교만 졸업하면 읽을 수 있는 글을 써야 한다.' 라는 뉘앙스의 말을 했다. 그 말이 정말 인상적이었다.

이재복 선생님이 산하 출판사에서 우리교육 출판사 기획위원으로 옮기면서 낙성대 시대가 끝나고 독립문 시대가 열렸다. 주로 동화를 읽고 그것에 대해 함께 이야기 나누는 시간이 대부분이었는데, 예전에 활동하던 송언 선생님과 이중현 선생님이 다시 합류하며 한 달에 한 번씩 창작 모임을 할 거라고 했다. 잔뜩 기대가 되었다.

그 뒤 독립문에서, 군자역에서, 홍대 인근에서 우리는 한 달에 한 번은 동화 합평 모임을 나머지 세 번은 공부 모임을 이어갔다.(창작 모임만 나오는 분이 더 많았다.) 나도 매달 동화를 써갔는데 어느 날 송언 선생님께서는 다정한 목소리로 "영진아~" 하고 부르더니 갑자기 매우 빠른 속도로 "네 열정은 인정하는데 창작이라는 게 열정 말고 재능도 필요하거든. 그러니까 넌 비평이나 해라."라고 하셨다. 나는 당시 이원수 선생님처럼 창작과 비평 양쪽에서 일가를 이루겠다는 작심을 하고 있던 터라 "내 글은 이백년 뒤에나 이해될 거요!"라 하며 창작을 포기하지 않았다.

창작 모임이 활성화되며 우리는 교문창 이름 대신 새 이름을 짓기로 했다. 교문창 동화 분과란 말도 어색하고, 초등 분과라는 말은 더 어색했기 때문이다. 적당한 이름을 놓고 투표를 했는데 이원수 선생님의 작품 『숲속나라』의 제목을 따 모임 이름을 '숲속나라'라고 하기로 했다.(숲속나라라 쓰고 숩속나라로 읽었지만)

김지영, 김난아, 우지영, 조항미 같은 초등학교 교사 후배들이 여럿 합류하기도 했지만 처음 함께 모임을 했던 형들이 조금씩 떠나가는 게 안타까웠다. (이재복 선생님은 글맛을 한번 보면 다 되돌아오게 되어 있다고 했는데 진짜 몇 년 뒤 거의 다 되돌아 왔다. 그 이야기는 뒤에 가서) 아무튼 우리 교문창 동화 모임은 그때까지만 해도 자족적이고 행복했다. 그런데 우리는 거기에 머무르지 않았다.

2. 한국아동청소년문학사에 끼친 영향

구제금융사태가 터진 1990년대 후반 유수의 대형출판사와 대형서점이 부도가 나고 무너졌다. 다른 곳도 마찬가지였지만 출판 시장은 직격탄을 맞은 셈이다. 놀랍게도 어린이책 시장은 무너지지 않고 오히려 수요가 늘어났다. 1998년 11월 『어린이문학』이라는 월간지가 생겼다. 한국어린이문학협의회 기관지 형태로 출간되었는데, 서점에서 판매하지 않고 오로지 정기구독만 가능했다. 잡지 편집자들은 자원봉사 형태로 참여했고, 그러다보니 당연히 원고료도 없는 묘한 잡지였는데, 이 잡지에 '이 달의 동시', '이 달의 동화'라는 더 묘한 꼭지가 있었다.

습작기 신인 작가가 잡지에 응모를 하면 매달 좋은 작품 몇 편씩을 싣고 심사평을 실었는데 특이하게도 떨어진 작품, 그러니까 독자는 원문을 읽을 수 없는 작품에도 심사평을 달았다. 동화를 공부하고, 응모하는 신인을 위한 배려 차원이었는데 심사를 한 어떤 이는 실리지도 않을 작품에 심사평을 단다는 게 도무지 이해할 수 없는 일이라는 말을 하기도 했다.

아무튼 이 얇은 잡지는 가히 폭발적이었다. 어린이책 시장은 갑자기 커졌지만 준비된 작가는 많지 않았다. 제대로 된 동시집이나 동화책을 내는 출판사는 다섯 손가락 남짓이었던 시절, 갑자기 어린이책 시장이 커지자, 좋은 작품을 구하는 게 쉬운 일이 아니었다.

이런 상황에서 이 달의 동화란에 실리는 단편 동화는 출판사들의 황금광산이었다. 기존에 교과서에 실리던 이른바 '관제 동화'와는 전혀 다른 감수성과 현실 인식을 갖고 있었기 때문이다.

교문창 동화 모임에서 함께 공부하던 김영주, 김옥 작가가 이 잡지에 작품을 발표했고, 금세『짜장 짬뽕 탕수육』, 『학교에 간 개돌이』와 같은 스테디셀러의 저자가 되었다. 김제곤 형은 이 잡지 첫 호라 할 수 있는 창간 준비호에 현덕의『나비를 잡는 아버지』에 대한 평론을 발표했는데, 읽은 이마다 평론이 이렇게 재미있는 거냐고 감탄을 금하지 못했다. 이후 김제곤 형은『아동문학의 현실과 꿈』이라는 평론집을 냈고, 동시 평론을 말하려면 김제곤 이름을 빼놓을 수 없는 동시 전문가가 되었다. 또한 수벽을 배운다고 모임에 뜸하던 장주식 형은 매향리 투쟁을 배경으로 한 장편 『그리운 매화향기』로 『어린이문학』이 주관한 제1회 어린이문학상을 수상, 출간하기도 했다. 이재복 선생님의 예언 대로 형들은 이런 식으로 글의 세계로 귀환했다.

송언, 이중현 선생님이 1990년대 후반 창작 모임으로 복귀하며 새로 모임에 참여한 김옥은 앞서 말한 것처럼 저학년 동화의 새 지평을 열었 고, 고재은은 『강마을에 한번 와 볼라요?』라는 작품으로 문학동네어린 이문학상을 받았고, 조성은은 『미래의 소년 미르』라는 장편 SF를 출간 하기도 했다. 이 글을 쓰는 나는 송언 선생님의 말씀처럼 결국 '비평이 나 쓰는' 처지가 되어 제2회 창비어린이 신인평론상을 받고 『몸의 상상 력과 동화』, 『동화의 윤리_사라진 아이들을 찾아서』와 같은 (아주 멋지 고 아름다운) 아동청소년문학 평론집을 발간하게 되었다.

십여 년 전 술자리에서 이중현 선생님이 후배들의 약진을 보며 이재 복, 송언 선생님에게 '우리가 씨를 잘 심었다.'는 말씀을 하며 흐뭇하게 웃던 모습이 생각난다. 그러면 그 사이 교문창 초기 삶의 동화운동을 펼치던 '우리의 선생님들'은 무엇을 하고 있었는가? 이재복 선생님은 이 놀라운 잡지인 『어린이문학』의 산파로 잡지의 출간을 주도하고 운영 하며, 초대 편집장으로 한국아동청소년문학의 부흥을 이끌었다. 송언 선생님은 오래 전 술자리에서 내게 십년은 동화를 쓰고 그 이후에는 다 시 소설을 쓰겠다고 했다. 하지만 그 예언은 보기 좋게 깨어져 지금까 지도 한국의 르네 고시니가 되어 어린이들의 삶을 현미경처럼 들여다 본 멋진 동화를 꾸준히 출간하고 있다. 시로 등단했던 이중현 선생님 은 이재복, 송언 선생님과 달리 문학운동보다 전교조운동과 혁신학교 운동에 더 많은 에너지를 쏟았다. 그 와중에도 시보다는 동시, 동화를 꾸준히 쓰고 출간하고 있다. 송언과 이중현은 원래 소설과 시로 등단했다. 꿈과 환상 속의 어린이가 아닌 현실의 어린이를 그려내고자 한 삶의 동화 운동의 정신을 온 몸으로 밀고나갔기에 송언, 이중현의 문학적 인생 또한 자연스럽게 바뀌어 버린 셈이다.

고 정세기 형 또한 어른을 대상으로 한 일반 시를 벗어나 『해님이 누고 간 똥』처럼 멋진 동시집을 출간하기도 했는데, 세기 형이 아직 건강히 살아 있다면 형 또한 일반 시보다 동시를 통해 어린이들과 함께 웃고 우는 동시인으로 살아가고 있었을 것이다.

삼십여 년 전 현실에서 도피한 낭만적 동화나 동심천사주의에서 벗어나 어린이들이 처한 사회와 현실 문제에 직면하고자 한 삶의 동화 운동은 이렇게 한 개인의 삶과 문학 세계 자체를 뒤집어 놓았다. 이른바 한국아동청소년문학의 르네상스기라 불리는 2000년대 초반, 삶의 동화 운동을 통해 다져진 힘으로 교문창 동화 모임은 어린이도서연구회, 한국글쓰기연구회, 한겨레 작가학교와 함께 한국아동청소년문학사에서 중요한 자리를 차지할 수 있었다.

교문창 동화 모임의 활약은 이와 같이 글이나, 작품 출간만으로 이어진 건 아니다. 만약 좋은 작품을 출간하고 작가로서 명성을 높이는 데 그쳤다면 이 글은 쓰이지 않았을 것이다. 우리 교육문예창작회가 단지 자신의 이름을 빛내기 위해 글을 쓰는 작가 지망 혹은 기성 작가 교사들의 모임이 아니라, 교육운동, 문예운동, 사회변혁운동의 일환으로 시작된 모임이었던 것처럼 우리는 현실에 대한 책임 또한 최선을 다해 지키려 했다.

한국아동문학사에서 분기점의 역할을 했던 『어린이문학』이 내부 조직의 문제로 휴간되었다. 되살아날 기미를 보이지 않던 2000년대 중반 다시 이재복 선생님 중심으로 『어린이문학』의 정신을 이어받은 새

잡지를 만들기 위한 노력이 이루어졌다. 그 노력으로 신인들이 뛰놀 공간과 자본으로부터 독립된 잡지라는 정신을 가진 『어린이와 문학』이라는 월간지가 창간되었고, 잡지 운영을 맡는 운영위원장으로 이재복 선생님이 뽑혔다. 『어린이와 문학』 또한 백여 명의 사람들이 30만원의 초기 출자금을 내고 매년 운영비를 내서 운영하는 잡지인지라 아동청소년문학에 대한 애정과 헌신을 할 사람이 필요한 상황이었다.

『어린이문학』과 달리 교문창 동화 모임 사람들은 이 잡지를 발간 운영하는 데 더욱 적극적으로 참여했다. 이재복 선생님이 2년간의 임기를 마치고, 2기는 송언, 3기는 이중현 선생님이 운영위원장을 맡아 잡지 발간에 헌신을 했다. 나는 창간준비실무팀장을 맡았다가 1기부터 14년 정도 기획위원을 맡아 잡지 발간을 도왔고, 장주식 형은 2기 주간으로 2년 동안 여주와 서울을 오갔고, 얼마 전에는 7기 운영위원장을 맡기도 했다.

『어린이와 문학』을 통해 엉뚱한 인물이 이 흐름 속에 참여하는데 그는 바로 김진경 선생님이다. 2000년대 초반 김진경의 이름이 찍힌 동화 『고양이 학교』 광고가 신문지상 여기저기에 크게 났다. 나는 "이 김진경이 그 김진경이 맞냐?"고 물었는데 다른 사람들과 이야기해보니 그건 비단 나만 그런 게 아니라 많은 이들이 그랬던 모양이다. 시인이자 교육운동가로 알려진 그가 동화작가가 되어 등장한 것에 대해 많은 이들이 놀라거나 의아스러워했는데, 김진경 선생님은 교육문예창작회의 산파답게 『어린이와 문학』의 2대 발행인을 맡아 졸지에 (형식상) 사장이 되어 의료보험료 폭탄을 감수하기도 했다. 김진경 선생님은 스스로 1990년대 초반 변해버린 청소년들을 이해하기 위해 신화 공부를 하고, 그러다 최고로 잘 나가는 신인 동화작가가 되어버렸다고 허세를 부리셨는데, 나중 프랑스 어린이들이 주는 엥코룁티블 상을 받아 그게 허세가 아님을 증명해 보이기도 했다. 김진경 선생님은 서구 중심의 판타지에서 벗어나 한국형 판타지 창작을 퍼뜨리기 위해 조현설 선생님을 꼬드겨 '판타지 문학 창작을 위한 신화학교'라는 동화 작가 대상의 강좌를 열기도 했다.(이때 사람들 불러 모으는 일은 유영진이) 이때부터 김진경 선생님은 교문창 동화 모임과 자주 어울려 노는 사이가 되었다. 김진경 선생님은 삶의 동화운동에 직접 참여하지 않았지만, 또 다른 형태로 한국아동청소년문학사에서 중요한 인물이 되었다. (김진경 선생님은 내가 비평에 전념하게 되는 데도 일조를 했는데 김진경 선생님이 동화를 쓰게 된 게 너무나 궁금했던 나는 어느 날 술자리에서 왜 『고양이 학교』를 써서 동화판에 들어왔냐고, 한참 잘 나가는 잔치집에 숟가락 꽂으러 오셨냐고 김진경 선생님 신경을 살살 긁었다. 어우 돌이켜보면 쟁반으로 머리통 한 대 맞을 말인데 말이다. 선생님은 쟁반 대신 "나는 시대가 요구하는 데 내 몸을 바쳤다. 1970년대에는 시대가 시를 쓰라고 해서 시를 쓰고, 1980년대에는 몸으로 때우라고 해서 '빵'에 가고, 1990년대에는 교육운동을 하라고 해서 교육운동을 했다. 2000년대에는 동화를 쓰라고 해서 쓰는 건데 난 언제든 이 바닥을 떠날 수 있다."라는 요지의 말씀을 하셨다. 이 또한 충격이라 나는 그날 밤 잠을 하나도 못 자고 '시대는 내게 무엇을 요구하는가?'라는 질문을 했다. 뭐 딱히 시대가 내게 무얼 요구하지는 않았겠지만 나는 스스로 이 시대는 내가 '아동문학평론 하기를 원함!'이라 결론 짓고(사실은 진작 포기했어야 할) 창작을 접고 비평에 전념하기로 했다.

초기 멤버였지만 문학과는 멀어진 이향원 누님이 떠오른다. 향원 누님은 전교조 운동으로 더 나아가 전교조 여성위원장을 맡기도 하고 현재는 아산으로 내려가 아산지회장으로 활동하고 있다고 한다. 임덕연 형은 김천영 형과 2인 시집과 개인시집 『남한강 편지』를 내기도 하고, 어린이 논픽션 책을 내기도 했는데, 글도 쓰지만 '교육공동체 벗'의 이 사장을 맡기도 하며 교육생태운동쪽으로 더 나아가고 있는 듯하다. 김 영주 형은 최근 몇 년간 자신의 창작보다는 초등국어교과모임과 혁신 학교 운동을 통해 교육운동, 국어교육 쪽으로 자장을 넓혀가고 있기도 하다. 창작보다는 동화 읽기 모임을 열심히 하며 형들이 사라졌던 시기, 조직 사수의 가장 큰 역할을 했던 막내들, 김지영, 김난아, 우지영, 조항미 후배들은 이제 학교에서 중견교사가 되어 좋은 동화를 건네주는 멋진 교사로 살아가고 있다. 이 자리에서 이름을 다 언급하지 못한, 모임을 들락거린 선배 후배들은 어디에서 어떻게 살아가고 있을까?

3. 마치며

2001년엔가, 푸른나무에서 나온 열권짜리 삶의 동화 운동 동화책이 그대로 사라지는 게 아쉬웠던 우리들은 그 책에 실린 단편들 일부를 추려 2003년 우리교육에서 『아버지가 아닐까』라는 제목으로 한 권의 책을 냈다. 작품을 고르는 과정에서 참 많은 생각이 들었다. 책날개를 열어보면 서울동부모임, 신림지역모임, 수원모임, 구리남양주모임 이런 이름들이 적혀 있는데, 도대체 30년 전에 무슨 일이 있었던 건가? 초기 교문창 멤버들이 이런 지역 모임을 어떻게 만들고 동화책 출간에 이르게까지 했을까? 정말 놀랍고 또 놀라운 일이다.

오래 전 술자리에서 들었던 전설 같은 이야기들이 있다. 이중현 선생님과 송언 선생님이 처음 만난 게 예비군 훈련장이었다던가, 내가 발령 난 첫 학교가 알고 보니 송언 선생님이 해직된 학교였고, 또 송언 선생님을 꼬드겼던 이가 과거 우리교육 사장을 했던 김윤용 선생님이 었다던가, 고 이주홍 선생님의 부산집을 찾아가 다락방에서 엄청나게 귀한 자료를 찾았다던가, 모임에서 직접 뵌 적은 없지만 초기에 김기명 선생님도 중요한 역할을 했다. '이야기 마을'이란 이야기 소식지를 만들어 구독을 원하는 선생님에게 보냈다는 이야기 등등.

글을 마무리하려니 여러 추억이 떠오른다. 안동 연수 다녀온 다음 해 여름엔가 단양으로 연수를 갈 때 덕연이 형이 "내 차는 자연 냉방"이라 했는데 그게 무슨 뜻인지 모르고 탔다가 고속도로에서 쪄 죽을 뻔한 일이 생각난다. 에어컨이 고장 나서 달려야만 시원한데 차가 너무 막혀서 자연 냉방 혜택을 볼 수 없는 상황이었던 것이다. 차문을 열면 아스팔트 지열과 매연이 들어오고, 닫으면 한증막이 되고, 이럴 수도 저럴 수도 없는 상황이었다. 문막 휴게소에서 기계 냉방이 되는 장주식 형 차 일행과 만나기로 했었다. 핸드폰이 없던 시절이라 어쩌지 하다, 야, 우리 거기까지 가기 전에 다 죽을 거야. 우리 목숨이 더 중요하지. 우리 거기 간 걸로 치고 못 만난 거라고 뻥을 치자 하며 문막 IC에서 차를 돌려 근처 칡냉면 집에 가서 기계 냉방의 혜택을 보며 누워 있던 게 생각난다. 냉면 먹고 한숨 자고 해가 진 뒤에야 출발했는데 도착해보니 꼬박 12시간 걸렸었다. 제주도 연수 갔을 때는 버스에서 이용중 선생님이 계속 "김진경 선생님 때문에 내가 가이드 해주는 거다."(난 앞자리에서 이용중 선생님 설명을 열심히 듣고 있었는데 대부분의 교문창 선생님들이 밤새 음주를 하고 버스에서는 숙면을 하고 있던 거였다.)라는 말을 수도 없이 한 것들. 전교조 참실 연수에 가서 하루 동안 동화를 대자보에 써서 벽 이곳저곳에 붙여놓고 새벽까지 참여한 선생님들과 합평한 일.(연수에 참여한 손소영 선생님이 「병옥이」라는 글을 써서 현덕의 재림이라는 찬사를 받았는데, 훗날 김천영 형의 안주인이 되었다.) 장주식 형이 여주로 내려가 집을 지었는데 대웅전이 되었다고 해서 농담도 참……. 하고 놀러가 봤더니 진짜로 대웅전이 지어져 있어 우리를 놀라게 한 일.

아쉽게도 중등 쪽 모임과 달리 교문창 동화 모임은 맥이 끊어졌다. 모임 구성원들에게 나날이 더 큰 역할이 부여되어 가던 2000년대 중반을 기점으로 동화 모임과 창작 모임이 끊어지고, 원로급이 된 송언, 이중현, 이재복 선생님은 정기적으로 모임을 갖고 있다고 하지만 일년에 한두 번이라도 다 같이 모여서 안부를 묻던 술자리도 5년 전 정도부터 이루어지지 않고 있다. 동화를 쓰고 공부하겠다는 후배들은 찾아보기 어렵다.

모든 목숨에는 끝이 있다. 모임이나 조직도 마찬가지다. 30여 년 전 교육문예창작회의 씨앗이 한국아동청소년문학사 동네에 여러 형태로 꽃을 피우고 열매를 맺었다. 삶의 동화 운동이 이렇게 큰 나무가 되리라고는 그 씨앗도 몰랐을 것이다. 이제 이 열매들은 땅에 떨어져 또 다른 꽃을 피우고 있으리라. 이제는 그 꽃의 이름이 꼭 교육문예창작회란 이름을 달고 있지 않아도 괜찮지 않을까 싶다.

라고 써놓고 글을 마치려 했다. 그런데 이대로 마무리 짓기 무언가 좀 찜찜했다. 송언, 이중현, 이재복 선생님에게 내가 모임을 시작했던 1994년 이전 이야기 중 꼭 넣어야 될 것은 없는지 이 원고를 읽어달라고 했다. 이중현 선생님께서 아주 귀한 자료를 핸드폰으로 찍어서 보내주셨다. 초기 삶의 운동 당시의 자료집인데 원문을 보았으면 더 좋았겠다 싶을 내용이었다. 몇 장 안 되는 부분적 내용 중에서 인상 깊었던 내용을 아래 정리하고 이 글을 진짜로 마치겠다.

김기명 선생님이 쓴 「아이들의 바른 삶을 위한 동화를 바란다」라는 글을 보면 삶의 동화 운동을 전개하며 소재와 주제 면에서 기존 동화작가들이 꺼리던 소재와 주제에서 벗어나고 도덕 교과서의 훈화자료에서 벗어나고자 한다. 노동의 문제를 외면하지 않는다. 학교에서 일어난 일을 다루되 "별난~"으로 대표되는 명랑동화류에서 벗어나 잘못된 교육과 교육자들의 그릇된 관행 속에서 고통 받는 아이들의 모습을 드러내고자 한다. '달동네' 지역처럼 소외된 지역의 아이들을 그릴 때에도 현상적 차원에 머무르지 않고 사회 구조적 측면에서 다루겠다는 의지를 밝히고 있다. 이중현 선생님이 쓴 「지역 모임은 어떻게 할 것인가?」라는 주제의 글을 보면, 교육문예창작회의 결성 목적을 민족, 민주, 통일 교육의 문학적 실천을 이루어낼 수 있고, 이를 바탕으로 참다운 민족, 민중문학의 건설에 이바지하고자 한다는 내용이 있다. 그리고 '삶의 동화 운동'을 교사들의 글쓰기를 위한 교사들의 글쓰기를 통한 민족, 민주, 통일교육의 문학적 실천의 첫걸음이라고 했다.

그 밖의 몇몇 글들을 보며 '삶의 동화 운동'에서 가장 중요한 것은 바로 '현실'이었구나! 하는 생각이 들었다. '삶의 동화 운동'은 진짜 현실, 아이들의 삶을 외면한 채 '꿈과 환상의 나라'를 진짜 현실인 양 제공하는 매트릭스를 깨기 위한 빨간약이었다. 비록 30여 년 전 출간된 삶의 동화 운동 시리즈의 개별 작품들은 시간의 무게를 감당하지 못했지만 삶의 동화 운동 정신은 가짜 현실을 제공하는 매트릭스를 깨고, 한국 아동청소년문학사의 흐름을 바꾸어 놓는 분기점 중 하나가 되었다는 사실은 그 누구도 쉽게 부정하기 어려울 것이다.

신호등 앞에서 외 1편

강물

붉은 신호등 앞,
차는 오지 않고 있다.
그냥 건너야 할까,
오래 갈등하다 지치면 푸른 등이 들어온다.

이미 갈등을 끝낸 사람들은,
그것의 무의미성을 발견한 사람들은 그냥 건넌다.
스스로 질서를 창조한다.

누구는 신호와 상관없이 건너다 죽는다.
누구는 신호를 지키다 죽는다.

나는 오늘도 갈등한다.

푸른 등이 들어올 때까지 기다릴 것인지,
차가 달려오는 속도와 내가 건너는 속도와의 거리를 재며 건널 것인지.

〉
저 신호등이 주는 억압의 질서를 지킬 것인지,
나 스스로 질서를 만들 것인지.

기울어져 가는 배에 갇혀 수장된 그 많은 영혼들을 떠올리며 나는 겨
우….

그 새

저 하얀 새는 어디로 가는 걸까?
저물 무렵, 온몸으로 태풍에 맞서
하늘로 머리를 들고 허위허위 수직 활공하는 저 새는.

기다리는 누가 있는 걸까?
나무를 뿌리째 뽑고 콘크리트건물 지붕을 날려버린 저 태풍 속,
저 바람의 농홀 헤치고 마침내 그곳에 닿을 수 있을까?

그곳은 저 바람 닿지 않는 곳일까?

혹여 바람의 제단에 바쳐진,
누군가 태풍의 손길로 저 목숨 거둬 우주의 평형을 맞추려는 명목,
아니 맹목이라면?
무슨 의미, 무슨 의지로 저리 떠있다 사라지는 걸까,

흰 깃털이 흙 묻은 깃발처럼 허공에서 펄럭이다 가뭇없어진 그 새는.

바람 부는 봄 산 외 1편

공정배

치악산 계곡에 꽃들 환하게 피어 아름답더라. 물 위로 떨어진 저 맑고 고운 꽃잎들 물 위에서도 꽃향기 잔뜩 쏟아내며 차가운 감촉을 이겨내고 있어 자꾸만 마음이 가더라.

순간 불어오는 회오리바람에 두통을 일으키며 내 발밑으로 사뿐히 내려앉는 모습도 결국은 네 모습 아름다워서 한 발자국도 내디딜 수 없더라.

성난 물소리에 놀란 것인지 물이 좋아 날아온 것인지 뜻하지 않은 우연의 인연도 인연은 인연이어서 계곡 물소리는 끝없이 요동치더라.

나무가 꽃을 붙들지 못하는 것은 바람의 세기가 너무 커서도 아닌 꽃은 이미 나무라는 관념을 벗어나려는 몸부림을 알았을 이유, 쪼그라들었던 사랑이 점점 커가는구나.

감곡성당엘 가서

가을 초입,
하늘 표정이 파랗게 밝아질 무렵
감곡성당엘 간 적이 있다.

간절한 자의 무릎 꿇은 기도는
자기를 비추는 거울보다 더 맑은
자식을 위해 기도하는 부모의 뒷모습이다.

고요히 잠든 십자가 위의 예수처럼
이미 가슴엔 식은땀이 흐르고
발등에 대못을 박지 않아도
가슴을 자극하는 날카로운 신호기
살며시 물들어가는 붉은 단풍잎보다
더 붉게 물들어가는 마음이다.

성당 안 구석에 앉아 기도하는

가장 아름다운 사람을 보며
어떤 말도 할 수 없는
또 다른 나를 보았다

영석이와 나와 외 1편

김경옥

2교시가 끝난 시간
푸른 하늘이 소리를 내며 쏟아진다
유리 조각에 튄 햇살이 함부로
난반사하는 교실, 영석이다!
어찌 해볼 수 없다
특수교사도 보조교사도 방법이 없다
속수무책이 해결책으로 불려오고
기다림은 최상책으로 말없이 서성인다

쌓이고 쌓이고 쌓인 것의 아래
나뭇잎 실핏줄까지 검게 부서진
부엽의 세월 그 맨 아래
영석이 아버지의 할아버지 때부터
몰아닥친 것들 모두 몰려가서
만만한 그 집에 자리를 잡았던 거다
형체도 남지 않은 것들이 폭발하다니, 이제는

아무데나 날아가고 쿨쿨쿨 쏟아진다
뚱뚱한 몸 영석이 속에 영석이는 별로 없고
영석이 아닌 것만 남아 있다

내 속에도 많지만 폭발은 없다
민감한 제어장치 심호흡, 걷기,
술마시기, 운동장달리기, 정신승리법을 펼치지만
목젖 밑으로는 칼춤의 지옥도가 여러 장이다
흰 가운 입은 의사들은 발견할 수 없다,
찾을 수도 없으니 영석이와 나는 누가 더 중한 것인가
위험 표지판 옆에 붙어 있는 안전제일 표지판
위험에 기식하는 게 안전인가
안전에 포장되는 게 위험인가
병명에 올리지도 못하는, 그래
문제 삼지도 못하는 분출장애

나는 자주 영석이가 부럽다.

우울한 쥐

물 채운 욕조에 쥐를 넣는다

부르르 모터 도는 소리도 없이
너는 허우적이며 손발을 젓는다
하얀 털이 젖고, 앙다문 이빨 사이로 물은 들어오고
벌컥벌컥 목을 넘어간다
분홍 손가락이 다급하게 몸기계를 돌린다

사각 벼랑
한 뼘인데
몇 바퀴를 돌아도
힘 모아 뒷발 디딜 데 없네
목숨이 잡고 오를 스크래치 하나도
곁을 내주지 않네
나아가도 돌아가도
희망 없는 망망대해

올라갈 수 없네
솟을 수 없네

실험 엿새째
허우적임을 멈춘다
속 단풍 벌겋게 타던 쏘시개 불 그만 끈다
하얀 연기 한 올 피어올랐던가
앨범 사진들 한 장 한 장 삭제한다
기억들 뭉텅이로 사라진다
달력이 시계가 잡동사니들이 더미로 쓸려간다
멈춘다 지운다 피한다
돌아보지 않아 아무것도 기대하지 않는 방식
물에 잠긴 시간만이 흘러가는
이것이 내 삶이다
눈물은 없다

마침내 우울한 쥐가 완성되었다

여기저기서 우울한 쥐들이
하얀 약을 갉아 먹기 시작한다.

고비의 저녁 외 1편

김경윤

고비의 저녁은 모음의 나라
어스름이 하늘과 지평선의 경계를 허무는 시간이면
적막한 초원은 모음으로 가득하다
양떼도 낙타도 사막을 건너는 바람 소리도
고비에서는 모음으로 운다
아! 와 으! 사이 그 까마득한 광야에서
ㄴ자로 눕거나 ㄷ자로 걷는 짐승들이
말똥 같은 게르에 말똥구리처럼 기어든다
사막을 달리던 바람도 쉼표(?) 같은 게르에서
몸을 눕히는 저녁이면 각진 마음도 어느새
초원의 부추꽃처럼 부드럽게 돗자리를 깐다
우 우 우 쏟아져 내리는 별빛들을
내 고향 말로 쏘내기별이라 불러도 좋겠다
캄캄하고 막막한 고비의 밤
새끼 잃은 말처럼 나는 깨어나
이 붉은 별에 처음 왔던 조상처럼

무릎을 꿇고 어두운 지평선을 바라본다
오! 하늘과 땅 사이
까마득한 우주의 소리가 들린다
태초의 저녁처럼
모음으로 부는 바람 속에서
모래가 울고 있다

홍그린 엘스*를 찾아서

황금 모래를 찾아가는
고비의 길은 고행의 길이다
적막과 고요로 텅 빈 황야를
이정표도 내비도 없이
만달만달 달려온 만달고비의 밤
별빛에 길을 물어도 묵묵부답이다
초승에서 보름까지 달의 행로를 따라
바람의 도반이 되어 걸어온
고비의 길은 막막한 生의 길
길은 어디에도 없고 어디에나 있어
고비고비 길 없는 길을 따라
지평선을 넘고 넘어도 황량한 대평원뿐
고비에서 황량함을 이기려면
몸을 낮추고 고개를 숙여야 한다
낮추고 숙여야 비로소 보이는 것들이 있다
덜컹덜컹 푸루공**의 고삐를 잡고 달려온

우문고비의 끝은 사막의 궁륭
시간의 무덤 같은 홍그린 엘스는
장엄한 적멸보궁이었다
오체투지로 기어오른 열사(熱沙)의 끝에서
사경(死境)을 넘어온 바람의 행자들이
사경(沙經)을 읽는 소리를 들었다

* 몽골의 고비사막에 있는 황금빛 모래 언덕

** 러시아제 미니밴

단돈 오천 원 외 1편

김민곤

내 단돈 오천 원이
구름 위 산동네 아침 안개로 낯을 씻어
눈이 맑은 1학년 아이들
한 대야 세숫물이 될 수 있다면

내 단돈 오천 원이
싸바이디! 정겹게 인사하는
아홉 살 부스럼 딱지 앉은 머리
깨끗이 감겨 줄 한 통 물이 될 수 있다면

내 단돈 오천 원이
먼지 날리는 신작로 맨발로 학교 가는 3학년
쇠공 놀이 마친 뒤 깔깔 웃으며
손발 닦을 한 바가지 물이 될 수 있다면

내 단돈 오천 원이

가파른 산세 따라 폭포로 흘러내려
메콩으로 빠지는 흙탕물 한 초롱 걸러
4학년 아이들 찌든 땀 씻어 줄 수 있다면

내 단돈 오천 원이
비 오듯 쏟아져 내린 쇠항아리 폭탄들
쓰디쓴 독극물 웅덩이 파인 자리 메워
맑은 샘물 퐁퐁 솟아나게 할 수 있다면

내 단돈 오천 원이
밑 빠진 독처럼 공화국도 사회주의도 아직
돌보지 못하는 헐벗은 인민의 아들딸들
밥 지을 한 항아리 맑은 물이 될 수 있다면

이른 새벽 루앙프라방 허름한 뒷길
탁밧 나온 동자승이 공양을 나누듯이
우리의 연대는 마음 열고 어깨동무하는 것
우리의 연대는 내 얄팍한 전대를 여는 것

커피 한 잔 맥주 한 병 흔한 담배 한 갑
손쉽게 쓰는 주머니 단돈 오천 원이
라오 푸쿤 방갈로 학교 아이들 빈 책가방에
공책 필기구 그림물감 될 수 있다면

그리하여, 우리 단돈 오천 원이
캅차이! 합장하고 곱게 숙인 5학년 아이들
나날이 가녀린 어깨며 등짝에서
무거운 물지게 벗겨줄 수 있다면

내가 내는 한 달 단돈 오천 원이
우리 내는 한 달 단돈 오천 원이
밤하늘 별빛 담은 아이들 눈동자에
참파꽃 미소 활짝 피게 할 수만 있다면

가을, 소양강에서

지친 해는 언제 저물까
쪽배 묶인 강둑 아래
새털구름 담아
윤슬도 무심한 호수
사연 짙은 산자락
그날처럼 품고 있네

깊어가는 가을 갈대밭에
두견새 울음도 들리지 않고
딸기 같은 처녀 입술도 멀리
황혼 따라 절로 저물겠거니
말없이 서 있는 난간에 기대어
세월 실은 여울만 붙들고 보네

산 너머 주름진 노을이 지고
청평사 처마 풍경 납자루조차

해진 목어 뒤쫓아 이참에 풍덩!
이무기네 찾아가는 밤이 오면
묵은 때 전 고의 아무 데나 벗어놓고
나도 따라 고이 잠기고 싶어라

세월호 테러리스트 · 1 외 1편

김영언

　여러분들과 같은 또래의 친구들이 아무 죄도 없이 희생된 세월호 2
주기가 다가옵니다.

　세월호 유족들은 왜 정부더러 책임지라고 난리죠?

　국가는 국민의 생명을 보호해야 할 의무를 다하지 못했습니다.

　희생자들은 여행 가다가 운이 나빠서 사고로 죽은 것인데 그게 정부
책임인가요?

　만약 자신의 부모님이나 가족이 세월호에 승선했다가 그렇게 희생되
었어도 그렇게 말할 수 있을까요?

　아니 지금 우리 부모님더러 죽으라고 한 겁니까?

　교사가 수업 시간에 세월호와 관련하여 학부모 패드립*을 했다는 민

원 제보가 들어왔습니다.

그래서요?

우리는 학생과 학부모의 권익을 지키기 위해 교육청에 감사와 징계를 요청하였습니다.

그는 자칭 진보 학부모단체 회장직을 맡고 있는 지역 정치인이었다.

그들의 테러로 세월호는 좌우 방향을 잃고 더욱 깊은 상처 속으로 침몰하고 있었다.

---

* '패륜적인 비하 발언'이라는 의미로 사용하는 신조어.

세월호 테러리스트 · 2

수업 시간에 진도 안 나가고 세월호 얘기한 것이 몇 회입니까?

모르겠는데요.

기억이 안 납니까?

아뇨. 너무 많이 해서 몇 번인지 셀 수가 없는데요.

교사가 수업과 관련 없는 얘기 한 것은 교육과정을 위반한 징계 대상
입니다.

세월호 얘기를 한 번도 안 한 교사가 누구인지 조사하는 것이 옳지
않을까요? 그들은 교사이기 이전에 인간에 대한 기본 예의조차 없는
존재들일 테니까요.

우리 교육청은 법대로만 하는 겁니다. 법은 누구나 준수해야만 합니다.

〉
그런 법이 어디 있죠? 생명보다 더 위에 있는 법도 있나요?

그는 시민감사관으로 선발된 진보정당 출신 유명 정치인이었다.

감사명령서를 하달한 자는 건축업자에게 뇌물 먹고 수감된 자칭 민선교육감이었다.

그들의 말끔한 외출복 깃에는 노오란 기억 리본이 이념의 광고 전단처럼 매달려 있었다.

그들의 테러로 세월호는 좌우 방향을 잃고 더욱 깊은 절망 속으로 침몰하고 있었다.

손목 외 1편

김영춘

술집에 앉아 친구와 도란도란 이야기하다가
마음이 통해 손목을 잡아가다가
눈앞의 손목이 마치 어디로 걸어 들어가는 길목 같아서
인간의 마음이 들고 나는 주택가 골목 같아서

늘 누군가의 손목을 잡고 싶어하던
내 손목을 바라보고 있다

뼈에 머물며

시간이 많아진 날에
손으로 얼굴을 어루만지다가
말랑말랑한 얼굴쯤은 이제 그만두고
눈과 코와 이마를 둘러싼 뼈를
꾹꾹 눌러 보았다

들어가고 나온 자리를 따라
살 없는 뼈만으로도
내 얼굴을 떠올릴 수 있게 되었을 때쯤
평생을 아껴온 살보다
오늘에서야 만난 뼈가 더 정다워지기도 하고
살 붙이지 않은
뼈로 이루어진 얼굴이야말로
제대로 된 내 얼굴이리라 믿어 보기도 하였다

시간이 많아진 어느 날에서야

나는 드디어 살을 거쳐 뼈에 이르렀는데
외롭다는 흔적도 없이 뼈에 머물며
뼈와 함께 깊이 살 수 있게 될 것인지를
오래 생각하였다

겨울 석양 외 1편

김윤현

누가 해 다 저문 날에 군불 지피나
아직도 눈 녹지 않는 세상 모퉁이가 남아 있어
어느 삶을 달구어 언 산을 넘으려는 거냐

누가 해 다 저문 날에 군불 지피나
아직도 건너지 못한 언 들판이 있어
꼬리 하나 남은 겨울 강을 건너려는 거냐

누가 해 다 저문 날에 군불 지피다가
지나온 세월이 오늘 하루 같아 몸이 다는가
단 몸으로 하늘에다 불티까지 날리는가

살아온 날이 불티 같다고

여름 염불암* 계곡

바위가 염불을 했다나

그 소리 다시 바위로 들어가 마애불이 되었겠네

연둣빛 잎들은 이따금씩 햇빛을 떨어트리면

계곡으로 흐르는 물은 그 빛을 받아 소리를 내고

크고 작은 바위가 소리의 음정을 고르네

내려가라 내려가리라는 그 소리 염불 닮았네

가까운 단풍나무 어디 매미가 흉내를 내보지만

짝 찾기라 염불이 되기에는 어림없지

염불암 계곡 여름이사 시원하면 그만이지만서도

계곡 아래로 흐르는 물소리가

마애불이 생각났던지

쉬지 않고 바위에 기웃거려 보네

* 염불암 : 대구광역시 동구 도학동에 있는 동화사의 산내 암자.

시월 외 1편

김재환

노란 감국이 까마귀에게
흰 사슬 띠를 건네주면서
우물을 판다
우물은 봄과 여름 동안 길어올린 빛들을
하늘에 돌려보내고
점점 물이 말라가는 들판
우물 안은 더 깊이 내려간다
마을이 집을 잃고
어두워지는 동안

돌아가던
긴 그림자가 말한다
우물이 캄캄해졌다고
흰 띠를 두른 까마귀가
갈색으로 멀어진 감국을 본다
우물 뚜껑을 닫으라고

가을이 들판 한복판에
서 있으니

낚시

줄을 걷고
여름을 돌려보내라고
벌레들이 내 속말을 엿듣고 있다

낚이는 것들
더위의 토란잎 속 빗물 방울
방울이라는 신의 제자
끌어당길 때 끄응 저수지 바닥에서 가는 털이 뽑혀온다

붕어가 페트병을 목에 두르고
데스마스크 표정으로 웃는다
줄을 당겨봐
검정 비닐을 입은 미루나무의 웃음까지
억지로 달려나올지 몰라

돌려보낼 수 없다

수평을 이룬 수면 아래로
비닐봉지랑, 페트병이랑, 미늘의 뒤엉키는 대결이
혼잡을 이루고 있으니

수면이 보여주는 평온은
늘 화해로운 얼굴
이지만

자주댕기 외 1편
-9 · 19 평양공동선언 이행을 촉구하며

김태철

자주댕기 단장하고 능라도에 뵈올 때는
한아름 꽃을 안고 웃으며 오리라
무슨 짝에 무슨 짝에 능라도에 간 님아
우리끼리 우리끼리 평화세상 이루세
자주통일 열두 고개 단숨에 올랐네

공동 선언 못 잊겠소
우리 민족 문제는 우리 스스로 힘으로
무슨 짝에 무슨 짝에 능라도에 간 님아
우리끼리 우리끼리 평화세상 이루세
자주통일 열두 고개 단숨에 올랐네

분단 세월 칠십년을 애가 타며 보내니
내 나라 내 땅인데 오도 가도 못하느냐
무슨 짝에 무슨 짝에 능라도에 간 님아
우리끼리 우리끼리 평화 세상 이루세

자주통일 열두 고개 단숨에 올랐네

백두 한라 삼천리 굽이굽이 돌아
아득한 만주벌판 기차여행 갈거나
무슨 짝에 무슨 짝에 능라도에 간 님아
우리끼리 우리끼리 평화 세상 이루세
자주통일 열두 고개 단숨에 올랐네

김태철 **99**

토착왜구 타령
－맹꽁이 타령의 운을 따라

저 건너 아베신조 당집 시렁 위에 걸레주둥이 주걱 주걱순이냐
씰어 까불러 톡 제친 두 눈 걸레입 개기레기들이냐
아니 씰어 까불어 톡 제친 조중동 산께이 토착왜구이냐
아래 친일 맹꽁이 웃말 친미 맹꽁이 다섯
대한문 앞 가스통할배 사이 광화문에 천막 치고 놀던 애국당 맹꽁이가
오뉴월 장마에 떠내려오는 헌 나막신짝을 아베신조 친품이라 여겨
순풍에 욱일기 돛을 달고 엔까 가객이며 갖은 왜색 질탕하고
일본회의 산께이 명령 따라 가짜뉴스 퍼나르는 맹꽁이 다섯
멸사봉공 견마지로 만주국에 충성하던 맹꽁이가 첫 주군을 이별하고
둘째 주군 대머리를 얻었더니 광주학살 원흉되어 살인마에 가고
셋째 주군을 얻었더니 4대강 자원외교에 녹색성장 사기꾼에 비비케
이에 싸여 밟혀 죽었기로
국정농단 탄핵선고 부정하고
한 장 손에 가스통 들고 또 한 손에 성조기 들고
대한문으로 알바비 타러 가는 맹꽁이 다섯
미일동맹 다리 밑에 울고 놀던 맹꽁이가

아침인지 점심인지

한술 밥을 얻어먹고

지소미아 몰래 체결하고

일본 꼬봉 미국 꼬봉 마약 한 대 얻어 피워 물고

강제징집 보상은커녕 종군위안부에 들켰구나

경제침략으로 앞발을 매고 백색국가 어서 빼자 재촉을 하니

친일 하겠다고 드러누워 앙탈하는 맹꽁이 다섯

일본회의 대표위원 가세 히데야키는 가장 친일적인 훌륭한 나라가 될 것이라고 막말하던 맹꽁이가

유니클로 불매운동 빨래 망치로 얻어맞고

해산 선머리를 질끈 동이고

가까운 병원으로 입원하러 가는 맹꽁이 다섯

후쿠시마 오염수에 울고 놀던 맹꽁이를

우리 대법원의 강제징용 판결로 함을 물려 벙어리되어 울지 못하고

후쿠시마 오염수에 세슘 물 담아 가지고 대굴대굴 굴려 가며

경제침략 장사하는 맹꽁이 다섯

사고난 지 육 년만에 바닷물로 유출하고 발암과 기형유발 후쿠시마 식재료로 하루에 백칠십 톤 일주일에 사천 톤씩 태평양으로 방류하다

그린피스한테 꽁대를 맞고 한숨 지며 하는 말이

에라 몰래 방류는 판 틀렸구나 해양방류 졸라매고 원자로를 뒤짊어지고 엔화 바람 꽁무니에 차고 태평양에 오염수 뿌리러 가는 맹꽁이 다섯 그중에 상식 없고 몰지각하고 쓰레기 같고 입만 살은 일본회의 맹꽁이가 썩 나서며 하는 말이

"중국은 조만간 붕괴할 것이고 그러면 한국은 일본에 의지할 수밖에

없고, 세상에서 가장 친일적인 훌륭한 나라가 될거야. 한국은 정말 귀여운 나라예요. 버릇없는 꼬마가 시끄럽게 구는 것처럼 정말 귀엽지 않니?"

네가 당년 토착왜구요 내가 욱일일본국이니

같이 살자고 손목을 잡아당기자 능청스럽게도 화답하는 토착왜구 맹꽁이 다섯

오팔 사십 마흔 맹꽁이가

칠월이라 백중날 일본놈들 경제침략 수출규제를 한다 하고

사꾸라 가지 밑에 수득이 모여 울음 내리할 제

밑에 맹꽁이 웃맹꽁일 쳐다보며 옛다 이놈 나라 망하게 하지 마라

아베 수상께 사죄하라고 맹꽁

한일동맹 위에 맹꽁이 한미동맹 맹꽁이를 치달어다보며

옛다 요놈 잣갑스럽게 군말 된다 참을성도 깜직이도 없다

잠깐만 참으라고 맹꽁

그리고 백악관 썩 내달아 월가 도적골

네거리 쪽바리 도쿄돔 끝을 썩 나서서

첫둘 셋넷 다섯 여섯 일곱 여덟 아홉 열째 도적놈 금고에

머리 풀어 산발하고 눈물 콧물 꼬조조 흘리고

방구 뽕 뀌고 오줌 짤끔 싸고 두 다리를 퍼더버리고

우는 맹꽁이 중에 어느 맹꽁이가 토착왜구 맹꽁인가

그중에 나베교베 깊은 골에 삭발산발 흩날린 미친 맹꽁이가

세숨 묻은 맹꽁이를 무릎에 앉히고 저리 가거라 조중동 보자

이리 오너라 가짜뉴스를 보자 아장아장 거니노라

빵끗 웃어라 아베 속을 보자 오염수를 다 뿌려라

이중에

일본여행불매 노재팬 노아베로

불매운동 도리도리 짝짝꿍

아무도 흔들지 못하는 나라

소재산업 육성으로 곤지곤지 쥐암쥐암

창조적 파괴와 혁신으로 내 나라 내 겨레를 잘살게 하는 평화경제

질나라비 훨훨이야

기소권 장사 못하게 하고

판결문 장사 못하게 해서

평화가 아름다운 나라

질나라비 훨훨이야

사람이 무섭네요 외 1편

나종입

나에게 한국어를 배우는 몽골 소녀 자야와 고비초원에 자리잡은 자
야 아빠의 게르에서 수태차와 아롤을 마시며 허르헉이 되는 동안 태양
광 발전으로 위성 안테나에 연결된 텔레비전을 틀었다.

　때마침 한국 뉴스가 잡혀서 보고 있노라니

'선생님 왜 안산 사람들이 데모를 하죠?'

'······.'

　세월호 사건을 알고 있는 그녀에게 설명할 수 없었다. 단원고 희생
된 추모관 혐오시설이라서 공원에 들어서는 것을 반대하는 데모라는
것을 차마 말할 수 없었다.

　자야가 혼잣말로 되뇌었다

'한국 사람 참 무섭네요.'

울란바토르에서 보낸 편지

몽골의 수도 울란바토르에 한국 뉴스가 나온다
야당 의원이 두 주먹 불끈 쥐고 뭐라고 소리치고 있었다
너희들 투쟁은 누구를 위한 투쟁이니
아무리 봐도 불끈 쥔 그 손이 어색해 보였어
동급생들이 길거리 투쟁 대열에서
온몸을 불사를 때
동지를 판 대가로 양지만 다니고
에어컨 빵빵한 도서관에서 법전을 뒤져 그 자리에 올라섰으니
친구가 최루탄 분분한 거리에서 가투를 벌일 때
한쪽 눈을 흘깃거리며 유원지로 내닫더니
국회의원 배지 달고 보니 지킬 게 많아지지
너희가 국민의 대표라고?
지나가는 개가 웃을 일이다
너희가 무엇을 지키려고 두 주먹 불끈 쥔 것 같지만
너무 어설퍼 보여
너희를 위해 싸우지 말고

일자리 찾아 헤매는 젊은 영혼을 위로해 줘

다음에 그 자리에 너희 자리가 없다는 걸 너희만 모르는 것 같아

그때 되면 또 "우리가 남이가?"가 통할까?

다시금 어머니를 잃고 외 1편

박두규

    깊은 고요 그 적막에 뿌리내린 우주수宇宙樹에서 어머니의 생생한 목소리가 들려왔다. 간절한 마음은 침잠하여 고요 속으로 끝없이 내려앉았지만 생전의 애벌레 같은 모습의 어머니는 보이지 않았다. 대신 어둠 속 목소리의 여운마저 사라진 적막의 끝, 그 허공에 떠 있는 낙엽들을 보았다. 사는 동안 수없이 되뇌었으나 스스로의 사랑에 이르지 못한 것들, 우주의 쓰레기들처럼 허공에 정지된 내 사랑, 어둠 속에서 들려오던 애잔한 그 목소리마저 잃었다.

깊은 고요의 급류에 휩쓸려

종일토록 처연하게 내리는 빗줄기를 바라보다 문득, 빗방울 하나에 세상이 잠긴다. 빗속의 저 먼 불빛들 그 아련함도 내 오랜 슬픔도 빗방울 하나에 갇히고 나만 홀로 빠져나와 깊은 고요의 급류에 휩쓸린다. 시간도 없는 공간, 공간도 없는 시간 속으로 한 줄기 빛을 따라 흘렀다. 이 한 가닥 의식은 얼마를 흘러야 그 본류에 이를 수 있을까. 이 그리움의 실체가 있기는 한 것인가. 찰나의 섬광처럼 그대를 만나면 나는 파옥破獄할 수 있는 것인가. 빗방울에 잠긴 세상도 고스란히 찾을 수 있는 것인가.

이르쿠츠크의 밤 외 1편

박일환

보드카
투명한 슬픔이
뜨겁게 목울대를 건너갈 때
멀리 앙가라 강물 흐르는 소리
귓전에서 찰랑거렸던가

빼앗긴 나라의 백성들이
시베리아 벌판을 베고 자다
하늘로 올라가 이름 없는 별로 흩어졌을 때
구절양장 곡진한 사연들이
방울방울
보드카
병 속으로 흘러들었던가

바깥은 영하 40도
자작나무들이 저희끼리 마주 선 채

하얗게 떨고 있을 때
한 번도 유형의 삶을 살아보지 못한 죄를
누구에게 고백하랴

그대여, 잔을 채워라
식어가는 핏방울들을 위해
그대여, 잔을 비워라
아직 가 닿지 못한 시간을 위해

채우고 비우는 동안
용서하마, 다 용서하마
하느님의 다정한 목소리가 내려오다
허공에서 얼어붙을 것 같은
이르쿠츠크의 밤

영하 50도를 향해 간다는
내일 아침엔
무사히 밤을 건너온 어린 새의 날갯죽지를 생각하며
그대와 나의 얼굴빛이
조금 더 발그레져 있으리라

먼 언덕

우슈토베는 세 개의 언덕이라는 뜻
1937년에 우리는 여기로 왔다
라즈돌로예 역에서 예까지 오는 동안 화물열차 안에서
철로 밖으로
내 아기며 너의 늙은 아비며 당신의 병든 삼촌, 아주머니의 시신을
눈물도 없이 내던지고 왔다
우슈토베 역에서 다정한 카자크 사람들이 끄는 마차에 실려
다시 바스토베까지 왔다
바스토베는 머리의 언덕이라는 뜻
당장 머리 누여야 할 곳이 있어야 했으므로
토굴을 파고 살았다
살아서 왔으니 이어서 살아야 했다
그렇게 살다 바스토베 언덕 아래 묻혔다

알마티에서 우슈토베까지 차로 네 시간
2019년에 우리는 여기로 왔다

다정한 카자크 운전수가 모는, 에어컨 빵빵하게 나오는 자동차 안에서
아는 얘기, 모르는 얘기 섞어가며 즐거운 웃음과 함께 왔다

고려인 4세 경주 최씨 초이 발리나 아줌마를 앞세워 찾은
바스토베 언덕은 야트막했고
그 아래 무덤들은 외롭지 않은 척 다닥다닥 붙어 있었다
그늘 한 점 없는 8월의 땡볕은 일행을 쉬 지치게 했고
간단한 묵념과 기념사진 촬영을 끝으로
바스토베, 마음 속으로 한 번 더 불러오고 돌아나왔다

내일이면 키르기스스탄으로 넘어갈 것이다
우리는 여행자이므로 정해진 일정과 코스를 따라 돌다
그리운 고국으로 돌아갈 것이다

우리에게 돌아갈 고국이 있었던가
바스토베 언덕 아래
뗏장도 없는 무덤 속에서 무심히 삭아가고 있을
백골들을 다시 떠올릴 날 있을 것인가
다시 알마티로 돌아오는 길에 우리는 너무 덥다며
아이스크림도 사 먹고 캔맥주도 사 마셨다
갈 때만큼 돌아오는 시간도 즐거웠다

바스토베 언덕에 던져놓고 온 미안함 몇 줌
그것으로 우리들의 알리바이는 충분했다

시詩 외 1편

배창환

인생은 본래 시와 같은 것

시가 아니면, 결국
아무것도 아닌 것

시시한 것

기적처럼

비 퍼붓고 바람 부는 늦여름 어느 날
세상 뒤집어지는 천둥소리에 놀라 뛰쳐나가니
절집 대들보만 한, 백 년 묵은 감나무 한쪽 가지가
드는 톱으로 잘라낸 듯 단정하게 부러졌다

가지에서 예까지, 얼마나 먼 길이었나

푸른 이끼, 개미집 다 흙으로 돌려주고
둥글게 휘어진 허공 길 따라 마당가로 사뿐 날아와
성불하시듯 참 편안히 누워 있다

주위 장독대에 들끓는 햇살이,
꽃밭 한가득 도라지꽃 과꽃 들국화가
긁힌 상처 하나 없이 그 앞에 고요히 예불을 드리고

기적이 먼 곳에 있지 않다

수십 년, 이 지뢰밭 세상을
눈감은 채로 더듬더듬 걸어와서
이렇게, 소리소문 없이 낡아가는
내가 바로 기적이듯이

빈집 개 외 1편

송창섭

길옆 저만치

마당 넓은 집 빈집

지붕 처마 울타리에

먼지가 수북하다

개 한 마리

잠에서 깨자

앞발 뻗어

기지개를 펴더니

닥지닥지한 눈곱에

주린 배를 핥고

또 핥고

인간들의 시선을

외면하다

찌그러지고

뒤틀어진 냄비

툭 건드리며

한참 제 자리 돌더니
몇 시간째 먼 산만 쳐다보네

– 애야 그러다 턱 빠질라

옻닭

 저녁 먹고 방에 누워 테레비 좀 보다가 오줌이 마려워 요강 단지에 오줌을 눴는데 조금 있으니 뭔가 느낌이 이상하더니만 슬금슬금 가렵기 시작하는 거야 처음엔 모기한테 물렸나 했지 근데 아닌 거야 에이 그러다 말겠지 하고 잠자리에 들었는데 밤새 잠을 설치며 손은 연신 아랫도리를 들락거렸네 새벽에 인기척을 듣고는 하는 짓이 심상찮다 여긴 어머니 웃방에서 말씀하시네

 야야 무신 일고 오데 아푸나, 아니예 언저녁부텀 미치 가려바가 그라는데 먼 일인지 모르건네예, 그쟈 와 그라꼬 차말로 별일이다이 자알 더드마 바라, 별일 움썼서예, 니 혹시 오강에 한 발때기 갈깄뜨나, 야아 그기 와예, 아 올치 그기다 그거, 와예 무신 일인데예 퍼뜩 말씀 좀 해 보이소,

 그기 말이다 너거 올케가 어지 점슴 때 온딱인가 먼가 그걸 무으딴다 그란데 쏙이 우찌 된 판인지 디틀리더마 딧간 갈 짬도 업시 오강에 설사를 좔좔 쏟뜨라카이 니가 오치 올란는갑따 오딸근 너거 올케가 무

운는데 호꽈는 니가 보네, 어무이 이거 우짜모 존노예, 쪼매 차마 바라
저엉 안 나수모 야글 무우야 될끼다 허허 오강 딴지도 한께 쓰는 거시
아이구마

입구 외 1편

신경섭

나무에겐
살아서 열지 못하는 문이 있다
한 번도 물의를 일으키지 않은
파문이 그 안에 있다

수평을 향해 들락날락거리는 물살은
달빛의 숨결일 것이고
주변으로 퍼져간 속살은
세월의 주름살이리라

누워 있는 나무의 수의를 벗기면
평생 간직해온 수평의 굴곡이 드러난다
나무는 수평의 삶을 켜켜이 쌓아놓은
살아 있는 탑이다

평생 어둠 속에 있었으되

땀이라도 좋고 눈물이라도 좋고 피라도 좋은
그걸 쥐어짜놓은 빛살무늬가 있다

나무에겐 죽어서야 삐거덕 하고 열리는
문이 있다

가을

몸을 스치는 좋은 바람이
미열로 젖은 몸을 말려주고 간다

집안의 문을 모두 열어놓고
바람과 실컷 내통해야겠다

풍문이 건들거리기 좋은 날이지 않은가?

나 이제 이 길 그만 가려네 외 1편
－전교조 인천지부 창립 30주년에 부쳐

신현수

전교조 인천지부 창립 두 돌 때
나 이 길 끝까지 가겠다고 말했네
그동안 어떤 이는 목을 조르기도 하고
어떤 이는 이 길 위에 서 있지 말라고
온갖 비난의 말을 퍼부었지만
나 이 길 위를 떠나지는 않았네
나 이 길 끝까지 왔네
나 약속 지켰네

때로는 목숨 같던 아이들 곁을 떠나는 고통 속에서
때로는 찬 바닥에 앉아 비를 맞고 밥을 굶기도 하면서
집안 제삿날 낯선 경찰서 유치장 바닥에 몸뚱어리 눕히면서도
나 이 길 위를 떠나지는 않았네
나 이 길 끝까지 왔네
나 약속 지켰네

전교조 인천지부 창립 20돌 때

나 다시 시작해야 한다고 말했네

우리 아니라면 누가 다시 시작할까

아직도 우리에게 희망이 남아 있을까

우리 다시 시작할 수 있을까

그러나 지금 우리 교육 현실이 반드시 바뀌어야 한다는 사실에 동의

한다면

희망을 거둘 수는 없는 것이라며

다시 시작할 수밖에 없는 것이라며

아이들을 살리기 위해 만들었으나

아이들은 여전히 죽어 가고 있으므로

다시 시작해야 한다고 말했네

우리 다시 시작했고, 후회 없네

나 이 길 위를 떠나지는 않았네

나 이 길 끝까지 왔네

나 약속 지켰네

전교조 창립 30년

조합원으로 지내온 지 30년

전교조를 목숨처럼 알았던 처음 몇 년을 빼면

대부분의 세월을

조합비만 냈네

때로는 조직이 마음에 들었고

때로는 조직이 마음에 들지 않았지만

그래도 조합원으로 이 길을 끝마치는 것이
조금 자랑스럽네
이런 건 또 자랑하고 싶네
평생을 전교조 조합원으로 살면서
분회를 세 번이나 만들었네
1989년 해직됐던 학교
1996년 개교한 학교
그리고 지금 근무하고 있는 학교
나 전교조의 꽃이라는
분회장도 해봤네
나 이 길 위를 떠나지는 않았네
나 이 길 끝까지 왔네
나 약속 지켰네

전교조 인천지부 창립 30주년 기념
역대선출직 지부장, 수석부지부장 모임
사진관에 모여 사진을 찍었네
전교조 30년이 달랑 사진 한 장으로 남았지만
그래도 죽은 사람은 없어서 다행이었네
나 이 길 위를 떠나지는 않았네
나 이 길 끝까지 왔네
나 약속 지켰네

지난 30년은 선배들이 버텼으니

앞으로 30년은 후배들이 잘 버텨주겠지
전교조 인천지부 창립 30년
평조합원으로 이 길을 끝마치는 것이
나 이 길 끝까지 걸어온 것이 조금 자랑스럽네
나 이 길 위를 떠나지는 않았네
나 이 길 끝까지 왔네
나 약속 지켰네

그러니
나
이제
이 길
그만
가려네

다시 병원에서

식구가 산에 갔다가 넘어져
손목이 부러지는 사고를 당했다
수술실 앞에서 전신마취 수술이 끝나기를 기다리는 시간은
처음 겪은 일은 아니지만
늘 초조하고 심사가 복잡하다
철심을 열일곱 개나 박았다는데
단순하게 부러진 것 같지는 않다
한 손은 부러지고
한 손은 주삿바늘을 꽂아놓으니
식구 혼자 할 수 있는 일이 아무것도 없다
수족처럼 부린다는 말이 있지만
남의 수족이 되는 것도
쉬운 일은 아니다
나의 그동안의 활동이
모두 가족들이 아프지 않아 가능한 일이었구나 하는
문득문득 드는 깨달음 또는 반성과

모든 약속을 취소하고
병원으로 출퇴근해야 하는
불쑥불쑥 찾아오는 짜증 사이를
질정 없이 오가며 일주일이 갔다
실밥을 뽑고 깁스를 푸는
짧게는 한두 달간
철심을 빼내야 하는 재수술까지 길게는 일 년 이상
좀 더 겸손해지고 낮아지라는 하늘의 뜻으로 알고
말과 행동을 더욱 조심하고 자중하겠지만
나는 지금
누구 걱정을 더 하고 있는 건가

꼬막 까기 외 1편

안준철

거실 소파에 누워
신간 시집을 읽고 있는데
꼬막 삶은 냄새가 솔솔 난다

방금 전에 내가
빛의 속도로 깐 꼬막들이다

나는 꼬막을 잘 깐다
수저로 꼬막 정수리를 비틀어
눈 깜짝할 사이에 살과 피를 파낸다

꼬막의 한 생애를
능숙한 솜씨로 끝장내기가 무섭게
다른 꼬막을 손에 쥐고 있다

오로지 속전속결

전투라도 하는 모양새다

시를 읽는 속도는 사뭇 더디다
종이에 적힌 글자에게
살가운 눈빛을 던질 때도 있다

꼬막에게는 한 번도 그런 적이 없다

오로지 내 몸을 위해
꼬막의 살과 피를 도려내면서도
고맙다는 말 한마디 못했다

꼬막을 너무 쉽게 깠다

조응

시내버스 안에서
한 소녀아이가 내 발을 밟았네
죄송하다는 말로 부족한지
얼굴에 꽃물이 든 채
아이의 전 존재가
내 앞에서 숙여지네

살짝 발을 밟혀놓고
남아도 너무 남는 장사를 했다 싶어
황급히 맞절을 하듯
나도 내 전 존재를 던져
환히 웃어 주었네

거시기 타령 _{외 1편}

이봉환

모년 모월 모시, 교문창이라는 교사 문인 단체의 카톡방에서 벌어진 이야그 보따리를 화들짝 펼쳐놔 볼작시면,

그즈음 누군가가 무슨 사진을 카톡방에 올려놓자 또 누군가가 그 사진 댓글에다가 "아따, 겁나게 거시기해부요잉" 하고 탄성을 질렀것다 전라도 사투리 참 재밌다고 서울에 근무하는 선상님이 배꼽을 잡고 뒹구는 통에 더욱 신이 난 그 또 누군가가 본격적으로 거시기 썰을 풀어보는디, 우리 동네 아재가 옆집 동무한테 그러기를, "아따, 자네, 어저께 거시기한다등마 거시기하믄 어짤라고 인자사 거시기를 다 하고 그렁가" 그러자 옆집 아재 왈, "아따, 거시기는 무신 거시기? 발쎄 거시기 다 해부렀네 그랑께 자네는 거시기 안 해도 되것그마" 그랬다는 이야그 거시기가 통 무슨 말인지를 모르겠는 서울의 보통 선상님은 고개를 이리저리 도리질을 치고만 있는 거라, 사실 거시기에는 무슨 말을 갖다 붙여도 다 거시기가 된다는 설명을 듣고도 헷갈리는 그녀에게 거시기는 방언이 아니라 표준어라고 또 누군가가 일갈을 놓아 더욱 헷갈리게 하였것다, 사실 거시기는 대명사라, 그 거시기가 그렇게 전라도 말이랑 잘도 엉기는 것은 1970, 80년대 도시화 바람을 타고 서울

로 야반도주한 전라도 사람들 발길을 따라 같이 서울로 도망친 거시기들 때문였것다, 이렇게 한참 동안 거시기에 정신을 못 차리는 참에, 거시기는 알 듯 모를 듯 가을바람을 타고 슬렁슬렁 쳐서 근방으로 넘어가는디, 이 재미난 난장판에 흥겨워진 어떤 이는 전라도 말잔치 채록집*(그중 한편을 소개하자면, "나뭇간에 나무를 해놓고 나믄 그때가 가을인디 나뭇동이를 딸싹딸싹한 표가 나, 딜다보믄 곡석을 뙤작뙤작 넣어놓은 흔적이여, 이 집 어르신이 그걸 알고 '그대로 둬라 거시기**는 손대는 거 아니다' 그랬다네 하인들이 돈살 생각으로 갖다 둔 것을 아는 척해서 무안하게 하지 말라고." ─구례 운조루 이길순 할머니)의 이야그를 올려 난장판은 절정으로 치달렸것다 그러자 대헉교 교수 허고 있는 아무개 시인이 도올의 입을 빌려 서산대사의 입적시('팔십 년 전에는 거시기가 난 줄 알았는데, 팔십 년을 지나고 보니 내가 거시기로구나!')를 옮겨 적어 올리니 거시기 줏까가 최고조에 달했던 거라, 어허 그것 참, 참으로 거시기는 심오하고도 심오하여 이 세상에 있고도 없는 무시무시한 거시기였던 거디였것따

* 〈전라도 닷컴〉 200호, 황풍년 작가의 전라도 말 채록집.

** 채록집에서는 '그건'인데 이 시에서는 '거시기'로 바꿨음.

*** 이 시는 실제 교문창 단톡방에서 오가던 '거시기'에 관한 일화를 바탕으로 창작되었다. 말하자면 공동창작인 셈. 대표 집필 이봉환.

물결이가 전학을 왔다

처음엔 소리가 없었다 없는 줄 알았다 나질 않았다 물결이니까
파도라면 그 소리 제법일 텐데
기껏해야 둠벙의
잔물결이니까

한 달이 지났다

두 달이 지났다

물결에게도 웃음이 일었다 물안개 같은
일렁임이 수면에 조용히 일었다

바람이 불고 있었다

자오나 학교 외 1편

이정은

암흑의 혀를 내둘러야지.
착하지 아가,
한낮의 조퇴는 벽 속에서.

지하철 광고판을 보았을 때
암전되듯 외면하고 말았어요.
－나는 학생이어요.
 그리고 엄마입니다.
감금당한 속내 그대로.

꺼진 뒤통수 냄새가 났었어.
후드득 베어진
햇빛.
아이 무덤이 없는 것은
태양에 타버렸기 때문인가요.

그날의 오빠,

거기 서 있지요.

코스모스

침대보가 반듯하게 펴져 있었죠.
머리맡에 나란히 베개도 놓여 있고요.
편하더라고요. 신발을 벗고 누워 보았거든요.
얇은 이불도 가지런히 덮었어요.
오늘은 인천에서 자요.
서울집이 그리 멀지 않은데 말이에요.
내비게이션이 집을 찾지 못하고
같은 길 빙글빙글 돌기만 해서
겨우 모텔 방에 들어왔지요.
이 방엔 그가 밤마다 문을 열지 않겠지요.
친구에게 전화 걸어 상처난 달빛 때문에
모텔에서 자게 되었다고 하소연했어요.
문단속 잘하라고 하더군요.
식탁으로 문을 막아
열리지 않도록 만들었죠.
방의 거울 속에서 그가 나를 보고 서 있네요.

거들거리는 목 때문에 문이 흔들거렸죠.

새벽에 일어났어요. 코스모스에 물을 주려고요.

집에 가려는데 우리 집이 여기래요.

침대보는 반듯하게 펴져 있고

꽃줄기, 나란히 머리맡에 놓여 있어요.

근황 외 1편

이중현

1. 복사꽃

죽어 수목장 할 장소로
산골짜기 밭을 산 친구
그날 밭둑에 흐드러진 복사꽃 보며
숨이 멎을 듯했다던 친구
때때로 복사꽃 같은 분홍빛 노을을
사진 찍어 보낸다.
요즘 텃밭 가꾸는 일로
얼굴마저 복사꽃과 노을을 닮아 간다.

2. 명상

40년을 일한 교직에서 퇴직한 친구
오랜 시간 장학사, 장학관으로 고생하면서
목 디스크, 허리 디스크 수술로

다리를 심하게 절룩이는 친구
요즘 명상 수련을 한다며
성긴 이빨 사이로 웃음이 새어나오지만
친구의 명상 뒷자리
소음 가득한 세상이 절룩거린다.

3. 남고비 사막

정년퇴직하고 떠난 몽골 여행
가파른 모래산은 올라도 올라도 제자리다.
살아온 비탈길도 늘 제자리서
숨이 가빴다.
남고비 사막 모래산에 올라
복사꽃빛 노을 바라보며
푸른 지평선처럼 길게 누워
나를 명상하고 싶었다.

백화점 문화교실 · 1

무료하지 않으세요, 한낮에
한 발자국만
한 발자국만 더 아파트에서 걸어 나오세요
어디 삶이 잡담인가요
월간지가 한 달 분의 목숨을 살찌울 수 있나요
자식과 남편만 쳐다보는 동안
그대 얼굴은 어디 있나요
오세요, 무료한 한낮에
그대를 그대이게 할 모든 프로그램이 있어요
와서 그대 삶에 촉촉한 꽃잎을 피우세요
비로소 그대 이름의 꽃을 피우세요
꼭 오세요, 안락한 상품의 숲으로
문화교실을 오가는 동안 잠시 쉬었다 가세요
흐드러지게 꽃핀 이 상품의 숲에서
눈부신 공기를 크게 들이마셔 보세요
그대 숨어 있던 욕망이 싱싱하게 살아나겠지요

보세요, 저 살아 있는 진열장을
세상이 얼마나 기름진가를
낮잠 훌훌 털고 어서 오세요
오후 2시의 권태를 매매하세요

냉이죽 외 1편

임덕연

여주 산북에서 이포 넘어가는
호실령 산길
동쪽 해바른 산밭
고라니 같은 여인이
쭈그려 앉아 호미질을 한다

아직 산 응달에는 눈도 있는데
속 깊은 골짜기는 얼음도 있는데
잘디잔 냉이를 캐고 있다.

해소 깊은 상할머니
냉이죽이 먹고 싶다고 했나보다.

올 봄도 무사히 넘겨야 할 텐데

게으른 농부

콩도 안 심네
하루 종일 기다렸다
콩새도 날아가고

볍씨도 안 뿌리네
봄내 기다렸다
볍새도 날아가고

일년 내내 기다려도
찾아오는 친구도 없네
귀찮은 듯 두어 번 울다
까치도 날아가고

이포 게으른 농부

어린 왕자와 여우 외 1편

임혜주

어린 왕자는 왼쪽에 여우는 오른쪽에 앉아 있지
가파른 산동네 길가
나지막한 담 위에 걸터앉아서
왕자는 긴 목도리를 뒤로 젖힌 채 건너편을
여우는 좀 떨어져서는 그만큼을 보고 있지
사람들이 길게 줄을 지어 서 있었어
이방인처럼 나는 그 영문을 몰랐지만
차례로 왕자 곁으로 가 앉더니
허리에 팔을 두르고 어깨동무도 하면서
뒷모습 사진을 찍는 거야
잠깐이 영원이 되는 순간
가슴 속 품은 말을 꺼내지 못하고
봄 햇빛에 금방 환해져버린 사람들이
왕자 옆에 잠깐씩 앉았다 가는 거였어
이해한다는 것은 길들이는 거야
여우와 왕자 사이에는 낡은 말들이 출렁이고

긴 기다림이 잠깐씩 해결되는 사이
반질해진 자리 밑으로는
덜 익은 웃음이
군데군데 떨어져 있었어
왕자와 여우가 인형 같은 그것을
얼른 올려놓고 또 올려놓곤 하는
감천마을 오래된 새 동네

처서

차가워진 공기가 주위를 둘러싸고 조여온다
집은 긴장하며 부풀고 늘어진 벽을
단단히 수습한다 이음새 틈 습기를 보내고는
그 사이로 풀벌레 울음 쟁여넣는 듯
쩍쩍 말라가는 가슴뼈
모르고 살아왔던 시간들에 균열이 생기고
허위와 헛된 웃음이 사라진 자리
이제 처음처럼 다가드는 한기가
흙벽을 타고 내리며 묻는다

고양이 지나간 걸음 뒤편으로는
무엇이 남아 있냐고

소통 불가

장주식

충주에서 문경으로 넘어가는 하느재에는
한 발을 머리 뒤로 올리고 피겨스케이팅을 하는
'연아 닮은 소나무'가 있다.

한 가족이 그 앞에 나타났다
젊은 아빠가 아들에게 말했다
"나처럼 해 봐."
멋들어지게 뒷발을 올리고 머리를 숙이자
아빠는 '연아 닮은 소나무'를 닮았다
다섯 살 아들은 가만히 바라보다가
긴 작대기를 하나 주워 들고는
"내가 상대해 주지!"
소리치며 소나무 앞에 버티고 섰다
아빠가 고개를 흔들고 다시 '연아 닮은 소나무' 흉내를 내면서
"나처럼 해보라니까."
하고 소리쳤다.

아들은 잠깐 멈칫했지만 다시 작대기를 장검처럼 비껴들고
"내가 상대해 주지!"
하고 소리쳤다.

다섯 살 아들은 피겨선수 김연아를
몰랐던 것이다

반성은 오랜 특기 외 1편

조경선

지금 우리는 너희들을 차례차례 만난다

오랜만에 입은 교복을 자꾸만 쓸어내렸지만
선 아래 떨고 있는 두 다리
교실에서 한 마리 곰처럼 드러누운 너는
이렇게 순한 짐승이 되어 앉아 있어야 하는 걸 알고 있구나
자퇴와 퇴학은 하늘과 땅 차이

'선생님이 먼저 꼽게 말하잖아요'

말을 잘해도 이중적이라 꾸지람
말을 못해도 의지가 안 보여 호통
너는 말이야, 도대체, 어째서, 알기는 알아
내뱉은 말들은 지나치게 오래되고 많다
어느 날 어느 시, 네가 뱉은 교사 불응의 증거도 많고도 많아

저 아버지, 친구를 잘못 만나선지
아들의 반항이 낯설다고 했다
그날, 골든타임 운운하던 선생님
MRI 찍어도 머리에 이상은 없었다고요

다만 고통스러운 것은 나의 세대도 마찬가지
반성하겠습니다, 학교 잘 다니겠습니다
반성은 너의 장점이 못된다는 것을

질문이 다하고 답을 다하면
학교가 학교 문을 닫으면
우리 서로 수고한다 고생한다
늦은 인사를 나눌 수 있을까

가을이 왔다

뜨거운 여름밤은 가고
다만 그리운 것은
발 아래 순천만 하류로 흐르고
새로운 계절을 부비며 동천을 건넙니다

당신이 이별한 애인이 사는 곳은 해남
순천 목포 간 고속도로를 곧장 달려가
새로운 누군가를 기꺼이 만나지 못하고
해남 길을 기웃거렸다는 당신에게
하마터면 애써 혼자 가지 말라고 할 뻔했습니다

한 번도 온전히 자기편으로 느껴지지 못한 나여서
다만 몇 달 후 우리가 헤어지면
그때 가서야 많이 생각날 거라는 말은
지금 어느 길을 통과하고 있는 것일까요

나도 당신을 찾아 해남에 간 적이 있었습니다
손을 뻗어 찾아 헤맸으나
다시 잔물결로 밀어버리고
혼자 둔 거 미안해서
가만히 한 쪽 귀 맨등을 쓸어주었더니

오히려 머리를 쓸어주시더군요

밖에는 가을 바람이 붑니다
빗방울, 굵어지는 빗방울로 흐릅니다
안녕! 내일은 먼저 달려가 웃고 싶습니다

화두話頭 만경대萬景臺 외 1편

조성순

하는 일마다
막히고
신세는
독 안에 갇힌 쥐 모양
진퇴유곡

벗어나자, 가본
북한산 만경대 암릉
용암문에서 위문까지
서릿발로 날 선 바위들
—엄숙하다.

피아노바위에선 머리를 조심하고
사랑바위에선 미움을 버리고
뜀바위에선 절대 뛰지 말라.
오른손으로 바위 어깨를 짚고

왼손으로 확보 후
양손으로, 혼신의 힘으로
당겨야 한다.

온 걸 후회해도
돌아갈 수
없는 길

낭 끝에 줄을 걸고
조심조심 길을 연다.

진작
이렇게 살았어야 하는데
후회막급

남은 생은
하늘로 난 사다리
한 걸음 한 걸음
만근의 무게로 디디며

만근의 무게로 디디며
문門에
들리라.

학교

눈멀고 귀 닫힌
공장에서
찍어낸 판형

한결같다.

제국의 명 받들어
굽실댈 허수의 아비
벌판에서 우쭐하겠다.

이따금
오발탄 나오길
고대한다.

내가 길을 나선 것은 <small>외 1편</small>

조영옥

내가 길을 나선 것은
너를 떠나는 것이 아니다
내가 사람 없는 길을 찾아
걷는 것은
사람이 싫어 그런 것이 아니다
가없는 저 길 끝 닿으면
불현듯 누가 그리울 것 같아
그렇게 홀로 가는 것이다
내가 홀로 길을 나서는 것은
너를 그리워하기 위해서이다
세상의 큰 파도가 씻어가 버린 것들
보내지 말아야 할 것들
찾기 위해서이다
어떤 것도 처음처럼 될 수 없어
언제나 처음이 되어
하얀 마음으로
너에게 가는 것이다

잃어버릴 것들에 대하여

몽골 사막에 신작로가 생기니
로드 킬도 따라오네
길 이편저편
말이 쓰러져 있고
낙타도 버려져 있네
염소와 양이 길을 건너면
속도를 내며 달리는 차는
속도를 줄이지 못하고
어느덧 죽음의 길이 되었네
길 위의 사람과 짐승이 하나이더니
어느덧 멀어져 있네
먼지 자욱하게 날리면서 달리던
황톳빛 초원길 하나둘 사라지고
잿빛 직선 길이 이 땅을 덮으면
새로운 길의 수만큼 위안도 사라지고
우리는 무엇을 보러 오게 되나

먼지 하나 날리지 않는 길을 달리면서
잃어버릴 것들에 대해 생각하네
잊어버릴 것들에 대해 생각하네

포스트잇 외 1편

조재도

오늘도 빽빽한
당신 삶의 앞모습

텅 비어 보이지 않는
당신 뒷모습

밤

밤은 바닥이다
편안히 누워라
밤에 편안히 눕지 못하는
사람들 너무 많다
낮에 이어 밤에도
떠도는 사람들 너무 많다
밤엔 편안히 누워 편안히 잠들어라
밤에 편하지 못한 사람은
낮에도 편하지 못한 사람
낮의 시간이 험난한 사람이어니
밤은 바닥이다
들고 있는 것 내려놓고
편하게 누워라

단단한 무 외 1편

조향미

돌밭 한편 잡초 걷어내고
여름 끝날 무 씨를 심었다
바쁘다는 핑계로
거름 한 바가지 뿌리지 않았다
자주 들여다보지도 못했다
찬바람 쌩쌩한 날 무를 뽑았다
무는 참외처럼 둥글고 작았다
그러나 속이 야물고 딴딴하여
봄이 와도 바람 들지 않았다
양분도 없고 뒷배도 없어
속살이 속살을 껴안고 놓지 않았으리
사막의 한낮 북국의 한밤
저희끼리 머리 맞대 견디는
낙타 떼와 펭귄들처럼

친구 없는 현이와 외로운 빈이

처음으로 손을 꼭 잡고
도서관 뒷길을 걸어갔다

발돋움

도대체,
땅 바깥을 궁금해하는 씨앗이 없다면
이 세계는 무엇이겠습니까

이야기는 에덴동산으로부터 시작됩니다
선악과를 따는 이브의 손
금단의 세계를 향한 발돋움이
인간의 탄생입니다

신분의 벽과 인종의 굴레와 제국의 전선을
무너뜨려 온 사람들
역도며 폭도라 불려온 사람들
경계와 금기를 넘는 몽상가 혁명가들이
세계를 넓혀왔습니다
금단의 선 너머를 아무도 꿈꾸지 않았다면
아무도 다른 세상으로 발돋움하지 않았다면

우주는 한 개 점일 뿐이었을 겁니다

꽃씨가 날아가고 새들이 날개를 펴는
분단의 철조망 너머로
발꿈치를 들어 올렸습니다
사실은,
아무것도 아닌 일이었습니다
봄기운이 느껴져
땅 바깥으로 숨을 내쉬었을 뿐
작은 새싹 내밀었을 뿐인데
꽃샘추위라기엔 너무 혹독했지요
모함당하고 추방당하여
눈물 그렁한 십년이 흘렀습니다

이제 돌아갑니다
파도에 뒹구는 자갈돌처럼 재잘대는
아이들 곁으로 돌아갑니다
함박꽃처럼 까르르 웃고
콧등 찌푸려 잔소리도 하며
부푼 씨방 같은 교실에서 함께 꿈꾸겠습니다
평화와 통일의 꽃밭 다 같이 만발하겠습니다

* '부산 통일학교' 관련 선생님 네 분, 해임된 지 딱 십년 만에 복직되었다. 열흘만 늦었
으면 영영 학교로 돌아갈 수 없었다.

조향미   **165**

이광웅 시비 외 1편

조현설

이 땅에서
참된 연애를 하려거든
목숨을 걸라던
시인의 비석 앞에서
손을 생각느니

악수하던 첫날
수선화같이 여리던 손
그날 밤
을지로 쌍과부집
정성스레 아낙의 손을 잡고
위로하던 손

뭐든지
진짜가 되려거든
목숨을 걸라는

시비에 손을 얹으니
서러웠지만 먼저 와
잘 있다며 내미는
댓잎같이 서늘한 손

이 땅에서
목숨을 걸다가 돌이 된
당신의 여린 손

옴마니반메훔

옴마니 옴마니
전주 덕진못에 만장한 연꽃
뻘흙 뚫고 물길 건너
솟아오른 칠월의 보살

새마을 수건 봉긋 쓰고
이슬 털며 밭 매러 나오신
여름 들녘의 옴마니반메훔
우리 오마니

이런 시 외 1편

최기종

어제 밤 아픈 사람한테서 전화가 왔다. 태풍으로 땅이 열려서 상사화가 고사리처럼 돋아났다고 죽순처럼 피어났다고 그런데 곧 진다고 내일 만나자고 한다. 아침에 일어나서 전화했더니 그것을 기억하지 못하고는 딴소리다. 뜬금없이 시가 뭐냐고 물어온다. 나야 말이 막혀서 그게 뭐냐고 되물었더니 '인정'이라고 했다. 그것이 없으면 시도 뭣도 아니라고 했다. 홧, 그렇구나. 시가 사람을 감싸기도 하는구나. 이런 생각을 하면서 뒤가 켕겼다. 이제까지 그가 귀찮아서 거리를 두고 인색하기만 했었다. 오늘은 자리를 깔아놓고 길게 들어 주기로 했다. 그게 갚음인 것 같아서 오늘은 들어주는 게 시였다.

사라진 길

고향에 지름길이 있었지.
아랫거티에서 웃거티로 막 가는 길이었지.
길은 방죽머리에서 수로를 따라
혜숙이 누나네 배추밭을 걸어서
갑수 아재네 키 큰 오동나무 올려 보면서
기령이네 양철집 브로크 담장을 끼고 돌아
시궁창내 풀풀 나던 팻꼬랑을 폴짝 뛰어
군동 할아버지네 마당귀 살금살금 지나서
행산 양반집 탱자나무 울타리 개구멍을 통과하면
바로 거기가 웃거티 새암이었지.
마을 사람들은
새로 낸 길을 두고도
그 길만 닳도록 이용했지.

유월 외 1편

최성수

바람이 없어도
꽃은 지네

슬픔이 없이도
나는 늙어가네

숲은 시리고
햇살은 나른한데

난분분 난분분
꽃눈 흩날리는 유월

금계국

헤아릴 수조차 없을 정도의
병아리들이

햇살을 타고
하늘로 올라가고 있었다

눈부신 햇살이
병아리들을 향해
손 내밀고 있었다

남녘,
어느 바다의 아이들이었다

황둔 가는 길 외 1편

허 완

털어낼 것 많은 세상
잠시 등지고 오르는 길이다
노래가 울음이 되고
울음은 다시 노래가 되는 산마룻길이다

풀어야 할 매듭 몇 가닥
가슴에 떠안고 오르는 길이다
오를수록 내 눈물도 조금 보태어져
소리로 깊어지는 계곡길이다

버려야 할 마음의 짐
끝내 비탈에 다 부리지 못해
소쩍새 울음소리
푸른 별빛으로 돋아나는 밤하늘
길섶에 피어나 수줍게 흔들리고 있는
시(詩) 몇 줄 꺾으려 오르는 길이다
처음 듣는 새 울음소리에 헛발 딛다가
꺾어 든 시마저 돌려주고 넘는 고갯길이다

보름 밤

밝은 빛과 따순 볕으로 제 몸을 불사른
둥근 사랑 하나 사그라져 몸져누울 때
애틋한 마음 감출 수 없어
구름 뒤에 숨어 있던 너는
눈을 크게 뜨고 나타나
그윽한 눈길로 누구를 내려다보는 것 아니냐

피붙이 살붙이들 곤히 잠든 밤
늙은 아비 굽은 등 같은 고개를 넘어
어두운 귀갓길 재촉하는 발걸음
넘어질까 돌부리도 비춰주다가
곤한 잠을 깨울까 저어하여
풀벌레 소리들도 움칫 멎을 만큼
순박한 황소 눈으로 빛나는 네가 아니냐

깊은 밤 한결같이 환한 얼굴로

아득히 멀리서도 가까운 듯
구름 뒤에 숨었다가도
이제 막 곤하게 잠이 든
누군가의 베갯머리에 내려앉아
그 이마를 가만히 어루만지기도 하여라

땅거미 내려앉는 쓸쓸한 저녁
서해 바다에 담금질하는 핏빛 사랑
그 모양 그대로 밝기만 바꿔
아직은 미명인 이른 새벽
조반 없이 집 나서는 발길들 위해
네 속 깊은 사랑 한 조각
서쪽 하늘 한복판에 아직 남겨놓은 것 아니냐

벼랑 끝에 핀 패랭이 한 송이

– 故 이광웅 선생님을 생각하며

조성순

이광웅 선생님은 1989년 가을 제가 전국교직원노동조합 가입 사건으로 해직되어 마땅한 정처를 찾지 못하고 있을 때 처음 뵈었습니다. 그리고 1992년 돌아가실 때까지 제가 만나던 다른 분들보다 비교적 자주 많이 만났습니다. 일보다도 주로 그림 전시회를 함께 간다든가 날이 흐린 날 술을 마시기 위해서였습니다.

돌아보면 삶에서 우연이란 없었습니다. 수십억 광년 떨어진 별에서 난 빛이 지구별에 도달하는 것이 우연일 리 있겠습니까? 그러한 인과의 환경이 마련되어 있었던 것이지요.

선생님은 이른바 오송회 사건으로 4년 8개월 동안 옥고를 치른 분이었습니다. 다들 아시겠지만 오송회 사건은 전두환 정권이 들어서서 첫 번째 날조한 간첩단 사건이었습니다.

어릴 때부터 문재가 출중했던 이광웅 선생님은 백석의 『사슴』이나 오장환의 『병든 서울』 등을 필사해서 갖고 있었습니다. 그 오장환의 네 번째 시집 『병든 서울』 필사본을 동료 교사인 박정석 선생님이 복사해서 지니고 있었는데 한 제자가 빌려갔습니다. 제자가 복사본 『병든 서울』을 갖고 다니다가 군산에서 전주 가는 직행버스에 두고 내렸는데 그것을 버스 안내양이 습득해서 경찰에 신고를 했습니다. 경찰의 내사가 들어가고… 처음에는 이들 다섯 명을 이리 남성중학교 출신의 고정간첩으로 몰고 가려고 오성회(五星會)라고 했다가 한 명이 다른 중학교 출신이라는 게 드러나자 오송회(五松會)로 이름을 바꾸게 됩니다. 갖은 고문을 당하던 선생님들은 "처음에는 살려달라고 애원을 했으나 나중에는 차라리 죽여 달라고 매달렸다."고 합니다.

이광웅 선생님이 쓴 백석 시인의 필사본 공책은 안도현 시인이 갖고 있었는데 제가 한 번 보자고 해도 안 된다고 했으니 지금도 그가 가지고 있을 겁니다. 안도현 시인과 백석 시인의 만남은 이렇게 시작되어 『백석평전』을 쓰기에까지 이른 것으로 보입니다.

아무튼 이런 선생님을 용강동 푸른나무 출판사였는지 어디서 김진경, 윤재철, 조재도 선생님 등이 있는 자리에서 처음 뵙고 인사를 드리게 되었습니다. 선생님은 단아한 모습에 말씀은 간결하였습니다. 소년의 얼굴에 감옥에서 고초를 겪어서였는지 고슬한 머리카락이 약간 성글게 보이기도 했습니다.

선생님은 노래를 아주 잘하셨습니다. 교육문예창작회 연수에서든지 혹은 함께 어울리는 자리에서 선생님의 노래 솜씨를 아는 분들이 청하면 부르셨습니다. 마치 도도히 흐르는 강물이 가슴으로 차오르듯 가을 햇볕에 붉은 홍옥이 자태를 뽐내는 듯 한편은 서럽게 또 한편은 아름답게 가슴을 흔들고 주변 공기를 흔들고 사람들의 영혼을 알 수 없는 곳으로 데려가 저마다의 가슴을 부여잡고 울게 하였습니다. 소리로 사람을 미망에서 벗어나게 하고 악을 물리치는 티베트 불교에 나오는 밀라레빠의 현신이었습니다.

전주의 이병천 소설가와 안도현 시인 등이 있는 술자리에서 녹음했던 테이프를 제가 받아서 복사해서 몇 분에게 드리기도 하고 교육문예 창작회 카페에 올리기도 했는데 선생님 소리의 자취가 지금은 어디에 있는지 모르겠습니다.

군산에 있던 선생님 댁에는 몇 번 간 적이 있습니다. 사모님은 화가로 중학교 미술교사였습니다. 아드님은 당시에 고등학생이었고 따님은 재수를 하고 있었습니다.

아드님은 지난번 만났을 때 미술평론가로 간송미술관 큐레이터로 일하고 있었고 따님은 멕시코에서 미술을 전공했다가 다시 공부를 해서 지금은 치과의사로 있습니다. 아드님이나 따님이나 이광웅 선생님과 사모님의 내림이 이어진 것으로 보이니 다행이고 복이라는 생각이 듭니다.

사모님 김문자 여사께서 풍이 와 몸이 불편하여 사위와 따님이 국내에 들어와서 함께 지내고자 하였으나 여의치 않았고 그런 가운데 사모님이 돌아가시자 함께 왔던 가족이 다시 멕시코로 가게 되었습니다.

선생님 묘소는 군산 교도소에서 5분 거리에 있었습니다. 지난번 안도현 시인 등과 찾아뵈었을 때 선산 발치라 하나 주변이 너무나 쓸쓸하였습니다. 그래서 한국에 온 따님께 그러한 말씀을 전했는데 사모님이 가시자 선생님 묘소를 경기도 용미리로 이장을 하였다고 전갈을 받았습니다.

선생님은 미식가였으나 많이 들지는 않았습니다. 언젠가 신용길 선생님이 광주 전남대 병원 근처에 요양을 왔을 때인지도 모르겠습니다. 함께 거리를 거닐고 있었는데 선생님께서 말씀을 하셨습니다, 돼지 날고기 한 적 있냐고. 없다고 하자 선생님이 어떤 식당으로 데리고 가서 난생처음 돼지고기를 날로 먹어보기도 하였습니다.

한번은 군산에서 벚꽃 축제가 있던 때이고 전군가도 길인 것 같은데 젊은 청년들이 백발이 성성하고 얼굴이 홍안인 분을 모시고 왔는데 지리산 구경을 가는 길이라 했습니다. 이광웅 선생님은 뜻밖이라는 듯 약간 당황스러워하면서도 그러나 아주 깍듯하게 인사를 하고 안부를 여쭸습니다. 노인은 말씀을 담담하고 간결하게 하시면서 꽃이 만개한 주변을 돌아보고 가야 할 지리산 쪽인지 먼 데 하늘을 아득히 바라봤습니다. 그리고 곧 청년들이 모시고 길을 떠났습니다. 이광웅 선생님은 감옥에서 그런 분들께 노래를 배웠다고 하였습니다. 그래서인지 그렇게 가슴 저미듯 서러우면서도 아름다운 소리를 하셨는지도 모르겠습니다.

발병하기 전 선생님은 분당에 작은 아파트가 있어서 자주 서울에 나오시기도 하였습니다. 나오시면 주로 술을 좋아하는 윤재철 선생님과 저와 같이 자리를 하셨습니다. 삭힌 홍어를 잘하는 인사동 별미집 영산강에서 술을 한 게 선생님과 함께한 마지막 술자리였고 선생님도 지구별에서 마지막 술자리였습니다.

병고를 치르면서 성북동에서 침술이 빼어난 한의사께 침을 맞으러 다니기도 하셨고 멀리 전남 광주의 명의를 찾기도 하였으나 깊어진 병을 돌리기엔 어려웠습니다.

선생님은 한없이 맑고 순수한 분이었습니다. 웃을 때는 주변까지 환해졌습니다. 그런 분을 포악하고 잔인한 정권은 전사로 만들었습니다. 그래서 선생님을 상기하면 위태로운 벼랑 끝에 핀 붉은 패랭이 한 송이 같다는 생각을 하게 됩니다. 한편은 서럽고 한편은 아름답습니다.

짧은 시간에 이광웅 선생님을 꽤 많이 만나 뵀으나 기억은 분절적이고 선후가 닿지 않습니다. 선생님이 가시자 저도 교육문예창작회를 떠나게 되었고 다음 실무는 조현설 선생이 맡게 되었습니다.

돌아보면 교육문예창작회와 이광웅 선생님 그리고 저, 아니, 많은 회원 분들이 한때 더불어 다니던 도반이 아닐까 하는 생각이 듭니다. 경향 각지에서 모인 선생님들이 서로 소식을 주고받으며 한 시절 어울려 즐겁게 지내니 말입니다.

시 두 편을 올리며 마무리하고자 합니다. 한 편을 제 졸시이고, 다른 한 편은 선생님을 무던히 따랐고, 또 선생님이 아끼던 김영춘 시인의 추모십니다.

한 시절 우리는
모두 이광웅의 신도였다.
도현이랑 영춘이랑 송언이랑
모두 봄 햇살 같은 은혜로움 입고 살았다.

격포에서
군산에서
동대문 뒤 쌍과붓집에서
뜨겁게 연대하며
한 세상 보냈다.

그러나 신은 무정하사
우리의 작당을 질투하여
우리 교주님을 당신 곁으로 데려가셨다.

기쁘거나 슬픈 날

나는 은하계 저 켠으로
신호를 보낸다.
다음 세상
시절 인연 함께하기를
– 조성순, 「이광웅 선생님」 전문

정다운 물소리 저벅저벅 따라가면
그 사람 있습니다.
사랑은 사랑같이
분노는 분노같이
가지런히 챙겨 넣어 둔 보퉁이를 들고서
내 옷을 누가 가져 갔냐고
낭낭한 노래 부르며
맑은 소년이 작은 나무같이 서 있습니다.
군산 째보 선창 막걸리집에서는
이 사람 부안 사는데 참 좋아
이 사람 이리 사는데 참 좋아
늦은 시간 우리를 기다리며
끝내 좋아하며
맑은 광웅이 형님이 서 있습니다.
끌려가던 소나무마다 교무실마다
4월도 안 가르치는 선생님들이 정신차려야 한다고
서릿발로 서릿발로 선생님이 서 있습니다.

반쪼가리 문학의 반쪼가리 역사의 헛됨
견딜 수 없다.
전기고문에 뒤틀린 몸으로 서 있습니다.
왜 사람의 마음이 별이 못 되냐고 서 있습니다.
이 땅의 모든 누님들을 바라보며 서 있습니다.
사랑을 하려거든 목숨 바치라고
그 사람 안 쫓겨나는 학교에 서 있습니다.
– 김영춘, 「그 사람 있습니다」 전문

대표시 3편

대밭

대밭에 살가지 쪽제비 시글시글 댓가치를 분질러 놓으며 댓잎사귀 짓이겨 놓으며 바스락 소리 밤새 끊어지지 않는 밤이 깊었다. 새암 두 덕에 두룸박 소리 부딪히고 쌀 씻는 소리랑 큰동세 작은동세 주고 받는 목소리 뒤세뒤세할 때까지 한쪽 귀퉁이 이불귀를 끌어 잡아댕겨 가며 대밭은 떠내밀며 잠을 설쳤다.

사랑채에서 울려오는 할아버지의 기침 소리가 무섭고 선보러 오는 사람네의 수다스런 언변 뒤에 감추어 둔 비밀스런 험상들이 무서워서 얼굴에 껌정을 칠하고 대밭을 빠져나가 북산으로 달아나 간 큰고모의 안부가 걱정돼서 할머니는 새벽부터 물레질이 잦았다. 새떼가 지나면 은 실자새의 윙윙 소리는 퍼지고 퍼져서는 장지문을 다 흔든 후에 벽장 문을 다 흔든 후에 부엌에까지 들어가서 새로 회삿물한 부뚜막을 흔들 었다.

용수를 박고 막 떠 온 젖내기를 좋아하는 만주 아저씨가 오는 날은 우리 동네에는 있지도 않은 유태인 무서운 이야기는 끓는 라디오의 군부대신 연설처럼 열기가 올라오고 멀고 먼 옛날 절의 사진에 잠적 불출하셨다는 할아버지네 할아버지네 지하수처럼 흘러간 애사에 가슴 아파하는 날은 밀밥을 먹으면서 타국 가서 왼 식구가 시한에도 이불 없이 웅숭거리고 뼈 마다마디 곱았다는 사랑방에 들어 어느새이 괭이처럼 코를 고는 오직 아저씨를 위하여서 어머니는 나를 불러 대밭에 가서 술국 끓일 명아주 잎을 따게 했다. 지는 햇빛 속에 바람 소리 속에 섞여 인생의 의미를 생각하는 대밭은 나의 상아탑이었다.

해방 직후 팔봉 지서장을 살은 육촌 재종형이 인공 때 대밭을 빠져나가 남쪽 어딘가로 도망치던 구름 낀 밤이 있었고 해방되기 전부터 공산당을 해 온 오상리 아저씨가 수복 때 대밭을 빠져나가 북쪽 어딘가로 도망치던 추적추적 비 내리던 밤. 다음 날이면 언제 그랬냐고 말짱허니 갠 하늘이 되어 눈부시게 해가 빛났다. 땅거미 진 저녁이 내리면 어느새이 대밭에 자러 들온 참새 떼가 짹재그르짹재그르 떨어지는 햇빛 받고 시냇물 흐르듯이 끝없이 울어 대고 까막까치가 또 끝없이 짖어 대고 볼먹은 부엉이의 울음소리도 보태어 자동차의 이 소란을 극한 대낮의 홍수만큼 시끄러운 것이었다. 지금은 없는 그 새나라의 대밭이 그립다.

목숨을 걸고

이 땅에서
진짜 술꾼이 되려거든
목숨을 걸고 술을 마셔야 한다.

이 땅에서
참된 연애를 하려거든
목숨을 걸고 연애를 해야 한다.

이 땅에서
좋은 선생이 되려거든
목숨을 걸고 교단에 서야 한다.

뭐든지
진짜가 되려거든
목숨을 걸고
목숨을 걸고…

수선화

내 생애에서의 영원이란

그해 봄

내게 머나먼 압록의 강물같이나 바라뵈던 복직이

명절같이나 찾아와

떠나야 했던 교직에 또 몸담아 살면서

귀여운 소년 소녀들에게 평화로이 우리 국어를 가르치던

그 학교

그 교정

그 화단 가운데

수선화 피인

갠 날이다.

수선화같이

혀끝으로 봄을 핥으려는

꼭이나 수선화의 생리를 지니인 사람을 흠모하기 비롯한

그해 봄

그 갠 날이다.
내 생애에서의 영원이란
달리 미련이나 있을 것이 아니어서…….

빈 운동장 끝
그해 봄
바람 많아 섧게도 꽃대 흔들려 쌓는
한결 감옥에서 그리울, 한결 지옥에서 새로울…….

수선화 피인 갠 날이다.

영원한 여름의 시인, 신용길

조향미

1. 한국문학사

주전자에 물 얹어놓고
책을 읽었다
밖에는 오전 볼일을 보러 다니는
사람들이 정숙한 자세로 오고갔다
누가 왔는가
물방울들이 방안 공기 사이를 누비다
창에, 유리창에 붙었다
한국문학사였다
들판에서도 언덕 밑으로만 쏠렸던
흰 눈이 햇빛에 녹지 않고
눈부심 속에 머물기로 했다 한다
때 이른데 누가 왔는가
발아래 포개자던 개가
털에 성긴 물방울이라도 떨어내려는 듯

앞발을 쭈욱 뻗으며 힘차게 도리질했다
거리에는 풍경들이 엄숙한 표정으로 서 있고
사납게 사납게 활보하는 시간의
그러나 경쾌한 발걸음 소리를 들었다
창문을 열었다
답답해하던 물방울들이
나가자마자 흰 눈으로 나부끼며
길바닥에 떨어지는 것을 보았다.
— 신용길, 『한국문학사』 전문

　대학교 1학년 겨울방학 즈음 부산대학교 교지 〈효원〉을 받았다. 대학교 교지에는 어떤 글들이 실려 있을까. 가장 먼저 시선을 끄는 목차가 효원문학상 수상작들이었다. 대학에서 상을 받을 정도면 얼마나 잘 쓰는 걸까, 부러운 마음으로 펼쳐본 목차에는 시 부문 수상작으로 〈한국문학사〉라는 제목이 보였다. 신용길, 국어교육과. 같은 과 선배다. 당선작은 따로 있고 가작인데, 이 작품이 더 눈에 들어왔다. 시를 몇 번이나 읽었다. 유치환의 '바위'며 김춘수의 '꽃' 워즈워드의 '초원의 빛' 같은 시만 알고 있던 대학 초년생에겐 제목부터 신기했다. 무슨 말인지 정확히는 모르겠지만, 시가 좋았다. 주전자에 물이 끓고, 답답해하던 물방울들이 한국문학사란다. 그것들이 거리로 나가서 흰 눈으로 나부끼다 떨어졌다니. 한국문학사가 어떠하기에, 어떻게 느꼈기에 이렇게 표현했을까. 그보다 한국문학사를 시로 쓴다는 것이 참신하고 멋있게 느껴졌다.
　그로부터 몇 달 뒤. 2학년 봄이었다. 같은 과 친구 박권숙(지금은 시조시인으로 일가를 이룬)의 권유로 시 동인회에 가입했다. 대학에 입학하면서 나의 가장 큰 기대는 글을 맘껏 쓰는 거였다. 고교 시절엔 시간이 없어 글을 못 쓴다고 생각했으므로. 소설을 쓰고 싶었는데, 휴교령까지 떨어진 1980년의 대학은 시간이 넘치다 못해 널브러져 있었으나 소설이 써지지 않았다. 소설은 내가 쓸 수 있는 것이 아니라는 좌절감에 빠져있던 참에 시 동인회를 소개받으니, 그러면 시를 써볼까 구미가 동했다. 시든, 소설이든 문학하는 사람들을 만나고 싶었다. 쭈뼛쭈뼛 모임을 따라가니 선배들이 반겨주었다. 곧이어 모임이 시작되었는데, 모두들 시를 가져와서 돌려 읽고 '난도질'을 하는 방식이었다. 이른바 합평회인데, 내게는 그렇게 보였다. 자신이 쓴 글을 다른 사람들이 갈기갈기 분석하는 경험을 한 번도 하지 못한 나는 그 장면이 흥미롭고도 두려웠다. 내 글을 가져가면 얼마나 찢어발길는지. 처음 두어 번은 빈손으로 가서 다른 사람의 시가 해체당하는 것을 지켜보기만 했다. 선배라고 예외가 없었다. 후배들이 가차 없이 칼질을 했고 모두들 순순히 수긍했다. 몇 번의 모임 뒤 고참 선배가 말했다. 향미도 시를 가져와야지. 예….

그래, 나도 쓰고 싶었다. 내 속에 가득 찬 안개를 풀어놓고 싶었다. 하지만 학교에서 백일장 말고는 시라는 걸 써 본 적이 없던지라, 어떻게 써야 할지를 몰랐다. 그래도 어찌어찌 몇 줄의 말을 뭉쳐보았다. 떨리는 가슴으로 시 쪽지를 들고 갔다. 그런데 그 전에 친구 권숙이가 말했었다. 진짜 시 잘 쓰고 무서운 선배가 있는데, 교생실습 가서 지금은 안 나와. 좀 있으면 올 거야. 이름이 신용길, 용길 형이라고 불러.

내가 처음 시(라고 할 수 있다면)를 써 갔던 날. 신용길 선배가 동인회에 왔다. 하필이면…. 이름만 알던 사람을 직접 만나니 가슴이 두근거렸다. 무섭다는 말과 달리 선배들과 농담을 하며 웃고 있었다. 합평회가 시작되고 그 무서운 선배가 내 글을 훑어보더니 날카로운 눈빛으로, 조향미 씨 이것도 시라고 썼습니까? 무방비로 있는데 갑자기 칼이 스윽 들어오는 느낌. 가슴에서 쿵 소리가 나는 것 같았다. 얼굴도 새빨개지거나 새파래졌을 것이다. 그러나 그는 야멸차게 말을 이어갔다. 조목조목 그것이 왜 시가 아닌지, 뿐만 아니라 내가 얼마나 유치한 관념 속에서 살고 있는지, 나의 문제가 무엇인지를 점쟁이처럼 콕콕 찍어냈다. 아, 그 창피함과 참담함이란…. 그의 말에 고개를 끄덕일 수밖에 없었다. 그러나 나는 속으로 입술을 깨물었다. 두고 봐. 언젠가는 너보다 잘 쓰고 말 거야.

그런데 몇 달 뒤 그와 연인 사이가 되었다. 나중에 그가 말하길 후배 여학생 셋 중에서 나를 찍었다 했다. 아마도 찍으면 넘어올 것 같았겠지. 공식적인 나의 첫 연애였다. 그는 학교 안의 여러 문학 서클에서 이름이 나 있던 선배였고, 몇 번 연애도 했던 터였다. 완전 신출내기였던 내가 그와 사귀는 사이가 되면서 부산대 안의 문학판에 좀 더 쉽게 들어갈 수 있었다. 하지만 동인회 선배들은 나를 은근히 말리기도 했다. 용길이가 시는 잘 쓰지만 성격이 안 좋아. 네가 고생할 거야. 물론 그런 말이 귀에 들어올 리가 없었다. 연애를 말리는 선배가 연인이 된 선배를 당할 수 없었다.

연인이 되면서 그는 내 시작詩作의 과외 선생 같은 역할을 했다. 그에게 몇 달 배우면서 시가 무엇인지, 어떻게 쓰는 건지 조금씩 감을 잡아갔다. 가을 축제 때 시사전을 했는데 당시 국제신문 기자를 하던 이윤택 씨가 내 데뷔작을 보고 좋다고 칭찬을 했다. 신용길도 나만큼 흐뭇해했다. 새로운 시를 써서 만나는 것이 우리만의 연애방식이었다. 둘은 서로 첫 독자였고, 상대의 좋은 시를 읽으면 자기 것인 양 기뻐했다. 1년 뒤 우리는 효원문학상에 나란히 당선되었는데, 나는 시 분야, 그는 평론 분야였다. 이것도 시라고 썼느냐는 혹평을 해준 과외선생 덕이었을 것이다.

그는 시험용지를 접어서 아주 작은 글씨로 쓴 시를 내게 보여주곤 했다. 그럴 땐 후배들을 신랄하게 비판하던 선배의 모습은 어디 가고 부끄럼 많은 문학청년이었다. 그러나 그는 본래적으로 다혈질이었다. 그때만 해도 문학행사가 많았는데, 시화전, 시사전, 문학의 밤 등등. 그는 부산대문학회를 이끌며 행사를 총지휘하고 있었는데, 동료들과 언성을 높이며 부딪치는 일이 잦았다. 실력 있고 열정적이나 성질이 괴팍하기로 소문이 났다. 우리가 속한 동인회는 대체로 순수시를 쓰는 그룹이었다. 1980년대 초반, 시대를 생각하면 그럴 때가 아니었건만 우리는 세상과 동떨어진 문학도였다. 책도 문학책만 읽고, 시집은 문지나 민음사 것만 봤다.(뒤늦게 창비시선을 읽었을 때의 충격이란. 시를 이렇게 쓸 수도 있구나 싶었다.) 그즈음 그가 쓴 시는 섬세하고 담백하고 또 적당히 모호했는데, 다음 시는 덜 모호한 작품이다.

햇빛 속을 한 여자가 갑니다
부서지도록 아름다운 한 여자가
여자의 머릿결에서 빛나며 가슴에서 숨어버린
한 뼘가량의 바람이 항상 충분하도록
부서지지 않고 걸어갑니다
여자의 구두 뒤축에 닿는 땅의 무력함

일어서거나 눕거나 저항하지 않는
땅의 모든 것들이 아름답게 부서지도록
한 여자가 걸어갑니다
이 세상은 우리들의 의지와는 관계없이
아름답습니다 아름답습니다
 —「이 가을에」부분

2. 브레히트를 생각하며

나는 대학을, 그는 학원 강사 알바를 하며 대학원을 다니면서 캠퍼스 커플로 지내다가, 그가 학문을 계속하려던 계획을 미루고 일단 발령을 받기로 하여, 1984년 3월 함께 교사가 되었다. 그는 조동일 교수를 무척 좋아했고, 언젠가 한국문학사를 쓰겠다는 포부를 품고 사대가 아닌 인문대 국문과 대학원을 다니고 있었지만, 공부만 하고 있을 상황이 아니었다.

다정다감하고 다혈질적인 기질은 아이들을 대하는 교사의 모습에도 여전했다. 나는 남중, 그는 여중에 근무했는데 여학생들은 그를 무척 따랐다. 그는 집에서도 여동생들이 부모보다 더 신뢰하는 '큰오빠'였다. 곧 나는 부산진여상으로 그는 구덕고등학교로 전근을 갔는데, 남학교에서 그는 학생들에게 매섭게 매를 대기도 하는 선생이었다. 그러면서 또 끈끈한 사제 간의 정을 나누었다. 1986년 12월 결혼을 한 뒤, 학생들이 집에 놀러오는 일도 심심찮게 있었다. 그는 교직에 재미를 붙여가고 있었다. 1985년 민중교육, 1986년 교육민주화 선언 소식을 들고 심각하게 고민을 하는 것 같았다. 그러나 가난한 집의 장남, 이제 갓 결혼한 처지로 동참할 용기를 내기는 어려웠다. 나는 그냥 어깨너머로 보기만 할 뿐 내 일이라는 인식이 없었다.

그즈음 그는 김춘수의 추천을 받아 현대문학으로 등단했다. 결혼한 첫 방학, 당시 민정당 국회의원이었던 김춘수 선생을 만나러 프레스센터로 갔던 생각이 난다. 발령을 받고 세상을 직접적으로 만나면서 우리의 관심도 시도 서서히 변화하게 되었다. 계속 순수시에만 머물러 있을 수 없었다. 그는 나보다 훨씬 빠른 속도로 세상에 대한 비판과 민중들의 삶에 밀착한 시를 쓰기 시작했다. 그러면서 아우슈비츠 연작시를 썼고, 브레히트에 빠져 있었는데 아래와 같은 시도 썼다. 이 작품은 부산대 민주열사 추모 시비에 새긴 작품이기도 하다.

우리가 아니더라도
그런 말을 할 사람이 많이 있소

당신이 아니더라도
그런 글을 쓸 사람은 얼마든지 있어요

내가 아니더라도
그런 일 할 사람 많아요

그렇다면
침묵과 위선, 비겁과 굴종은
누구의 할 일이란 말인가

－「브레히트를 생각하며」 전문

침묵과 위선, 비겁과 굴종의 삶을 살지 않겠다는 다짐, 말만이 아니라 그런 실천의 길을 가슴 깊이 차곡차곡 준비하고 있었다. 그는 더 이상 말랑말랑한 관념의 유희, 개인적인 감정과 언어의 조탁에 매몰된 서정시만 쓸 수 없는 시인이 되어갔다.

그리고 1987년이 밝았다. 권인숙, 박종철의 이름이 신문에 연일 오르내리는 걸 보면서 우리도 신혼의 밀실에만 있을 수 없었다. 1987년 5월부터 박종철고문치사 규탄대회에 참여했으나 번번이 전경들에 둘러싸여 집회가 무산되었다. 드디어 6월의 토요일 퇴근 후 함께 시위에 나갔다. 처음엔 인도에서 시위행렬을 보기만 하다가 내가 먼저 시위대 속으로 들어가니 위험하다고 나를 끌어냈다. 괜찮아. 다 같이 하잖아. 그도 얼마 뒤 함께 주먹을 흔들고 구호를 외쳤다. 나중엔 점점 과격해졌다. 토요일 밤늦게 옷이 찢어져서 들어오는 날도 있었다. 전두환이 노태우를 내세워 항복을 하고, 전국교사협의회가 결성되고, 김대중을 당선시키기 위해 전화통을 붙잡고 할 수 있는 힘을 다했으나, 권력은 결국 노태우로 이어지고…. 격랑의 시대였다.

1988년 7월 1일. 가장 뜨거운 한낮에 아들이 태어났다. 세상은 올림픽 열기로 들떠 있었고, 학교는 교육민주화의 열풍이 몰아치고 있을 때였다. 모두들 열병에 걸린 것 같은 시절이었다. 그의 시도 점점 뜨거워졌다. 그는 이제 모호한 모더니즘 시들이 아니라 직설적이고 단도직입적으로 하고 싶은 말을 했다. 대학 시절과는 시가 완전히 달라졌다. 교직에 대한 태도도 달라졌다. 학창시절엔 생활의 방편으로만 생각했

던 교직. 그는 학문을 계속하고 싶어 했고, 교사보다 먼저 시인이고 싶
어했다. 그런데 한 해 두 해 학교에 머물수록, 아이들을 만날수록, 그
런 태도로는 제대로 선생이 될 수 없다는 것을 알았다. 교사란 그렇게
부업처럼 할 수 있는 일이 아니었다. 이제 깨어나기 시작하는 숱한 어
린 영혼들을 만나는데, 선생 자신의 영혼을 쏟아붓지 않을 수 없었다.

사대엔 가지 마라
남자 못할 짓이 선생이다
그렇게 자기 설움을 뱉어댔지만
제자는 기어이 사대엘 갔더란다
선생다운 선생 노릇을 하기 위해서
어쩔 수 없이 떼밀려온 패배자들을 이기기 위해서

선생보다 중한 직업이 무엇이더냐
더러 철들면서 얻은 귀중한 생각들
의사도 좋고 판사도 좋고 기술자도 좋지만
그런 사람들을 키워내는 것이 선생이 아니더냐
아니다, 지금은 아니다
그렇지 않다
이 악물고 침 뛰기면서 하는 말들
교과서 한 장 한 장 넘길 때마다
아이들의 초롱한 눈빛
너희들은 더 이상 식민지 국가의 후손들이 아니다
너희들은 더 이상 분단국가의 슬픈 후예들이 아니다

너희들은 더 이상 패배자가 되어서는 안된다
나는 너희들과 함께 해방의 싸움꾼이 되기 위해 선생이 되었다
— 「나는 너희들과 함께 선생이 되련다」부분

3. 조선민주주의인민공화국 모시조개

그는 가난한 집안의 장남이었다. 아버지는 월남민으로 남에는 인척이 거의 없었다. 명절날에 더욱 허전하고 쓸쓸했다. 아버지는 생활력이 약했고, 억척인 어머니가 자식들을 건사했는데, 어머니에게 그는 남편보다 의지하는 아들이었다. 십대의 나이에 단신으로 월남하여 홀로 살아온 탓이 컸을까. 아내는 물론 자식들과도 소통을 잘하지 못하는 아버지를 신용길은 미워하면서 연민했다. 무능한 아버지와 외롭고 가난한 집안은 결국 분단의 산물이었음을 깨달아갔다. 개인의 문제는 곧 민족의 문제였던 것이다. 다음 시는 한겨레신문에 실렸었는데, 이제 막 남북교류가 시작된 그 시대의 감격과 소망이 잘 드러나는 작품이다.

네가 부산항에 들어온 날은 요란한 총성이 없었다
노획물의 전시도, 훈장 탄 병사의 인터뷰 기사도 없었다
그렇다 네겐 반공법 위반도 국가보안법 위반도 적용되지 않았다
조선민주주의인민공화국 모시조개
긴 이름만큼이나 낯선 내 잘리운 조국이여
아버지께서는 텔레비전 뉴스를 보시다 또 눈물을 닦으셨다
두고 온 부모형제들 생각이 나서

남북이산가족찾기 생방송 중계 땐

아버지께서는 방송국에 나가 사셨다

얼마 전 미국 조카의

북쪽에 한 고모님이 살아 계신다는 전화 소식

얼굴 한 번 본 적 없는 할아버지 할머니 고모님들

명절 때만 되면 더욱 쓸쓸해지는 우리 집에

그 반가운 소식은 언제 올 것인가?

조선민주주의인민공화국 모시조개여

너같이 제3국을 통해서라도 좋다. 만날 수만 있다면

물길 천리 길, 원산 앞바다의 물결이

해금강을 끼고 울릉도를 돌아 부산 앞바다에 닿듯이

남북의 이산가족들이 그렇게 홀연히 만날 수만 있다면

보안법이 철폐되고 휴전선이 사라지고

너 조선민주주의인민공화국 모시조개처럼

간단한 통관 절차만 밟고 서로 오갈 수만 있다면

끊어진 허리, 잘려진 조국을 베개 삼아

아직 눈 감지 못한 원혼들

다시 살아나 춤추고

우리의 눈물 깨끗이 마르지 않으랴

동해의 푸른 물결, 큰 뱃길 열어놓은 그날

　　– 「조선민주주의인민공화국 모시조개」 전문

　그는 시를 쓰기 시작하면 대체로 일필휘지로 썼다. 이 시도 그렇게 썼을 것이다. 슬픈 가족사와 민족사를 있는 그대로 드러내면서도 모시조개로 대표되는 상징과 시적 형상화가 잘 이루어진 작품이다. 분단현실과 평화를 염원하는 여러 시인들의 시편들 가운데서 이 시도 빼어난 수작이다.

그렇게 1989년이 왔다. 1987년 결성된 전국교사협의회로 학교 현장에는 민주화의 바람이 불고 있었지만, 법적 구속력이 없는 협의체로는 교육당국을 상대로 힘 있는 싸움을 펼쳐나가기가 힘들었다. 많은 내부 토론을 거쳐 교사협의회를 교직원노동조합으로 전환할 것을 결의한다. 그러나 노동조합의 결성으로 그처럼 칼바람이 몰아칠 줄, 그리하여 끝끝내 목숨까지 잃는 조합원들이 여럿 나오게 될 줄을 애초에 짐작이나 했을까. 1989년 여름 전교조, 지금 생각하면 어찌 그렇게 싸울 수 있었을까 싶다. 사실 나는 남편이 해직되지 않기를 바랐다. 그렇게 자신의 전 존재를 걸고 싸울 일은 아니라고 생각했다. 각서 한 장 까짓것 써 주지 뭐, 싶었지만 그는 뜻을 굽히지 않았다. 조직수호도 중요했지만 부당한 힘에 굴복할 수는 없었다. 그렇게 버틴 전국의 동지들이 있는데 혼자 빠져나올 수도 없었다. 이 문제에 자신의 존엄을 걸었구나 느껴지자 나도 동의해 줄 수밖에 없었다. 나의 경우는 애초에 조합원 명단에 이름을 올리지 않아서 각서를 쓰고 말고 할 것도 없었다.

해직이 되고 국가공무원법 위반으로 수배가 떨어졌다. 여름방학, 이제 돌잡이 아들이랑 있는 집에 형사가 찾아왔다. 그때 그는 검거를 피하여 부산지부 사무실에서 살다시피 했다. 그러나 여름방학이 끝나고 출근투쟁을 하러 갔던 첫날 경찰에게 붙잡히고 말았다. 학교 선생들이 미리 경찰에게 연락을 해두었던 것이다. 구치소에 수감된 지 일주일. 구치소에 면회를 가니 그가 없다. 단식투쟁을 하다 쓰러져서 병원엘 갔다 한다. 나중에 들으니 단식투쟁이 원인이라기보다 장천공으로 출혈이 있었고 빈혈 때문에 쓰러진 거라 했다. 나는 그가 구속되었을 때보다 훨씬 충격을 받았다. 감옥이 아니라 병원엘 가다니, 구속된 것보다 더 나쁜 소식이었다. 결국 병보석으로 풀려났다. 1989년 9월의 일이다.

그런 시련 속에서도 건강이 많이 악화되기 전까지 그는 열정적으로 활동했다. 부산지부 문화부장을 맡아서 함께 북장단을 배우며 문화공연을 만들어갔으며, 무엇보다 그가 공을 들인 것은 연구소를 만들고자 하는 일이었다. 소모적인 싸움만 할 것이 아니라 함께 공부한 것이 축적되어야 하고 그런 것이 우리 교육의 수준을 높이는 것에 기여해야 한다는 것. 민교협 교수들과 함께 밤을 새워 토론을 하며 연구소 만드는 일에 헌신했다. 그가 강렬한 염원한 씨앗을 뿌렸던 일들은 부산교육연구소라는 이름으로 그의 사후에 설립되었다.

문학운동에도 아주 열심이었다. 그는 원래 신명과 열정이 넘치는 사람이었다. 부산 지역문학판에서 부울경문학인모임, 5.7문학협의회 결성에 주도적으로 참여했으며, 교육문예창작회 일에도 신명을 냈다. 1989년 교문창 창립총회엔 나도 함께 갔는데, 그가 아니었다면 그런 자리에 얼굴을 내밀 생각을 못했을 것이다. 교문창의 첫 번째 교육시집 『교사는 노동자다』(푸른나무, 1989.12)를 창립기념으로 냈는데, 신용길의 시 제목을 그대로 표제로 삼았다. 창립대회에서 조성순, 최성수, 이광웅 선생님 등이 인상적인 모습으로 기억에 남아 있다. 부산에서 교문창 시낭송회도 개최하여 전국의 동지들을 불러모으기도 했다.

4. 1989년 한국 여름 그리고 교육대학살

나에게 과격하다 이름 붙이지 마라
1989년 여름의 대학살을 기억하리라
출근하는 교사를 학생들이 보는 앞에서
삼복에 개 잡듯이 끌고가던 정보과 형사들
교문 앞에는 새마을 주임 충성파 체육선생이 대기하고 있었고
교문 안에는 급조된 학교정상화협의회 학부형들이 진치고 있었다
교육의 '교'자도 모르는 사람들
그들은 인간관계라는 미명하에 상관에 대한 충성을 위장하였다
독재권력의 똘마니들답게 그 해 교장 교감들은
감시와 왜곡 조작에 뛰어난 솜씨를 보였고
이 틈에 잘못 보인 싹수들을 자르는데
숙달된 조교로부터의 시범을 보고
능숙한 칼질을 해대고 있었다.
밥줄이냐 양심이냐의 갈림길에 선 우리들에게
올가미를 던져놓고 어느 한쪽이나 걸려들기만을 기다려
사정없이 줄을 당겼다
썩어 문드러지는 깡보리밥에 단무지 네 쪽 넣어주며
네가 언제 선생이었냐는 듯
반말과 욕설로 개같이 굴 것을 강요하던 교육감과 형사들
차라리 불쌍한 건 그쪽이었다
죽어가는 아이들을 살려보겠다고
이 나라의 민주주의를 실현시켜보겠다고

분단된 조국의 통일 꿈꿔보겠다는 우리에게
그들은 핏물 낭자한 칼날을 들이대었다
1989년 여름 교육대학살의 그늘 뒤에서
문교부장관은 TV 과외로 독점재벌들과 VTR 상담을 하고
정치가들은 시원한 풀밭에서 한가롭게 골프채나 휘두르고
대통령과 그 일가들은 전용 별장에서 휴가를 보내고 있었다
나는 똑똑히 기억하리라
평생 잊지 않으리라
1989년 한국 여름의 교육대학살을
나를 과격하게 만든 이 역사적인 사건을
 -「1989년 한국 여름 그리고 교육대학살」전문

이 시 한편에 전교조 출범 당시의 무자비한 탄압과 희생이 고스란히 담겨 있다. 한 치 과장도 미화도 없이 일어난 일 그대로를 시에 담았다. 전교조 조합원들이 어떤 꿈과 각오로 1500여 명이나 해직을 당하고, 숱한 활동가들이 감옥에 갇히고 권력자들은 얼마나 비정하게 교사들의 숨통을 눌렀는지. 부산에서도 70여 분의 선생님들이 해직되었다. 그런데 대부분 해임이었는데, 전교조 부산지부 창립대회에서 축시를 읽었다는 이유로 신용길은 파면을 당했다. 시 한 편은 중징계를 때릴 이유가 충분했던 모양이다.(위의 시가 축시는 아니다. 이 시는 전국국어교사모임 연수에서 벽시로 써 걸었던 시로 기억한다.) 해직되고 구속된 뒤 억누를 수 없는 분노의 힘으로 썼던 뜨거운 절창이자 격문이었다.

그는 원래 몸이 약했다, 연애할 때도 툭하면 감기나 몸살로 드러누웠고, 외모도 약골로 보여서 결혼할 때 우리 부모님이 격렬하게 반대를 하셨다. 잔병치레 한 번 안 하던 나는 그 허약함에 연민의 마음이 더해졌다. 결혼하고 얼마 뒤엔 교통사고를 당하여 몇 달 입원을 해 있었고. 위가 안 좋아 늘 위장약을 달고 살았다. 그의 몸은 불운했다. 시 쓰는 선배 중에 내과의사가 있어서 그 병원을 주로 다녔는데 위궤양이라 했다. 내시경을 한 번 찍어보자 했다 하는데, 그때만 해도 젊은 사람들이 큰 병에 걸리는 얘기를 별로 들어보지 못하여, 그냥 한 귀로 흘렸고 의사 선배도 크게 권하지는 않았다.

해직과 구속을 겪으면서 그의 건강은 급격히 나빠졌다. 건강이 안 좋아 지부 활동도 쉬엄쉬엄하면서 약을 복용하고 있었는데, 밤에 갑자기 아파서 병원 응급실을 간 적도 두세 번 있었다. 지금 생각하면 그때 왜 좀 더 정밀한 검사를 하지 않았을까 싶은데 병원에서도 초음파 정도만 검사하고 위궤양이라는 진단만 계속 받았다.

그러다 1990년 11월 중순. 또 한밤에 통증이 심하여 늘 가던 위생병원 응급실로 갔다. 이번에는 검사 기간이 길었다. 그렇게 하기 싫어하던 내시경도 했다. 일주일 뒤 결과가 나오는 날. 퇴근하고 병실에 다니러 온 나를 간호사가 몰래 불렀다. 의사 선생님이 보호자를 보자는데, 뭔가 환자가 듣지 못하게 비밀스레 할 말이 있는 듯했다. 심장이 쿵쾅거렸다. 결과가 안 좋은 것이 틀림없다. 간호사실 구석으로 데려가더니 곧 담당 의사가 왔다. 신용길 씨 보호자지요? 하더니 아주 심각한, 의사도 당황스런 표정으로 신용길 씨, 위암입니다! 청천벽력이었다. 그때까지 암은 책에서만 보던 단어일 뿐이었다. 내가 아는 사람 중 암에 걸린 사람은 아무도 없었다, 서른네 살 젊은 사람도 암에 걸리나?

이제껏 위궤양이랬잖아요. 그럼 어떻게 하면 되는 거예요? 수술하면 되나요? 의사는 침통하게 대답했다. 큰 병원으로 빨리 가보세요. 그런데 벌써 복수가 차기 시작해서 수술이 힘들 겁니다. 이미 말기예요.

병원을 어떻게 나왔는지 모르겠다. 그의 얼굴을 보지 못하겠어서, 집에 급하게 할 일이 있다 하고 후다닥 병원을 나왔다. 육교를 건너는데, 온몸이 바늘에 찔리는 듯했다. 그 육교 위에서, 충격과 공포의 감각은 내 평생 가장 고통스런 기억으로 남아 있다.

그 뒤의 투병과정은 짧기도 하거니와 자세히 쓰고 싶지 않다. 고신대병원으로 옮겨서 최종적으로 수술이 힘들다는 판정, 길어야 6~7개월 남았다는 사망선고를 받아들고. 현대의학으로 안 된다 하니 광주로, 화순으로 요양원을 찾았다가 더욱 악화되어 1990년 12월 31일 동아대병원에 입원했다. 그리고 두 달 남짓 끔찍한 고통을 겪으며 쇠약해져갔다. 해직교사의 투병 이야기는 여기저기 언론에 보도되고, 문익환 목사님도 오셔서 좋은 기를 불어넣어 준다고 하셨지만, 이미 그의 몸은 백약이 무효인 상태로 접어들었다. 흐려지는 의식 속에서 찾아온 동지들에게 떨리는 손으로 내 대신 잘 싸워주소 마지막 유언의 문장을 남기고, 눈으로 인사를 했다. 1991년 3월 9일 저녁 7시 마침내 갑자기 숨이 편안해져 보였다. 숨이 멎은 것이다. 나는 임종 장면이 처음이었는데, 숨이 멈추었다기보다 숨에서 벗어난 것으로 느껴졌다. 죽음이란 모든 것에서 해방되는 것, 무엇보다 고통스런 육신에서 벗어나는 것이다. 그는 그렇게 몸을 떠났다. 그는 1989년 한국 교육대학살의 첫 번째 희생자였다.

끝끝내 보고 싶었던 것을 다 보지 못하여 두 눈은 기증을 했다. 그는 어쩌면 그 이후 민주주의 발전을, 더욱 치열한 국민들의 투쟁을 모두 다 지켜보았는지도 모르겠다. 가난하고 외롭고 뜨겁고 격렬했던 34년의 짧은 생을 마감한 뒤, 남은 가족들은 어찌 살았을까. 늙은 부모와 젊은 아내, 어린 아들. 그들의 모든 슬픔과 아픔과 고독과 방황은 그 자신들의 몫이었다. 남은 자들에게 부여된 생의 과업, 업보였다. 자신의 모든 생을 불살라 참교육의 제단에 바친 시인, 교사 신용길. 그에게는 아무런 책임이 없다. 그는 충분히 할 일을 다 했고 잘 살았다. 그는 영원한, 뜨거운 여름의 시인이고, 형형한 눈빛의 참교사이다.

그가 떠나고 몇 달 뒤 그의 시들을 모아 1991년 7월 실천문학사에서 유고시집 『홀로된 사랑』을 펴냈다.

물처럼, 불처럼 그리고 바람처럼

― 故 정영상을 그리며

권순긍

1. 짧은 만남, 긴 이별

정영상! 그는 자신을 한 번이라도 만난 사람은 도저히 잊을 수 없도록 끌어들이는 자력(磁力)을 지니고 있다. '사람' 냄새를 좋아한다고 할까? 힘들었던 시절, 교문창 모임이 있을 때면 때와 장소를 가리지 않고 아무나 붙들고 밤새 술을 마시며 격렬한 토론을 벌이곤 했다. 정말 불같이 타올랐던 사람이었다. 그 자신도 「주벽」이라는 글에서 "내 술버릇은 한번 마시면 밤을 꼬박 새우기가 일쑤였다"*고 할 정도로 그 자리는 늘 밤을 새워 진행됐고 당시 우리는 그것을 당연하다고 여겼다. 뒤에 안 사실이지만 정영상은 자신과 교감할 수 있었던 사람들을 너무 좋아해 소중한 그 자리를 그렇게 연장하고 싶었던 것이다. 그리곤 동이 트기 전, 느닷없는 그의 죽음처럼 서둘러 자리를 떠났다. 자괴감이었을까?

정영상은 이렇게 말한다. "울고불고 나를 조금이라도 섭섭하게 하는

---

* 『성냥개비에 관한 추억』, 깊은사랑, 1993, 245쪽. 이하 산문집의 인용은 괄호 속에 '산문집'이라 약칭하고 글의 제목과 쪽수만 적는다.

것이 있으면 씹고 또 씹고 그러면서 내가 벌여 놓은 그 실수범벅과 무모함에 대해 술이 깨면 자학과 자기비하로 다시 또 술을 부어 엉망진창의 악순환이 계속된 20대. 아니, 엄밀히 말하면 사실 그것은 지금도 계속되고 있다고 해야 맞을 것이다."(산문집, 245쪽)라고.

하지만 그런 정영상을 우리 모두는 좋아했다. 1991년 1월 28일, 충북 괴산 화양동에서의 저 뜨거웠던 첫 번째 겨울연수 이후, 정영상은 교문창(다른 교과에서는 지독히 술을 마셔 '술문창'이라 불렀지만)의 '전설'이 되었다. 그도 그럴 것이 전교조 결성과 관련된 '대학살' 이후 해직교사로서 그러지 않고는 어찌 모진 세월을 견뎌낼 수 있었겠는가!

이른바 '문민정부'가 출현했던 1993년 봄, 이미 교문창의 전설이 된 정영상을 단양에서 다시 만났다. 내가 제천에 있는 세명대학교에 직장을 잡았기 때문이다. 부임이 확정되고 가장 먼저 생각난 사람이 바로 깊은 산골, 단양에서 지회 일을 하던 정영상이었다. 그는 당시에 제천, 단양 지역에서 내가 마음을 통할 수 있었던 유일한 사람이었다. 제천으로 내려간다고 반가움에 서둘러 전화를 했고, 정영상 역시 목소리에 반가움이 잔뜩 묻어 있었다. 수많은 연수와 모임에서 밤새워 술을 마시던 그 시절과 조금도 다름이 없었다. 우리는 그렇게 만났다.

나는 밤새워 술을 마시던 기억을 떠올려 화요일은 수업을 일찍 마치고, 수요일은 아예 수업이 없는 연구일로 시간표를 짰다. 그리곤 화요일 오후 수업을 마치기가 무섭게 버스를 타고 정영상을 보러 1시간 거리인 단양으로 향했다. 정영상은 천군만마를 얻은 듯이 기뻐했고, 나 역시 이 궁벽한 곳에서 함께 이야기를 나눌 수 있는 동지를 만나 더없이 좋았다. 정영상과는 해직교사인 김수열(사실은 그의 부인)이 운영했던 읍내의 '독도해물탕'에서 만나 술잔을 나누곤 했다. 거기에는 김수열뿐만 아니라 시멘트 공장에서 노조 대의원을 했던 홍창식(그와는 지금도 제천·단양 민예총을 같이 하면서 만나고 있다)도 자주 들려 같이 어울렸다. 그 셋은 단양에서 마음이 통하는 단짝으로 이미 어울리고 있었던 터였다. 답답한 시절, 우리는 단양의 골짜기에서 그렇게 서로의 마음을 나누었다.

술자리가 끝나면 다시 공간아파트 정영상의 집으로 가서 거기서 또 밤새 술을 마시며 이야기를 이어가곤 했다. 지금 생각하면 출근을 해야 했던 박원경 선생님에게는 말할 수 없이 폐해를 끼쳤던 철없는 짓이었다. 시절 탓으로 모든 허물이 용서되던 시절이었으니.

그런데 어느 날은 술을 마시며 얘기를 나누다 갑자기 감정이 격해져 나보고 제천으로 가라고 하는 것이 아닌가. 그것도 새벽에! 나 때문에 불편한 점이 있는가 하여 할 수 없이 짐을 챙겨 어렵게 택시를 타고 다시 제천으로 온 일도 있었다. 돌이켜 보면 아마 그날 정영상의 심기를 불편하게 하는 얘기를 했었던 것 같다. 그리곤 다음 날 전화를 해서는 어제 미안했다고 하며 제천까지 오기도 했다. 부인이 제천에서 근무했다며 제천에도 자주 왔었노라고 하며. 제천에서 아무도 아는 사람이 없었던 나에게 그런 정영상은 진정 구원과도 같았다.

어느 날은 술을 마시던 정영상이 옆방에서 무언가 뒤적이더니 장판지로 그린 그림을 한 장 가지고 왔다. 나에게 주겠노라 하며 자신을 보듯이 여겨달라는 것이 아닌가. 그 그림은 소가 하늘을 향해 울부짖는 모습이었다. 정영상의 두 번째 시집 『슬픈 눈』을 생각나게 하는 소의 형상이었다. 눈이 큰 정영상과 참으로 닮았다고 여겨 책상에서 바로 보이는 연구실 벽에 걸어 두고 늘 쳐다보곤 했다.

그 며칠 뒤 정영상에게서 편지가 왔다. 뜯어보니 단양의 정진명 선생과 같이 우선 셋이서 '죽령(竹嶺)'이라는 동인을 결성하자는 것이었고, 자신이 최근에 쓴 시 몇 편이 곁들어 있었다. 언젠가 술을 마시던 중 본격적으로 시를 써야겠다며 단양에서 같이 활동할 동인들을 찾아보겠노라고 한 적이 있었다. 해직된 곳, 안동의 '참꽃문학회'처럼. 다음 주에 단양에 모여 동인 결성과 각자 쓴 시를 가지고 품평회를 하자는 내용의 편지였다.

편지에 동봉한 시 중에 눈이 확 띄는 시는 마지막 유작이 된 〈돌 앞에 앉아〉였다. 그 시를 읽다가 "돌 앞에 앉아 울다/ 돌에 이마를 짓찧고/ 피 흘리고 싶은 날이 있다"에 이르러 소스라치게 놀랐다. 절망의 광기가 마지막 불꽃처럼 타오르는 느낌을 받았기 때문이었다. 시가 더할 나위 없이 좋았지만 왠지 불안했다. 너무 강렬했기 때문이다. 이미 죽음을 예견하고 있어서일까?

정영상이 세상을 떠난, 지상에서의 마지막 주에도 어김없이 단양으로 향했다. 정영상이 결성하고자 했던 '죽령(竹嶺)' 동인들을 만나 작품에 대한 얘기를 나누고자 했기 때문이다. 그런데 그날따라 다들 일들이 있어 모임이 이뤄지지 못하고 전교조 사업 문제로 얘기가 길어졌다. 정영상은 전교조 사업이 너무 안이하게 흐른다며 분개했고, 강력한 투쟁이 필요하다며 목소리를 높였다. 정영상과 그날 밤을 보내고 수요일 제천으로 오는 길에 현장방문(당시 해직교사들이 학교현장을 찾아가 조합원을 격려하는 일이 많았다.) 간다고 하여 잘 다녀오라고 작별인사를 나누었다. 그것이 정영상과의 마지막 작별이었다.

목요일 아침 학교로 출근했는데 서울 잠실(참교육실천위원회) 본부의 최성수 선생에게서 전화가 왔다. 대뜸

"형, 정영상 선생이 오늘 아침 돌아가셨어요!"

하는 소리가 전화기 저편에서 들려왔다.

"무슨 소리야! 어제도 같이 있었는데."

정말 믿기지 않았다. 정영상이 어디선가 불쑥 나타나 "권선생!" 하며 부를 것만 같았다. 김수열 선생의 회고에 의하면 나와 헤어지고 정영상은 단양중학교, 매포중학교로 현장방문을 갔고, 후원회 선생님들과 중국집에서 반주까지 곁들여 술을 한잔 하고 기분이 좋아져 단양으로 돌아왔다고 한다. 술을 더 마시자고 하니,

"오늘은 그만 참지 뭐. 내일 또 봅시다."

하며 집으로 향했다 한다. 그리곤 그다음 날 새벽에 심장마비로 세상을 떠났다. 들리는 말로는 현장방문 당시 해당 학교에서 출입을 막아서는 교장, 교감들과 싸우다 불같이 화를 냈는데, 그게 영향을 미쳤으리라 하지만 확실치는 않다.

4월 15일 오후, 이제는 세상을 달리한 정영상을 만나러 다시 단양을 가는데 온 산이 진달래로 붉게 물들어 있었다. 붉은 진달래 산천을 보고 있자니 돌연 정영상의 부재에 왈칵 눈물이 솟았다. 산천은 이렇게 아름다운데 너는 가고 없구나! 정영상이 술이 거나해져 흥얼거렸던 〈망향〉의 가사처럼 "꽃 피~는 봄 사월 돌아오면", "철 따라 핀~ 진달래 산을 넘고" 있는데.

1993년 봄, 3월 초부터 4월 중순까지 7주 동안 정영상을 꿈결에서처럼 만났다. 무언가 씌운 듯 그는 섬광처럼 내 앞에 나타났다가, 바람처럼 사라졌다. 정말, 짧은 만남에 긴 이별의 시간이었다. 어쩌면 내게는 슬프지만, '강렬하고 아름다운 시절'이었으리라. 인간 정영상을 뜨겁게 만나 서로의 인연을 만들었으니 말이다. 이제 정영상의 시에 대한 얘기를 좀 해야겠다.

2. 섬세한 손길로 빚은 '농부가(農夫歌)'

　그림을 그렸던 정영상이 어떻게 '시인'이 됐는가? 1983년 공주사대를 졸업하고 안동중학교 미술교사로 근무하면서 시를 쓰다가, 1984년 대전, 충남지역의 문학무크지 『삶의 문학』 6집에 고향인 경북 영일군 대성면 오천읍에서 겪은 농촌의 삶을 다룬 「귀가일기(歸家日記)」 5편을 발표하면서 정영상은 시인으로 본격적으로 나서게 된다. 시작은 자신이 겪은 농촌에서의 삶이었던 셈이다.

　게다가 시를 쓰면서 안동을 중심으로 교육운동에 참여하여 전교협 안동부지회장을 지내기도 했다. 대학을 다닐 무렵 그는 '광주민주화운동'을 겪었고, 학내 민주화 투쟁의 하나로 단식농성에 참여하기도 한 경험이 있어 대학시절부터 이미 투쟁의 결기를 지닌 인물이었기에 교육운동에의 투신은 자연스러운 삶의 행로가 되었다. 종착지는 당연히 전교조 결성이었고, 역시 전교조 안동지회 부지회장을 맡았다. 그런 교육운동의 도정(道程)에서 1989년 8월 안동 복주여중에서 해직되기 직전, 5월에 첫 시집 『행복은 성적순이 아니다』를 펴냈다.

　그의 시 「아이들 다 돌아간 후」에도 적시했듯 "행복은 성적순이 아니다/ 피 맺힌 유서 남겨 놓고 목숨 끊은/ 어린 열다섯 여학생"(정영상, 「아이들이 다 돌아간 후」, 『행복은 성적순이 아니다』, 실천문학사, 1989, 9쪽. 앞으로 이 시집에 실린 작품의 인용은 괄호 속에 제목만을 적는다.)이 던진 화두를 시집의 제목으로 삼았지만, 실상 이 시집에는 어린 시절 농촌체험을 노래한 '농촌시'가 교육시보다 많은 부분을 차지하고 있다. 당시 많은 교육시가 그렇듯이 현장에서의 자기반성이 주조를 이루고 있었다. 안도현은 〈발문〉에서 "교육현장 체험의 시들도 비탄조로 빠져들 때보다는 개인성을 극복하고 구조적 모순 속에서 실천자로서 학생과 함께 어울리는 교사상을 보여줄 때 더욱 감동적"이라 지적했지만 당시는 전교조 결성 이전이었기에 교육시에는 조직적 관점이 스며들 수가 없었다. 전교조 결성 이후에도 교육시에는 미처 체화되지 않은 경직된 이념의 조급한 형상화가 두드러져 시적 감동을 격감시키는 요인이 되기도 했다. 정영상 교육시의 빛나는 작품들은 두 번째 시집을 기다려야 했다. 다만 섣부르게 이념을 전달하지 않고 구체적인 삶에 근거한 애절한 목소리는 진정한 교육시의 출발로서 중요한 의미를 갖는다.

이 시기 그의 빛나는 성취는 교육시보다는 농촌시에서 찾을 수 있다. 하여 농촌의 현실에 발을 딛고 사는 가족들에 대한 애틋함이 주조를 이루고 있다. 특히 "허리를 펼 때/ 보리는 아버지의 눈을 찔렀다/ 눈물부터 먼저 고이는 보리밭"(「귀가일기 3」)이나 "저녁이면 거미줄 한 가운데로/ 삽을 멘 아버지가 돌아왔다"(「귀가일기 4」) 혹은 "고향 부엌 아궁이 불 꺼져가는 저녁이/ 내 온몸에 퍼져 갑니다"(「귀가일기 5」) 등 등단작인 「귀가일기」 연작은 표현의 섬세함이나 이미지의 환기가 탁월하여 농촌에 살면서 풀 한 포기, 돌멩이 하나에도 애정을 갖지 않고서는 도저히 쓸 수 없는 절창이다. 그중 「귀가일기 3」을 보자.

> 허리를 펼 때
> 보리는 아버지의 눈을 찔렀다.
> 눈물부터 먼저 고이는 보리밭
> 보리밭 위로 아내의 낮달이 떠가는 것을
> 아버지는 보지 못했으리
> 보리줄기 사이로 숨는

어머니의 낫질은 엉겁결에 보였겠지만

어머니의 낫 끝에서

싹둑싹둑 베어지고 베어져

반쪽만 남아 떠가는

배고픈 낮달은 보지 못했으리

허리를 펴는 아버지의 눈높이까지

夏至는 차오르고

굉소리 속에 무당벌레들은

하지를 찌르고 또 찔렀다.

며칠만 더 있으면 낮달도 저물리라

어머니의 육십 평생이

어머니의 손에서 베어져서 자취를 감추리라.

　하지 무렵 보리를 베는 부모의 모습을 통해 아버지 세대가 겪었을 지난한 삶, 특히 어머니로 대변되는 농촌 여성들의 고통이 섬세하게 그려져 있다. 녹색의 보리밭과 파란 하늘에 떠 있는 낮달의 대비. 여기에 금속성 이미지인 낫이 등장한다. 보리는 생계의 수단이고, 보리밭은 삶의 터전이다. 그 삶의 원천인 보리를 베는 행위는 삶을 희생시키는 것이다. 그래서 뾰족한 보리이삭은 아버지의 눈을 찌르고 눈물을 고이게 만든다. 채워지지 않고 빈껍데기만 남은 농촌의 삶은 아버지보다는 오히려 농촌 여성인 어머니에게 더 가혹하다. 아버지는 보리밭 위로 떠가는 아내의 낮달을 보지 못했을 거라고 한다. 어머니의 육십 평생 고달픈 생애가 보리처럼 덧없이 베어져 '배고픈 낮달'로 떠오르고 결국에는 자취를 감추어 버리는 사실을! 낮달은 존재하지만 그 빛은 태양에 가려 잘 보이지 않는다. 자신의 삶을 희생시켜 가족을 부양하지만 결국 아무것도 남는 게 없는 농촌 여성의 허망한 삶이 베어진 보리를 통해 드러난다. 어머니로 상징되는, 베어져 버린 '배고픈 낮달'의 슬픈 운명이 선명하게 각인되어 있다.

농촌의 현실에 깊이 들어가 보여준 시적 성취는 「왕겨」, 「두엄」, 「쌀」, 「볏단의 노래」, 「보리들의 遺言」, 「올챙이」, 「볍씨」 등 '사물시'에서도 잘 드러난다. 농촌에서 흔히 볼 수 있는 사물들을 의인화하여 그들의 목소리로 농촌의 현실을 증언하게 하며, 삶의 진실을 깨우치게 하기도 한다. "군불로 지펴져도 좋고", "밟히고 밟히다가/ 그나마 흙 속에 파묻혀도 좋"지만 "한 톨의 쌀/ 그 이름이 욕되지 않"길 바라는 '왕겨'나, "오로지 썩는 일에만 몰두하여……쓰라린 속이 기쁨으로/ 열매 맺힐 때까지 사는" '두엄'이나, "미운 놈 고운 놈 입 가리지 않고 들어갔다가/ 똑같이 똥이 되었다 나올 수밖에 없는" '쌀', "끌려가기 위해 노예처럼 묶여 있지만/ 무럭무럭 김나는 쌀밥이 될 수 있다구" 노래 부르는 '볏단' 등 이들 모두는 하찮은 농촌의 사물들이지만, 결코 예사롭지 않은 시적 대상으로 거듭난 것이다. 그 하찮은 사물들의 입을 빌어 이들이 우리 인간들의 고귀한 생명을 지켜주고 있음을 증언한다. 멸시당하고 썩어 없어지면서 발견되는 귀중한 존재감! 마치 고려 후기 신흥사대부의 선두주자였던 이규보(李奎報, 1168~1241)가 「햅쌀의 노래[新穀行]」에서 "한 알 한 알을 어찌 가벼이 여길 건가/ 생사와 빈부가 여기에 달렸는데(一粒一粒安可輕 係人生死與富貴)"라고 했던 어법과 유사하다.

한 톨의 쌀이나 겨 속에서 빛나는 삶의 자세나 농촌의 구조적 모순을 어떻게 발견할 수 있을까? 그것은 시적 대상에 대한 애정과 본질을 꿰뚫어 볼 수 있는 섬세한 눈을 가졌기에 가능한 일이다. 시적 대상에 대해 애정을 가져야 한다고 정영상은 이렇게 말한다.

　한 가지만 생각하고 순수한 현상에 대해 애정 어린 시선을 보낼 줄
모르는 사람들에겐 나뭇잎 빛깔 하나에 평생의 정열을 바치는 모네의
눈을 다시 생각할 기회가 주어졌으면 하는 생각도 합니다.
　풀 한 포기, 돌멩이 하나, 나뭇잎과 햇살, 아침과 저녁, 밤과 낮에 대
해 투시하는 고뇌 없이 대뜸 문학을 한다고 하여 민중시 몇 편을 읽고 시
를 쓰는 후배들을 보면 걱정도 되고 저 스스로도 큰 반성을 합니다.
　－「전우익 선생님께 1」, 산문집, 130~131쪽)

　시적 대상에 대한 애정과 섬세한 눈길이 정영상 시의 토대인 것이
고, 이는 인상파 화가 모네(Claude Monet, 1840~1926)의 사물 관찰
력을 예로 든 것처럼 미술교사로 평생 그림을 그렸던 관찰력에 기인한
바가 크다. 그 섬세한 손끝에서 하찮은 농촌의 사물들이 생명을 얻고
살아나 새로운 '농부가(農夫歌)'로 탄생한 것이다.

3. 사무치는 그리움의 '사모곡(思慕曲)'

　1989년 첫 시집을 내고 몇 달 뒤 정영상은 안동 복주여중에서 이른
바 '여름대학살'의 희생자가 된다. 그 쓰라린 해직의 기간 동안 가족이
있는 단양으로 와서 지회에서 상근을 하며 시를 써낸다. 그리고 1년 뒤
1990년 두 번째 시집인 『슬픈 눈』(제3문학사, 1990)을 펴낸다. 이 시집
에는 해직의 고통과 아픔보다는 "유배지 같은 단양"에 돌아와 두고 온

아이들에 대한 "확성기 소리처럼/ 증폭되는 그리움"(「3월의 확성기 소리」)으로 가득하다. "소백산 너머 단양에서/ 미술시간 수업 타종소리를 듣"는가 하면 "날마다 아침마다, 학교 갈 시간이면", "너희들이 보고 싶어/ 죽령 너머 안동의 하늘을 눈물 적셔 바라"(「너희들에게 띄우는 가을 편지」)보기도 한다. 당시 절절한 그리움의 절정을 보여주는 시는 「幻聽」이다.

체육시간이라 급한 김에 그만 누가 수도꼭지 잠그는 걸 잊어버리고 뛰어나갔을까 안동 복주여중에서 수돗물 떨어지는 소리 죽령 너머 단양의 내 방까지 들려온다.

행갈이를 하지 않아 산문 같은 이 시를 읽으면 급한 호흡이, 수돗물 떨어지는 소리를 듣고 급히 잠그러 나가는 작중 화자의 행위와 일치한다. 이 시에는 두고 온 아이들이 그립다, 보고 싶다 등의 감정표현이 철저히 배제되어 있다. 게다가 '참교육'을 위해 무엇을 어떻게 해야 한다는 당위도 없다. 빠르게 휙휙 스케치한 크로키처럼 안동 복주여중의 수돗물 떨어지는 소리가 단양까지 들려온다고 매듭짓고 있다. 얼마나 아이들이 보고 싶었으면 그 소리가 죽령 너머 단양까지 들려올까? 수돗물 소리는 그리움의 발신부호다. 그것은 실제 상황이 아니라 시인 자신의 가슴 속으로부터 울려나오는 것이다. 안동에서 단양으로 오는 것이 아니라 단양에서 안동으로 가는 신호다. 여기서 이 이상 어떻게 아이들에 대한 그리움을 표현할 수 있을까? 안동과 단양 사이의 지리적 거리가 아닌 그리움의 거리는 수돗물 떨어지는 소리를 들을 정도로 가까이 있음을 말이다.

실상 초기의 교육시들은 학교교육의 구조적 모순과 그 속에서 비분

강개하는 교사들의 모습을 그리곤 했다. 혹은 갑갑한 현실을 뚫고 일어서는 강인한 모습이 등장하기도 했다. 하지만 너무 도식적이고 단순했다. 사람들을 감동시킬 수 있는 시적 형상화가 미흡했다. 이런 측면에서 보자면 정영상의 시는 당시 교육시의 길을 밝혀주는 새벽별과도 같았다. 이 시에는 참교육이 어떻고, 당시 교육현실이 어떻고 하는 사족이 없다. 자기가 해직된 학교의 수돗물 소리를 환청으로 듣는 교사야말로 부연설명이 필요 없이 그야말로 정말로 아이들을 사랑하는 선생이지 않은가? 언젠가 사석에서 김형수는 이 시를 가리켜 '참교육'의 전형성을 보여주는 시라고 극찬한 바가 있다. 아이들에게 권위적으로 군림하는 교사와 「환청」의 작중 화자처럼 수돗물 소리를 환청으로 듣는 교사가 있다면 누구에게 아이를 맡길 것인가? 그렇다. 그 절절한 사랑의 형상화가 바로 시적 감동의 근거가 된다. 정영상은 「내 시의 독자들에게」에서 이렇게 말한다.

시를 무기로 선언하는 데 대해서는 나도 동감합니다.……노동현실이니 민중현실이니 하면서 행갈이 해 놓기 바쁘게 쏟아져 나오는 목청 높은 시들. 그 시들 중에 대중의 가슴을 감동으로 꽉 찌르는 비수같은 시는 그야말로 찾아보기 힘듭니다. 투쟁의 무기가 되는 시는 먼저 독자의 가슴부터 울려야 합니다.

투쟁의 무기가 되는 시는 한 송이 들꽃 속에서도, 호박잎에 떨어지는 빗소리 속에서도, 설거지를 하는 아내의 손놀림 속에서도 찾아져야 한다고 생각합니다.

나는 오늘 감히 말합니다. 가장 아름다운 시가 가장 확실한 투쟁의 무기로 될 수 있다고 말입니다.

– 산문집, 163~164쪽

이 글을 썼던 때가 『삶의 문학』을 통해 시인으로 등단해 활동하기 시작한 1984년이니, 당시는 민주화 운동이 이념적 지향을 따라 분화되던 시기였다. 그럼에도 정영상은 시가 진정으로 무기가 되어야 함은 그 사상의 견고함이 아니라 대상에 대한 애정과 미적 형상화에 있음을 이미 깨닫고 있었던 것이다.

4. 절망과 분노의 '광시곡(狂詩曲)'

두 번째 시집을 내고 1993년 정영상은 어이없이 세상을 떠났다. 그가 죽고 유고를 정리해 유고시집 『물인 듯, 불인 듯, 바람인 듯』(실천문학사, 1994)을 펴낸 것이 1994년이다. 이 시집은 단양에서 3년 동안 쓴 시들로 묶었는데, 거기에는 안동에 두고 온 아이들에 대한 그리움으로 시작해서 해가 갈수록 깊어가는 고통과 자신에 대한 절망이 대부분을 차지하고 있다. 그 절망의 끝자락에서 자신의 죽음을 예비한 것일까? 시집에는 "언제라도 던져질 각오가 되어 있"다거나 "장렬하게 죽을 준비가 되어 있"(「절규 3」)다는 비장한 목소리가 자주 등장한다. 그가 궁벽한 단양에서 3년 동안 절망 속에 불렀던 노래는 무엇이었을까?

이 시집에 실린 시들의 소재를 추려 보면 유난히 물과 불이 많다. 물은 슬픔이며, 불은 분노로 환기된다. 정영상 시의 내면을 강물처럼 흐르는 감성은 '슬픔'이다. 이 무렵 시에는 유난히 슬픔이 많이 등장한다. 「방진희에게 1」에서 예술에서 '슬픔'을 떼어 버리면 나는 남는 것이 근

본적으로 없을 줄 안다."고 단언하며 "최근 들어 나는 '슬픔'이란 것까
지 시에서 배제하려는 객관주의는 더 이상 추종하지 말아야겠다는 생
각을 가지게 되었다."(산문집, 178쪽)고 한다. 그래서인지 정영상은 '슬
픔'을 시어로 빈번하게 사용하고 있다. 그 슬픔은 어디서 연유하는 것
일까?

> 나이 들수록
> 슬픔도 자라는가
> 올해 내 슬픔은 서른여덟 살 먹었다.
> 내 싸움과 술버릇과 동갑이다.
> 앞으로 중독이 되어
> 불치의 病이 될
> 내 슬픔이여
> ─「불치의 病」 전문

> 슬픔이여
> 살쪄서 더러워지는
> 내 슬픔이여
> ─「술」 중에서

> 슬픔은 눈에 보이지 말아야 한다.
> 슬픔은 손에 만져지지 말아야 한다.
> 그러나 발가벗은 몸처럼 부끄럽게
> 보이는 슬픔이여

수음할 때 물건처럼 치욕스럽게
만져지는 슬픔이여
-「그릇에 대하여」 중에서

그의 시에 나타난 슬픔은 모호한 슬픔이 아니라, 불치의 병이 되고, 살찌기도 하고, 만져지기도 한다. 마치 유기체처럼 살아 있는 것이다. 왜 그럴까? 세상은 급박하게 돌아가는데 정작 자신은 손발이 묶인 채 아무것도 할 수 없다는 절망감에서 비롯되기 때문이다. 그러기에 그 슬픔은 잔잔한 강물이 아니라 존재의 밑바닥부터 소용돌이치는 격랑으로 자기 존재의 일부분이 되기에 감각으로 느껴지는 것이다.

눈을 부릅뜨고 현실과 치열하게 싸우고 싶은데, 딱히 그런 일도 없는 궁벽한 소백산 골짜기, 끝도 없는 유배생활 속에 죽령 너머 들려오는 아이들의 환청에 시달리면서 시인이 할 수 있는 일이 무엇이었겠는가?

눈 들면 눈앞에
남한강 흐르고
남한강 높이 소백산 보이는데
내가 두고 온 교실과 아이들
죽령 너머 안동에서
그 떠들고 재잘거리는 소리
지척인 듯 베란다 문밖에서 들려오지만
나는 어린 딸을 데리고 놀며
아파트 이웃집 아주머니들과
복도 계단 청소한다.

- 「단양에서 1」 전문

　시인은 이 부당한 현실에 맞서 싸우거나 두고 온 안동의 아이들에게 달려가야 할 텐데, 현실에서는 아파트 계단을 청소하는 것이 고작이다. 그런가 하면 "투쟁의 달 5월에/ 나는 콩나물국이나 끓이고/ 끓는 국물 뜨거운 거품 속에서/ 동지들의 싸우는 소리/ 가득히 들려오는데/ 싸움터를 떠나와/ 세탁기나 돌리고/ 방청소나 하"고 있으니, 자신이 비참해져 "울화통이 터"(「단양에서 2」)진다고 술회한다. 가르치거나 싸워야 할 상대는 저기 있는데, 자신은 여기에 갇혀 있으니 화가 나고 슬픔이 생겨난다. 그의 슬픔은 싸움터에 나가 적들과 대적해야 하는 장수가 궁벽한 곳에 갇혀 있어 절망하는 일종의 '비육지탄(髀肉之嘆)'인 셈이다.

　이제 그 절망은 자신의 존재를 부정하기에 이른다. "전교조 단양지회 사무실 작은 읍에는/ 하루 종일 전화 한 통화 오지 않을 때가 있는데/ 그럴 때 나는 그 걸레를 붙들고/ 찔끔찔끔 나오는 눈물을 닦"는가 하면 자신을 "화장실 문 앞에 뒹구는 걸레와 똑같다"(「솔직하게 말해서」)고 자기모멸감에 빠지기도 한다. 화장실 앞에 뒹구는 걸레가 바로 자신의 실상이라는 것이다. 그래서 10년 동안 교직과 해직의 시간을 거치면서 이제는 자신이 "접시에 담긴 물처럼/ 말라버렸다"(「십년」)고 한탄한다. 그 끝없는 절망의 늪!

　어떻게 할 것인가? 출구는 막혔고, 손발은 묶여 있다. 할 수 있는 일이란 광기에 가까운 몸부림뿐이다. 이 분노의 몸부림이 정영상 시의 한 축을 이룬다. 일찍이 아내인 박원경이 정영상을 가리켜 "물 같은 사람이고 동시에 불 같은 사람이었다. 가슴 속에는 늘 출렁출렁 감정의 물결을 담고 있다가 누가 장난으로 돌팔매질 하나라도 하면 불같이 일어나 사랑하고 미워할 줄 아는 사람이었다." (박원경, 「봄은 저기 오고 있는데」, 『월간 옵서버』 5월호, 한국언론문화사, 1993. 이 구절은 공주대 교정에 세운 정영상 시비의 뒷면에도 새겨져 있다.)라고 표현한 바 있거니와 슬픔과 절망이 물이라면 불은 이를 이겨내려는 몸부림 혹은 분노다. 물이 아래로 흐르듯이 슬픔과 절망도 한없이 가라앉지만, 불이 상승하듯이 몸부림과 분노도 치솟는다.

일찍이 "나는 계란이다"라고 외쳤거니와 「불」, 「화염병」, 「신농부가」, 「신문을 찢는다」, 「식칼 1」, 「식칼 2」, 「나는 집게손가락을 움직이고 싶다」, 「돌 앞에 앉아」 등의 시가 그런 '불'의 경향을 극명하게 보여준다. 앞에서도 언급한 마지막 유작 「돌 앞에 앉아」**를 보자.

살아온 날 돌아보다가
살아갈 날 고개 저으며
하루는 산다는 것이 얼마나 무서운가
인간으로 산다는 것이 얼마나 부끄러운가
침묵의 돌이 꽃으로 피는 봄
돌 앞에 앉아 울다
돌에 이마를 짓찧고
피 흘리고 싶은 날이 있다.

———

** 이 시는 사후 10주기가 되던 2003년 4월 12일, '정영상추모사업회'에서 공주사대 교정에 세운 정영상 시비에 대표작으로 새겼다.

더 이상 내려갈 수 없는 절망의 바닥에서 절규하는 목소리가 들린다. 여기서 어떻게 '전망'을 바랄 수 있겠는가? 하지만 그것이 결코 흠이 되지 않는다. 절망의 맨 밑바닥에서 섬광처럼 번뜩이는 광기의 몸부림은 이미 완결성을 지니기 때문이다. 여기에 무엇을 더 보탤 수 있단 말인가. 단양의 산골짜기에서 손발이 묶인 채 견뎌야 했던 해직 4년은 그의 삶을 온통 찢어발기고 내동댕이쳤다. 이 시는 여기에 맞선 몸부림이고 절규다. 그것이 진정성을 지니고 절실하기에 시는 빛난다. 정영상 시의 미덕은 바로 여기에 있다. 누가 이렇게 지독한 고통의 노래를 불렀던가!

분노는 절망에 침잠하기보다는 이를 돌파하려는 강한 몸부림에서 비롯되기에 엄청난 결단력을 수반하기도 한다. 이를테면 분노의 긍정적인 힘인 셈이다. 「자전거 페달을 전속력으로 밟는다」를 보면 그 분노의 힘과 속도를 느낄 수 있다.

학교가 보일까 봐
학교가 보이지 않는 길로 돌아간다
그래도 보이면
고개 숙이고 간다
'난 학교 같은 거 안 본다'
속으로 빽 소리치며
자전거 페달을 전속력으로 밟는다

여기에는 해직의 고통, 아이들에 대한 그리움, 돌아가고픈 학교, 고통을 벗어나려는 몸부림……그 모든 것이 압축되어 있다. 그럼에도 고통이 어떻고, 아이들에 대한 그리움이 어떻고 하는 식의 군더더기가 없다. 절망의 바닥에 가본 자만이 진정한 서정을 획득한 것일까? 압축된 운율 속에 절제된 시어와 빠른 시상의 전개로 빼어난 형상을 만들어 내고 있다. 해직교사들은 저마다 그 지난한 고통을 벗어나려는 시도를 했었고, 정영상이 택한 것은 절망의 바닥에서 비롯되는 절규와 몸부림이었다. 누가 이렇게 지독한 절망의 노래를 불렀던가!

신현수는 「정영상」이란 시에서 "지독한 퇴폐적 낭만주의자였던 한 친구는/ 철저한 현실주의자가 된 후/ 그의 현실주의를 위하여 끝내 목숨을 바쳤다./ 그가 죽고 나서야 현실주의는 하나밖에 없는 자기 목숨을/ 바치는 것임을/ 우리는/ 깨달았다."(신현수, 「정영상」, 『처음처럼』, 내일을 여는 책, 1994, 108쪽.)고 한다. 그렇다! 정영상의 몸부림과 절규는 과도한 낭만이나 자기모멸이 아니라 어찌해 볼 수 없는 현실의 벽을 향해 돌진하는 필연적 선택, 어쩌면 지극한 현실주의자의 삶인 것이다. 그러기에 절망의 밑바닥에서 값진 서정을 건져 올린 것이리라.

정영상은 물처럼 살며, 불처럼 분노하다, 바람처럼 가버렸다. 해마다 꽃피는 봄 사월이 돌아오면, 그가 즐겨 부르던 노래 가사처럼 진달래 흐드러지게 피어 능선을 넘고 있음을 본다. 그가 간 지 벌써 26년이나 지났다. 30대에 같이 술잔을 기울였던 우리들도 벌써 60대 노년에 접어들었다. 삼생(三生)의 인연이 허락한다면 다시 만나 보려나? 진달래 핀 동산에서 술 한잔 나누고 싶은 마음 간절할 뿐이다. 아, 그리운 정영상! 부디 편안하시길! 그의 영전에 이 글을 바친다.

김시천 선배님께

김성장

가을 장마로 비가 내리는 아침 창가에 앉아 편지를 씁니다.

선배님에 관한 글을 쓰려고 책을 찾다가 원하는 책이 없어서 몇 군데 부탁을 했는데 아무도 그 책을 가지고 있다는 사람이 없더군요. 빠르게 잊혀져가고 있다는 생각이 들었습니다. 벗들 사이에서조차 책으로 남아 있지 않다면 얼마 후 선배님은 기억으로나 기록으로나 희미해지다가 사라져가겠지요. 제가 선배님과 선배님의 시에 대해서 글을 썼던 것이 2003년에 나온 시선집 『시에게 길을 물었네』(문학마을)의 발문이었는데 어쩌면 이번 글이 김시천에 관한 이야기로는 거의 마지막이 되지 않을까 하는 생각까지 하게 됩니다. 적어도 제가 쓰는 글로는.

선배님!

선배님은 나에게 '선생님' '시인' '지부장' 등 여러 가지 명칭으로 기억되어 있지만 선배님이라는 호칭이 가장 익숙합니다. 시인이었고 전교조 조합원이었고 충북문화운동연합이 결성되고 활동에 참가한 것 등 선배님이 거쳐간 길을 저는 비슷하게 거쳐갔고 어느 시기에선가부터 함께 활동하게 되었습니다만 제가 처음 선배님의 이름을 만난 건 충북

대학교 창문학(窓文學)동인회 후배로서였습니다. 제가 늦깎이로 대학교에 입학하여 유일하게 활동했던 서클이 창문학 동인이었지요. 선배님은 그 동인의 선배였습니다. 이미 졸업하고 교사가 된 상황에서 제가 만난 건 창가였습니다. 창문학 동인회에 가입했을 때 회원들이 동인의 노래라며 창가(窓歌)를 불렀습니다.

사랑하는 사람들은 안다네
세상은 너무 넓어 갈 곳 모르고
세상은 너무 좁아 쉴 곳 모르네

이렇게 시작되는, 밋밋하지만 잔잔한 울림을 주는 그 노래, 동인들은 그 노래를 부르며 막걸릿잔을 기울이곤 하더군요. 그 노래의 가사를 쓰고 곡을 만든 사람이 김영호 선배라고 했습니다. 문단 활동을 하면서 김시천이라는 필명을 쓰셨고 당시 후배들 사이에서는 김영호로 기억하는 사람들이 있었습니다. 그 노래 속에서 김시천은 리얼리스트도 아니고 모더니스트도 아닌 그저 흔하디흔한 소심한 낭만주의자였습니다. 시를 쓰고 노래도 만드는 사람은 제가 꿈꾸는 사람이기도 해서 선배님은 저에게 흠모의 대상이었습니다. 그 영향으로 저도 노래를 만들었고 그 노래는 지금 창문학 동인 후배들이 더러 부르고 있다 합니다. 선배님은 쉽고 편안한 시를 쓰며 약간씩 자신의 감정을 드러내는, 그리고 읽는 사람들에게도 뭔가 아련한 느낌을 주는 시를 쓰는 그런 사람이었습니다. 그때 선배님은 창문학 동인회가 주관하는 시화전에 몇 번 오셨더랬습니다. 아내와 함께 오셨던 적도 있었는데 제 기억에 남는 것은 주변 동인들의 전언이었습니다. 선배님이 아이를 갖고 싶어하지 않는다는 거였습니다. 그 철학, 그러니까 자손을 남기지 않겠다는 사유방식, 그게 저를 놀라게 했습니다. 저는 그 점도 선배님을 닮고 싶었습니다. 문제는 그렇게 좀 드문 사유방식과 삶의 내면이 전혀 겉으로 드러나지 않는 사람이었다는 것입니다. 눈을 깜박이는 속도가 유난히 느린 사람이었습니다. 약간 취기가 오른 듯한 표정으로 더러 엷은 웃음을 보이곤 했습니다. 나중에 이런 이미지는 좀 흐트러져버리기는 했지만 말입니다.

선배님을 좀 더 가깝게 만난 것은 제가 〈분단시대〉 동인지로 등단을 한 이후에 청주의 도종환, 김창규, 김희식 등 분단시대 동인, 역시 같은 지역에 살던 공정배, 조성미, 김춘호, 정충환, 오맥균 시인 등과 충북민족문학회 활동을 하면서부터였고, 그와 동시에 충북국어교사 모임에 대학생 신분으로 드나들 때였습니다. 선배님은 1987년에 분단시대 동인에 합류했고 저는 1988년에 참여하면서 시를 발표했습니다. 그때 선배님의 모습은 무덤덤한 사람이었습니다. 말을 많이 하지 않았으며 가끔 하는 말도 그냥 그저그런 말들이었습니다. 우선 목소리가 크지 않았으며 얼굴에는 편안함이 감도는 표정으로 사람들 사이에 섞여 있곤 하셨습니다. 선명한 그 무엇을 드러내는 사람이 아니었기에 저는 선배님을 특별한 어떤 사람이라기보다 차라리 너무 무색무취해서 특별하게 기억하고 있다는 게 정확할 거 같네요.

그리고 일상처럼 자주 만나고 더러 술도 먹고 이러저런 얘기를 가까이서 길게 나누던 만남이 시작된 건 선배님이 전교조 지부장이 되고 나서였습니다. 제가 발령나던 해에 전교조가 결성되고 선배님은 해직교

사가 되었습니다. 저는 해직의 길을 선택하지 않은 현장 교사로 옥천
에 근무하며 전교조 충북지부가 있는 청주를 오갔습니다. 이런저런 전
교조 관련 모임과 집회에서 수시로 선배님을 만났습니다. 선배님은 열
렬한 사람은 아니었습니다. 뜨거운 가슴을 가지고 침을 튀기며 무엇을
주장하거나 거리에서 투쟁하는 모습을 보여주는 사람이 아니었습니다.
그런데 어느날 선배님은 전교조 충북지부장을 맡고 계셨습니다. 전교
조라는 단체, 단체라기보다 조직이라는 이름이 어울릴 그 틀에서 선배
님은 아주 이질적으로 느껴지는 사람이었습니다. 대개의 전교조 활동
가들은 늘 무엇인가 세상 문제를 입안에 가득 달고 사는 사람들이었습
니다. 관리자들이 어떻고 주변 교사들이 어떻고 정세가 어떻고 조직활
동을 위해서 무엇을 어떻게 해야 하는지를 당위적으로 이야기하는 사
람들이 많았습니다. 그러나 선배님은 그런 이야기를 하지 않았습니다.
그런 이야기들이 오고가면 긴 시간 듣고 있다가 "같이 하는 거지 뭐."
하고 낮은 목소리로 이야기했습니다.

선배님은 누군가를 비난하거나 비판하는 말을 하신 적이 없었고 짜
증스러운 표정을 짓거나 마음에 불편한 기색을 드러내지 않았습니다.
주변인들에 대한 이야기를 하신 적이 없었습니다.

그 무렵 선배님의 시는 섬세한 리얼리스트의 모습으로 변해 있었습
니다. 전투적 리얼리스트가 아니라 자신의 현재의 삶을 조용히 바라보
는 시인의 모습. 그 무렵 우편물에 無常寺 주지 김시천이라는 발송처
가 적혀 있었던 기억이 새롭습니다. 선배님은 스님이거나 수행자 같은
자세로 살았던 걸까요. 무상사 주지, 절 이름이야 그렇다치고 절에 거
주한다고 자신을 표현한 것을 보면 김시천이라는 사람의 평소 행동과

표정과 말은 스님이거나 수행자에 가장 가까웠다고 하는 게 맞습니다. 혹시 깨달은 사람이었나요?

이런 이미지와는 사뭇 다른 이야기가 하나 있으니 그건 선배님의 탁구 실력에 관한 이야기였습니다. 저는 본 바가 없어 정확하지는 않으나 주변에 탁구깨나 친다는 사람들 모두 선배님을 이길 수 없었다고 하더군요. 저에게 선배님의 탁구 이야기를 전해준 김민순 선생님의 표정은 몹시 흥분되어 있었는데 중학교 시절인가 선수로 활동한 적이 있었다며 선배님을 마치 영웅처럼 이야기하더군요. 저는 선배님의 탁구치는 모습을 상상해보았습니다. 전혀 스포츠맨이라는 느낌을 주지 않는 분이 탁구를 쳐서 상대를 제압하는 방법은 무엇일까. 아마도 그게 허허실실 전법이 아니었을까 생각해봅니다.

내가 마지막 만난 선배님은 영동에서 퇴임하실 때(2008년)입니다. 아마 그때는 선배님께서 복직하시고 십여년이 지난 후였는데 저는 복직 후에는 선배님을 자주 뵙지 못했습니다. 복직 후 영동으로 발령을 받았다는 것도 저에게 김시천의 삶의 모습이 어떤 연장선상에 있다고 느꼈습니다. 교사가 된 후 청주가 아닌 제천의 청풍에 유유자적하듯 사셨던 것이 그러했지요. 도시를 택하지 않고 한적한 외곽 마을에 거(居)하고자 하는 처사의 모습이 어른거렸습니다. 선배님은 단체 활동에 거의 모습을 드러내지 않았습니다. 그러나 전교조와 문학과 예술의 향취가 있는 그 주변에서 늘 선배님의 그림자가 어른거렸고 소식이 들려왔습니다. 그리고 그렇게 세월은 흘러 선배님의 퇴임 소식을 듣고 저는 영동으로 달려갔습니다. 그때 퇴임 행사를 주관했던 박행화 선생님이 요즘 저와 함께 붓글씨 공부를 하고 있습니다. 그렇게 삶은 계속

됩니다. 태양은 떠오르고 대지는 경작되어야 하니까요. 퇴임 이후로 연락이 되는 분이 거의 없다는 얘기를 듣곤 했습니다. 어디에서도 선배님을 만날 수 없었습니다. 전교조에서 작가회의에서 민예총에서 당신은 사라졌습니다. 잠적보다 소멸처럼 느껴졌습니다. 저는 그것이 속세를 떠난 모습으로 비쳐지기도 했고 언뜻언뜻 선배님의 건강을 염려하는 말들이 떠돌 때에도 선배님의 소멸이 출가와 탈속의 이미지에 더 가깝다고 생각했습니다. 선배님이 더러 노동을 이야기하고 삶의 사회적 진실을 노래한 글들에서 저는 뜨거운 피의 냄새를 맡지 못합니다. 그건 왜일까요. 2009년에 제가 궁금함을 이기지 못해 안부 메일을 보냈을 때 답장 대신 저의 시 「망초」를 보내오신 것이 소통의 마지막이었습니다.

어느 날 문득 창을 열면

논둑 가득 망초가 피어 있다

나도 모르는 사이에

나도 모르는 사이에

어느 날 문득 창을 열면

시든 망초가 천천히 스러져 간다

나도 모르는 사이에

나도 모르는 사이에

그대 그렇게 왔다 가는가

햇살 맑은 기억 지워가며 그대 그렇게 돌아가는가

그대 모르는 사이에 그대 모르는 사이에

나 이렇게 스산히 저물어 가듯

개인적 친분을 쌓는 일에 그렇게 애를 쓰지 않는 듯한 모습 또한 제가 배우고 싶었던 모습이기도 했습니다. 작년(2018년) 봄 선배님의 타계 소식은 먼 바람 소리처럼 들려왔습니다. 가까이 지냈던 벗들, 분단 시대 동인들, 민예총 사람들, 전교조 사람들이 빈소를 지키고 있었습니다. 이제는 문체부 장관이 된 오랜 벗 도종환 시인, 교육감이 된 김병우 국어 선생님이 빈소를 오래 지키고 있었습니다. 그렇게 선배님은 제 곁을 스쳐 어디론가 가버렸습니다.

빈소에서 제가 알게 된 것들은 다시 또 저에게 뜻밖의 것들이었습니다. 선배님이 재혼을 했고 아이가 초등학생이며 붓글씨를 썼으며 한시를 지었다는 것, 그리고 시신을 기증했다는 것. 어떤 이야기는 김시천의 기왕의 이미지와 다른 것이었고 어떤 이야기는 과거의 김시천의 연장선에 있었습니다. 제가 김시천에 대해 모르고 있는 부분이 훨씬 더 많겠지만 어쨌든 저에게 형성된 이미지는 그렇게 커지고 변형되고 바뀌면서 근 30년을 이어왔습니다. 빈소에서 본 붓글씨. 글씨를 공부하는 나에게 아주 인상적인 장면이었습니다. 예서 글씨를 많이 쓰셨던가 봅니다. 예서 획의 운필로 한글도 쓰셨는데 문득 장일순 선생님의 붓글씨가 겹쳐왔습니다. 옥천으로 돌아와 잠을 자고 다시 갔을 때 이미 지인들과 도종환 시인을 비롯한 문인 교사 예술인들이 조졸한 추모시 낭송회를 가진 이후였습니다. 그리고 선배님의 시신은 곧 충남대병원으로 간다고 했습니다. 아무런 장례의 절차가 없다 하더군요. 돌아오면서 저도 시신을 기증해야겠다는 생각을 했습니다.

茶人軒

思如林林 생각은 숲처럼 깊고

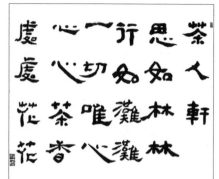

김시천의 한시와 글씨

行如灘灘 행동은 여울처럼 경쾌하게

一切唯心 모든 건 마음에 달려 있으니

心心茶香 마음은 다향이 되어

處處花花 머무는 곳마다 꽃이 피네

이천십오년 가을별똥별 빛나는 작은 우리집 다인헌의 택호와 가훈을
정하다 다인이의 생애에 좋은 길동무가 되길 바라며 2015년.11.7. 아
빠가 사랑하는 딸 다인에게

저기, 저 흙을 보아요

저기, 저 흙을 보아요
모든 것들이 다 제 안에 있어도
한꺼번에 드러내어 다 말하지 않고
풀 한 포기 나무 한 그루
꽃송이 하나 서 있는 만큼만
그 하늘만큼만
제 안의 큰사랑 보여줍니다
우리가 서 있는 땅
이 땅의 어디를 보아도
저마다 그만그만한 사랑의 무게로
노래부르고 있습니다
돌아가 다시 흙이 되는 순간까지
그 노래 그치지 않습니다
진실로 나 또한 지금 그대를 향하여
한 줌 흙이 되고 있습니다
그대가 내 정원의 아름다운 꽃으로 있을 때
나는 그대 연한 뿌리 받치고 누운
한 줌 흙이고 싶습니다

박달재 아이들 3

－성배

성배는 흔히 하는 말로 지진아다
성배의 평균 점수는 대개 20점 미만이다
그래도 성배는 제 답안지에 번호 이름을
꼬박꼬박 적어서 내고
0점을 받아도 남의 걸 훔쳐 쓰진 않는다
가끔, 보다 못한 감독 선생님이 슬그머니 답을 알려 주어도
성배는 결코 그 답을 받아 쓰는 일이 없다
그냥 틀리고 만다
그런 성배 녀석이 좋다
공부 못한다고 아무도 성배를 나무라지 않는다
애시당초 시험 점수와 성배하고는
아무 상관없는 것처럼 느껴지기 때문이다
사실 착하고 정직하게 사는 일 말고
우리가 그렇게 기를 쓰며 배워야 할 게
또 무어란 말인가
성배의 웃는 얼굴을 볼 때마다
착하고 정직한 성배의 눈을 볼 때마다
세상 사람들에게 나는 묻고 싶다
착하고 정직하게 사는 일 말고
진정 우리에게 중요한 게 또 무언가라고

아이들을 위한 기도

당신이 이 세상을 있게 한 것처럼
아이들이 나를 그처럼 있게 해주소서
불러 있게 하지 마시고
내가 먼저 찾아가 아이들 앞에
겸허히 서게 해주소서
열을 가르치려는 욕심보다
하나를 바르게 가르치는 소박함을
알게 하소서
위선으로 아름답기보다는
진실로써 피흘리길 차라리 바라오며
아이들의 앞에 서는 자 되기보다
아이들의 뒤에 서는 자 되기를 바라나이다
당신에게 바치는 기도보다도
아이들에게 바치는 사랑이 더 크게 해주시고
소리로 요란하지 않고
마음으로 말하는 법을 깨우쳐 주소서
당신이 비를 내리는 일처럼
꽃밭에 물을 주는 마음을 일러주시고
아이들의 이름을 꽃처럼 가꾸는 기쁨을
남 몰래 키워가는 비밀 하나를
끝내 지키도록 해주소서

흙먼지로 돌아가는 날까지
그들을 결코 배반하지 않게 해주시고
그리고 마침내 다시 돌아와
그들 곁에 순한 바람으로
머물게 하소서
저 들판에 나무가 자라는 것처럼
우리 또한 착하고 바르게 살고자 할 뿐입니다
저 들판에 바람이 그치지 않는 것처럼
우리 또한 우리들의 믿음을 지키고자 할 뿐입니다

아픔이 내게로 가는 길을 연다
－ 故 정세기 시인을 생각하며

장주식

정세기 형을 처음 만난 건 1991년이지 싶다. 계절은 기억나지 않는데 장소는 아마도 서울 낙성대 근처 전교조 사무실이었을 것이다. 교육문예창작회 소속 문인들이 모여 공부를 했던 것으로 기억한다.

세기 형은 둥글고 푸근한 인상이었다. 당시 시분과, 소설분과, 연구분과, 초등분과 등 분과별로 모임을 가졌는데 세기 형은 나에게 혹시 시를 쓰느냐고 물었다. 나는 습작해 둔 시가 있었다. 책상 서랍 속에 넣어둔 시들을 생각하며 나는 "그렇다"고 대답했다. 그러자 세기 형은 그야말로 온 얼굴에 꽃을 피우듯 환하게 웃으며 내 손을 잡았다.

"잘 됐다. 잘 됐어. 시 좀 보여줘 봐."

내 시를 너무나 읽고 싶어 못 견디겠다는 표정이었다. 나는 좀 얼떨떨하기는 했지만 정말 좋은 느낌을 받았다. '아, 이 형은 정말 시를 좋아하는 구나.' 하는 생각도 했다.

그동안 쓴 시들을 모아 한 스무 편 정도를 형에게 건넸다. 일주일이 지나고 다시 만났을 때 형이 말했다.

"잘 읽었어. 근데 말이야. 장형이 가진 사상은 나보다 훨씬 넓고 깊은 것 같은데, 음, 뭐랄까, 시보다는 산문을 써 보는 게 어떨까 하네.

산문이 장형 생각을 풀기에 더 좋은 것 같아."

나는 낙담이 컸지만, 시가 형편없다는 이야기를 세기 형이 아주 정성스럽게 해 준다고 느꼈다. 이것이 계기가 되었는지는 몰라도 그 뒤로 현재까지 나는 주로 산문을 쓰고 있다. 간간이 시마(詩魔)같은 것이 찾아올 때면 시도 쓰는데, 그럴 땐 세기 형이 자연스럽게 떠오르곤 한다.

1992년 가을에 세기 형은 첫 시집 『어린민중』을 출간했다. 큰 덩치를 가졌고, 중학교 때까지 축구선수로 활동한 사람인데도 형은 참 단아했다. 글씨를 써도 획 하나 흐트러짐이 없었다. 첫 시집에 담긴 시들도 그랬다. 삶의 현장인 교실과 학교와 시인으로서 내면은 치열했지만, 표현된 시들은 단정한 절제미가 돋보였다. 이 시집에서 내가 좋아한 시는 「교실」과 「앉은뱅이꽃」이다.

「교실」은 시집의 '서시'처럼 쓴 시다. '나는 오늘도 교실로 갑니다/ 아무도 밟지 않은 새벽 눈길을 걷듯/ 정갈한 마음으로 갑니다' 이렇게 시작되는 시를 나는 읽고 또 읽었다. 나도 날마다 교실로 가는 선생이어서 더욱 가슴에 새겨지는 시였다. 「앉은뱅이꽃」은 매 맞고, 혼나고, 놀림 받고, 친구도 없이 혼자 노는 아이를 앉은뱅이꽃에 비유하면서 '한생애 사는 동안/ 제 생명에 온당한 꽃/ 피울 날이 있음을/ 자주꽃빛 속 네 꿈을 보아라'라고 권한다. 아이들에 대한 깊은 사랑을 보여주는 시여서 가슴이 뭉클한 바 있다.

1993년인지 1994년인지 명확하진 않다. 대전 유성에 있는 유스호스텔에서 전국참교육실천연수가 있었다. 그때 나는 교육문예창작회 초등분과가 주최하는 '삶을 가꾸는 글쓰기' 연수에 참가하고 있었다. 초등분과에서는 송언, 이중현, 이재복, 김기명, 이향원, 정세기, 임덕연, 김제곤, 김천영, 김영주, 유영진 등 많은 사람이 강사 또는 진행자로 참여했다. 당시 초등분과 소속 문인들은 공상 속이 아니라 현실 아이들 이야기를 다룬 '삶의 동화'를 꾸준히 쓰고 발표하고 있었다.

전국에서 모인 교사들 반응은 폭발적이었다. 20~30대 젊은 교사들이 주축이라 토론도 뜨거웠고 특히 새벽까지 술과 노래로 흥겨운 잔치마당을 벌였다. 마당 한 쪽에 둥글게 둘러 앉아 술도 마시며 돌아가며 노래를 부를 때다. 세기 형이 벌떡 일어섰다. 손에 든 소주병이 마이크가 되었다.

"이별이 너무 길다, 슬픔이 너무 길다, 선 채로 기다리기엔 세월이 너무 길다……."

세기 형이 부르는 노래 〈직녀에게〉는 멋들어졌다. 가사는 심금을 울린다. 소란스럽던 좌중이 순식간에 조용해지고 노래와 형의 율동을 감상한다. 간간이 따라 부르는 사람도 있었다.

노래의 마지막 소절이 끝나는 순간이었다. 세기 형이 손에 들고 있던 소주병을 화단으로 휙 집어던졌다. 다들 화들짝 놀랐는데, 세기 형은 빙그르르 한 바퀴 도는 춤사위를 선보이고 난 뒤 씩 웃으며 이렇게 말했다.

"이 정도 무대 매너는 보여 드려야지!"

소주병은 깨지지 않아서 다행이었고, 나는 그 무대 매너에 반했다. 한 마디로 멋이 "살아 있네!"였다.

1994년 봄인 듯한데, 아주 따뜻한 기억으로 남은 일이 있다. 교문창 초등분과 소속 이재복 형, 정세기 형, 나 이렇게 셋이 부부 동반으로 영화를 보러갔다. 어떻게 그런 일이 있었는지 지금도 알 수가 없다. 그 뒤로 세 쌍이 부부로 다시는 만나지 못했으니 참으로 판타지 같은 일이었다.

영화관은 종로에 있는 단성사였다. 이층 계단을 올라가는 중인데 세기 형이 이재복 형에게 종이를 내밀었다.

"몇 편 썼는데 함 봐주세요."

재복 형이 보고 넘겨주는 시들을 나도 읽었다. 4편인데 「고추꽃」, 「망초꽃」, 「대꽃」, 「개꽃」 모두 '꽃시'였다. 재복 형이 말했다.

"난 고추꽃이 참 좋다."

반지하 셋방, 팍팍한 서울살이 중에 시골에서 올라오신 어머니가 플라스틱 대야에 흙을 담고 고추를 심는 이야기다. '반지하 셋방 계단에/ 햇살 좋은 날 골라 고추꽃 피고/ 아내의 몸에선 꽃내음이 묻어나기 시작했다'라고 형은 노래했다.

그날 무슨 영화를 봤는지는 전혀 기억이 없다. 하지만 세기 형이 보여줬던 '꽃시' 4편은 오롯이 아름다운 영상으로 남았다. 형의 꽃시 4편은 출판사 〈내일을 여는 책〉에서 펴낸 시집 『그곳을 노래하지 못하리』에 다 담겨 있다.

1990년대 말 형은 서울에서 경기도로 학교를 옮겼다. 몸에 이상이 생긴 것이다. 하루아침에 생과 이별할 수도 있는 '심근경색'이 찾아왔지만 다행히 수술을 하고 회복이 되는 중이었다. 그러는 와중에 20년 가까운 서울생활이 싫어진 모양이었다.

대도시보다는 그래도 숲이 있고 좀 더 숨 쉴 공간이 여유가 있을 것으로 믿고 형은 경기도로 갔다. 하지만 뜻밖에도 경기도 생활도 만족스럽지 않은 듯했다. 학교를 옮기고 나서 형은 학교생활에 불만을 자주 토로했다. 서울보다 학교 여건이 좋지 않다는 것이며 훨씬 더 비민주적으로 운영되는 부분이 많다는 요지였다. 그러는 중에도 부지런히 시를 쓰고 공부하고 몸과 마음을 다독이려 애쓰는 세월을 보냈다.

2001년에 내가 소년소설 『그리운 매화향기』로 어린이문학협의회에서 주는 문학상을 받게 되었다. 이 소식을 듣고 세기 형은 정말 좋아했다.

"내가 진즉 알아봤지. 아우는 그 뚝심으로 밀고 나가면 좋은 글을 많이 쓸 거야."

나는 형이 내게 보내주는 깊은 애정을 느꼈다. 그러면서 한편 더욱 안타까웠다. 한 번 기울어진 형의 건강은 쉽사리 나아지지 않고 있었다. 그 좋아하던 술도 강제로 절제해야 하는 고통도 컸으리라. 시원하게 회복하지 못하는 몸은 마음도 조금씩 갉아 먹게 마련이다.

나도 22년간의 서울 생활을 접고 2002년에 경기도 여주로 이사했다. 이때 세기 형은 용인에 살았는데, 여주와는 한 시간 거리로 가까웠다. 내가 경기도로 이사 왔다고 형이 얼마나 좋아하는지 자주 전화를 하고 여주 우리 집에 놀러오기도 했다.

이해 6월에 형은 8년 만에 실천문학사에서 시집을 냈다. 『겨울산은 푸른 상처를 지니고 산다』라는 표제시에 이런 구절이 있다. '산도 나도 상처는 깊어/ 서로의 상처에 기대면/ 내 가슴에도 새겨지는 나이테/ 아픔이 내게로 가는 길은 연다'면서 아픔을 통해 자기 내면을 들여다보는 길이 생겼음을 고백한다. 그런데 이런 구절 '슬픔이 끌어 산으로 간다/ 살 저미는 아픔에 겨워 산도/ 어디론가 떠날 채비 중이다'를 보면서는 가슴이 철렁했다.

시집 후기에서 여전히 몸과 마음의 병을 떨치지 못하고 있음을 고백하는 형은, 아직 초등학교에도 들어가지 못한 어린 딸을 바라보며 어떤 심정이었을까. 가늠하기 어렵다.

세기 형 몸은 점점 더 나빠졌다. 학교에는 병가를 자주 냈고, 뇌에는 암세포까지 자리 잡았다. 하지만 세기 형은 시에 대한 열정이 더욱 타오르는 것 같았다. 2004년쯤인가 형은 다음에 카페 〈시의 지평〉을 개설했다. 형은 수많은 시인들을 초대해 카페 회원으로 만들었다. 카페지기로서 형은 정력적으로 글을 올렸다. 본인 창작시는 물론이요, 본인이 공부하는 내용도 다수 올렸다. 카페지기의 정열에 회원들도 가세하여 카페는 그야말로 성황이었다.

그런데 이 카페 활동은 형이 마지막으로 피우는 화려한 꽃이었다. 그만큼 처연한 심정으로 나도 카페에 드나들었다.

결국 형은 2006년 세상을 떠났다. 그해 1월에 창비에서 형의 동시집 『해님이 누고 간 똥』이 출간되었다. 개가 눈 누런 똥이 개나리 가지에 덕지덕지 붙은 것을 보고 '긴 겨울 웅크리고 있던/ 땅이 더운 입김을 내쉰다.'면서 '해님이 누고 간 똥'이라고 형은 노래한다. 개를 해님으로 등치시키는 형의 눈은 이미 경천(敬天), 경인(敬人)을 넘어 경물(敬物)에까지 이르렀음을 보여준다.

형은 세상을 떠나기 얼마 전에 우리 집에 들렀다. 형수가 운전하는 차를 타고 와서 이런저런 이야기를 하는 중에 형이 말했다.

"소주 없어?"

어눌한 말투로 형이 술을 찾는다. 나는 자연스럽게 형수를 봤다. 형수는 세상 달관한 도인 같은 표정으로 내 눈을 마주 보며 고개를 끄덕였다. 아내가 술상을 봐 주었다. 그날 형은 소주를 거의 두 병이나 마셨다. 형수는 아무런 제지를 하지 않았다. 나는 그게 너무 슬펐다. 형은 노래도 하고 기분이 너무 좋아 보였다. 내 손을 꼭 잡고 놓기 싫어하더니 형수 채근에 겨우 차를 타고 떠났다.

2015년 형의 10주기를 앞두고 교육문예창작회 회원들이 십시일반 뜻을 모아 형의 시비를 세웠다. 시비 세울 곳을 물색하느라 이곳저곳을 돌아다녔다. 형이 묻혀 있는 용인 공원묘지는 공간이 비좁아 어렵고, 형이 나온 서울교대 교정도 알아봤으나 이러저런 사유로 무산되어, 결국 형이 졸업한 광양 옥곡초등학교 교정에 시비를 세웠다.

시비를 세우는 준비 때문에 나는 송언 형과 함께 광양을 여러 번 오갔는데, 하루는 놀라운 경험이 있었다. 광양 가까운 순천에 사는 한상준 형, 여러 가지 도움을 주신 순천 광양지역 시민활동가 박두규 선생님(우리 교문창 회원 박두규 형과 동명이인임)과 같이 세기 형 큰형님을 만나는 자리였다. 유족 대표로서 세기 형 큰형님과 시비 제막식 의논을 하기 위해서였다.

옥곡면 소재지 한 식당에 들어서다가 나는 눈을 번쩍 떴다. 송언 형도 나와 마찬가지로 눈을 휘둥그렇게 뜨며 몸까지 움찔했다. 살아 있는 정세기가 방안에 앉아 있다가 벌떡 일어나더니, 환하게 웃으며 우리를 맞이하는 것이었다. 세상에! 나중에 송언 형이 말했다.

"세기가 나이 들면 딱 저 얼굴이겠다. 야! 깜짝 놀랐다."

정말 그랬다. 세기 형 큰형님과 세기 형은 거의 쌍둥이라 불러도 될 정도로 닮은 얼굴이었다. 세기 형의 생각과 목소리는 네 권의 시집으로 남아 있고, 형의 얼굴은 광양에 큰형님으로 남아 있다. 형이 그리우면 시집을 꺼내 읽고, 형이 보고 싶으면 광양으로 가면 된다.

장주식   243

대표시 3편

고추꽃

팍팍한 서울살이에 낙이라도 붙이시려는가
어머니는 깨진 독이며
플라스틱 대야에 흙을 담으셨다
서울로 이사올 때
고향의 때묻은 세간은
아무것도 버릴 수 없다며 가져 오신
요강에까지 흙을 퍼담으셨다
복잡한 서울길 행여 다칠라
조심혀라 조심혀
장성한 아들 밥먹듯 타이르시더니
정작 당신 몸 못 가누시고
지난 겨울 눈길에 미끄러져
다친 허리 두들기며
어머니는 고추씨를 심으셨다
자고로 농사는 정성이 반이여
서울살이 3년 만에
변두리 셋방으로 세 번째 이사하면서도
고추 모종 잘도 돌보시더니
정성으로 치면야

조상님께 드리는 치성 또한 유별나더니
성남지 수정구 태평 1동 6752번지
반지하 셋방 계단에
햇살 좋은 날 골라 고추꽃 피고
아내의 몸에선 꽃내음이 묻어나기 시작했다

가랑잎초등학교

이름만으로도 좋아라
지리산 중턱의 가랑잎초등학교
더덕순같이 순한 아이 셋과 선생님 한 분이
달디단 외로움 나누며
고운 삶의 결을 가슴에 새기고 있어라
새소리 실려오는 바람 속으로
소나무 숲에 앉아 글 읽는
맑은 음성이 고요히 퍼지는 곳
사랑과 평화 그 순결함으로 충만하여라
나뭇잎 떨어지는 소리가
영혼의 파문 일으키고
꽃잎 피고 지는 것으로
계절의 흐름을 가늠하는
그냥 사는 것이 공부가 되는 교실 밖 교실
피라미 희뜩거리는 골짜기에서
물처럼 조잘대며 노닐다가
젖은 꿈을 안고 돌아오는
사루비아 붉게 타는 운동장
단풍나무 가지에서 해찰하는
다람쥐 눈망울에 햇살은 더욱 부셔라
구름 자락에 매달린 산마을에
머지않아 가랑잎처럼 사라질지도 모를
어여쁜 이름의 가랑잎초등학교

성당 부근

유난히 눈이 많이 내렸다
계수나무 한 그루가 서 있던
성당 가까이에 살던 그해 겨울
지붕들이 낮게 엎드려
소리 없이 젖어 잠들고
그런 밤에 내려온 별들은
읽다 만 성경 구절을
성에 낀 창 틈으로 들여다보았다
눈사람이 지키는 골목길을 질러
상한 바람이 잉잉 울고 간 슬픔을
연줄 걸린 전깃줄이 함께 울고
측백나무 울타리 너머
종소리가 은은한 향기로 울려퍼지면
저녁 미사를 보러 가는 사람들
그들의 긴 그림자도 젖어 있었다
담벼락에 기댄 장작 더미 위로
쌓이던 달빛이 스러지고 사랑하라
사랑하라며 창가에 흔들리던 촛불도 꺼진 밤
그레고리안 성가의 낮은 음계를 밟고
양 떼들이 집으로 돌아간 뒤
성당 뜨락엔 마리아상 홀로 남아
산수유 열매 같은 알전구 불빛을 따 담고 있었다

태극기가 바람에 펄럭입니다

이시백

'이소룡'이 돌아왔다.

연립주택 공사장에서 떨어진 벽돌에 머리를 맞고 세상을 떠난 기홍의 장례식장에서 들은 소식이었다. 사십 년 동안 안부를 모르던 '이소룡'은 단연 그날의 화제가 되었다.

그에게도 이름이라는 것이 있었지만, 누구도 그의 이름을 불러 주지 않았다. 동네에서 그는 '이소룡'으로 통했다. 태어날 때부터 지능이 조금 모자란 그는 놀림감이 되었다. 그의 어머니 말로는, 황금빛 잉어를 잡아 뜨거운 물에 담는 태몽을 꾼 탓으로 그가 팔푼이가 되었다고 했다. 덩치가 크고 멀끔하게 생겼지만 말이 어눌하고, 이따금 엉뚱한 짓을 해서 동네에선 별종으로 여겼다.

제대로 학교도 다니지 못한 그는 손수레를 끌고 다니며 과일 행상을 했다. 그는 성실하며, 근면하고, 검소했다. 한 푼이라도 아끼려고 담배를 입에 대지 않았으며, 친구들과 어울려 추렴을 할 때에도 결코 주머니를 열지 않았다.

그의 검소함은 함께 과일 행상을 하던 친구들도 머리를 흔들고 나가 떨어지게 했다. 글이나 수를 모르는 그는 동업자의 계산을 신뢰하지 않았다. 그의 계산법은 현금을 눈앞에서 둘로 나누는 것이었다. 같은 그림의 지폐를 '너 한 장, 나 한 장!' 식으로 번갈아 나누다가 더 이상 쪼갤 수 없는 잔돈은 동전으로 바꾸어 '너 하나, 나 하나!' 식으로 나누어야 했다. 그래도 남는 동전 한 닢은 언제나 그의 몫이어야 했다. 그의 주머니는 들어갈 수는 있어도, 나올 수는 없었다.

그런 그가 아낌없이 주머니의 돈을 내어놓는 게 있었다.

이소룡의 영화였다. '당산대형'을 보고 온 뒤로 그는 이소룡에게 미쳐 지냈다. 과일 장사를 하다가도 괴성을 지르며 이소룡의 절권도 흉내를 내고, 길을 걷다가도 마주 오는 사람을 향해 발차기 동작을 하기도 했다.

그 뒤로 그는 '이소룡'이라 불렸다. 친구들이 놀리려고 이마로 벽돌을 깨는 내기를 걸면, 곁에서 보는 사람이 섬뜩할 정도로 몇 번이고 이마로 벽돌을 들이받았다. 쿵쿵쿵! 이마에 피가 낭자한 중에도 그는 벽돌을 들이받았고, 마침내 벽돌이 깨지면 괴성을 지르며 이소룡 특유의 표정을 지어 보였다.

영화 '당산대형(唐山大兄)'을 보고 난 뒤로 그의 인생은 크게 바뀌었다. 누군가 그에 관한 전기를 쓴다면, '당산대형'을 보기 전과 후로 그의 생애를 나누어야 할 것이다.

소룡은 과일 장사를 걷어치우고, 텍사스촌으로 불리던 작부집 골목으로 진출했다. 그곳에서 특별히 그가 하는 일은 없었다. 술집 앞에 허연 허벅지를 내어놓고 앉아 호객하는 작부들 앞에서 이따금 절권도나 발차기를 시범 보이는 게 그의 일과였다.

그의 무예가 가끔은 쓸모가 있었다. 취객들이 싸움을 벌이거나, 화대를 놓고 시비를 벌이면 작부들은 그를 불러 발차기 시범을 보이게 했다. 덩치는 곰처럼 크고, 우락부락하게 생긴 그가 괴이한 소리를 내지르며 발차기를 몇 번 하고 나면 술이 떡이 된 취객들도 조용해졌다.

작부들은 돈을 모아 '당산대형'이라고 새긴 완장을 그의 팔뚝에 채워주었다. 완장을 찬 뒤로 그의 발차기는 더욱 현란해졌다.

그는 주말마다 토사물로 더러워진 텍사스촌의 골목을 청소했고, 새마을운동을 한다며 작부들과 추녀 밑에 채송화나 봉선화를 심기도 했다. 이따금 취객이 난동을 벌이거나 시비가 벌어져 기물을 파손하는 경우가 아니라면 그는 굳이 자신이 지닌 절대 경지에 다다른 무공을 사용하지 않았다. 그는 훌륭하다고 말할 수는 없었지만, 그렇다고 막되어 먹은 사람도 아니었다. 그야말로 그는 의협심은 차고 넘치고, 머리는 좀 모자란 시민이었다.

그런 소룡이 유독 화를 내는 경우가 있었다. 그가 좋아하는 극장에서 지루한 이야기를 길게 하는 사람들 때문이었다. 그는 정신건강학적인 문제로 군대를 가지 않고, 일찌감치 민방위대원으로 편성되었다. 민방위 훈련이 있는 날이면 그는 이른 아침부터 '당산대형'이라고 적힌 완장을 팔뚝에 차고 정신교육을 하는 극장의 맨 앞자리를 차지했다. 여기저기 지린내가 풍기고, 용수철이 밖으로 비어져 나와 엉덩이를 물어뜯는 변두리 극장의 의자에 앉아 그는 새마을 약국 주인이나 예비군

중대장이 강사로 나서서 들려주는 이야기를 진지하게 경청했다.

총력안보니 국민총화니 이런 말들을 입버릇처럼 내어놓는 민방위 강사들의 교육을 마냥 듣기만 하는 건 아니었다. 무시로 손을 들어 곁에서 졸던 민방위 대원들이 놀라서 벌떡 일어날 정도로 큰 목소리로 질문을 해댔다. 버쩍 손을 치켜들고 일어나, '북괴군과 국군이 싸우면 누가 이기느냐' '사람을 세워 놓고 엠십육 소총을 쏘면 몇 명이나 배에 구멍이 나느냐'와 같은 질문을 해서 강사를 당황하게 만들었다. 예기치 않은 질문에 강사들이 대답을 못 하고 우물쭈물하면, 그는 특유의 냉소를 지으며 큰 목소리로 이렇게 소리쳤다.

"좆도 모르면서 뭔 강사여?"

이런 연유로 그는 민방위 교육의 강사들에겐 여간 껄끄러운 존재가 아니었다. 보다 못해 교육 담당자가 그를 뒷자리에 앉게 했지만, 우렁찬 그의 목소리는 언제 어디에서나 전혀 위축되지 않고 위력을 발휘했다. 보다 못해 민방위대장이 그냥 집에 있어도 교육필증을 주겠다고 했지만 그는 빠짐없이 민방위 교육에 참석했다. 그에겐 극장이 학교인 셈이었고, 강사들에게 야유를 퍼붓는 것이 이 땅에 태어난 역사적 사명이었다.

그런 극장에 이소룡이 주인공으로 등장하는 '용쟁호투'라는 영화가 들어왔다. 개봉을 한 지가 오래되어 전국의 극장을 돌고 돌아 더 이상 돌릴 데가 없게 된 끝에, 지린내 나는 변두리 극장에도 차례가 돌아온 것이다. 그러거나 말거나 그는 '용쟁호투' 포스터가 동네 담벼락에 나붙는 순간부터 몸을 떨며 감격했다. '용쟁호투'는 이소룡이 죽기 직전에 마지막으로 출연한 유작인지라 그에겐 각별한 의미가 있었다. 그는 민족중흥의 역사적 사명을 띠고 극장으로 달려가 맨 앞자리에 앉았다.

평소와 달리 그는 팝콘까지 한 봉지 사들고, 영화가 시작되기를 기다렸다. 옆에서 떠드는 사람들에게 눈을 부라리며 '실내 정숙'을 계도한 끝에 드디어 극장 안의 불이 꺼졌다. 그는 입안의 침을 삼키며 화면에 이소룡이 등장하기를 기다렸다. 언제나 그랬듯이 스크린 위에는 태극기가 먼저 등장했다. 애국가가 연주되고, 관객들은 하던 동작을 멈추고 자리에서 우르르 일어났다. 오징어를 씹던 홍콩다방 미스 송이며, 옆에 앉은 아가씨의 손을 규칙적으로 주무르고 있던 자전거포 총각이며, 일제히 자리에서 일어나 1분 40초 동안 부동자세를 취했다. 동해물과 백두산이······.

"동태눈깔 말똥말똥이고 자시고 영화나 빨랑 하라고!"

그의 목소리가 장엄하게 흘러나오던 애국가를 누르고, 극장 안에 우렁차게 울려퍼졌다. 모두가 부동자세로 기립한 극장 안에서 그만이 자리에 주저앉은 채 기차 화통 삶아 먹은 소리로 불평을 늘어놓았다.

며칠 되지 않아 소룡이 대검을 총에 꽂은 공수부대원들에게 붙잡혀 갔다는 소문이 들려왔다. 그의 행적은 아무도 알지 못했다.

몇 달 만에 집으로 돌아온 그는 집안에 누워 지냈다. 삼청교육대라는 곳에서 군인들에게 두들겨 맞아 다리를 못 쓰게 되었다고 했다. 얼마지 않아 그는 다른 동네로 이사를 갔고, 극장에 이소룡의 영화가 들어와도 그의 모습을 볼 수가 없었다. 그가 우렁찬 목소리로 질문을 쏟아내던 극장의 앞자리는 비어져 있었다.

혹시나 하는 마음으로 요즘 그가 자주 출몰한다는 탑골공원을 찾아갔다. 공원에는 덜 늙거나, 다 늙거나 추레하긴 마찬가지인 노인들이 나무 그늘에 몸을 숨기고 앉아 있었다. 그와 마주친다 해도 사십 년이나 지난 모습을 가늠하는 건 쉬운 일이 아니었다. 포기하고 돌아서려는데, 어디선가 귀에 익은 목소리가 들려왔다.

"그러니까 그것들 조국이 어디냐고?"

공원 뒤편에서 휠체어를 탄 사람이 노인들 틈에 둘러싸여 목소리를 높이고 있었다. 귀에 익은 목소리였다.

"애들 밥값도 공짜, 대학생 등록금도 반값이면 나라는 뭐가 되느냔 말여."

힘겹게 휠체어의 바퀴를 돌리는 그의 등 뒤로 태극기가 바람에 펄럭이고 있었다. 바퀴를 굴리는 팔에 비해 휠체어 아래로 늘어진 그의 두 다리는 형편없이 마르고 가느다랗다. 열변을 토하는 그의 휠체어 등받이에 꽂힌 태극기가, 지린내 나는 극장에서 울려 퍼지던 애국가와, 그의 다리를 부러뜨린 조국을 생각나게 했다. 나는 어느새 부동자세를 취하고 있었다.

영화가 시작하기 전에 우리는
일제히 일어나 애국가를 경청한다
삼천리 화려 강산의
을숙도에서 일정한 군(群)을 이루며
갈대 숲을 이룩하는 흰 새떼들이
자기들끼리 끼룩거리면서
자기들끼리 낄낄대면서

일렬 이렬 삼렬 횡대로 자기들의 세상을

이 세상에서 떼어 메고

이 세상 밖 어디론가 날아간다

우리도 우리들끼리

낄낄대면서

깔쭉대면서

우리의 대열을 이루며

한세상 떼어 메고

이 세상 밖 어디론가 날아갔으면

하는데 대한 사람 대한으로

길이 보전하세로

각각 자기 자리에 앉는다

주저앉는다

– 황지우의 시 「새들도 세상을 뜨는구나」

문자 두 통 외 4편

한상준

밤중에 문자가 떴다. 청첩장이다. 추근대더니 이제 떨어졌네, 했다. 시원섭섭한 마음을 죄 내려놓을 순 없겠다. 임 팀장이 6개월 전 홍보부서로 오고부터 한 달이면 두 번 티타임을 사무실에서 갖곤 했다. 임 팀장은 부서원들도 느낄 만큼 내게 관심을 표명했다. 추행이니, 하는 따위는 아니었지만 일면 작업이라 여기기에 충분할 만큼 추근댔다. 3년째 업무계약 체결을 한 프리랜서로 재택 근무자였다. 번역원(대한번역개발원)이나 에이전시에 소속되지 않은 아랍어권 개별 번역사였다. 나름 실력을 인정받고 있다는 증표이기도 했다.

납기일을 3~4일 어길 때면,

―최 선생님, 피로감 만땅이지요. 차 한잔 어때요.

라며 전화하곤 했다. 임 팀장의 그런 제의가 꼭이 갑을 관계로만 여겨지지 않았고, 친절했다.

―이번 기사, 반응 좋네요.

라고 전해 왔고

―내가 더 즐거웠어요.

라며 응대하기도 했다.

홍보지 발간 뒤면 갖는 술자리 역시 1차 이후 입가심 맥줏집까지 자연스레 이어지곤 했다. 3차로, 한잔 더 하자고 붙잡는 걸 겨우겨우 떼어내고 돌아오면 새벽녘인 때도 수차례였다. 임 팀장의 액션에 흔들리는 모습을 내보인 적이 전혀 없진 않았다. 하지만, 업무 관련 이상으로 진전시키지 않으려 애써 거리를 두곤 했다. 임 팀장은 짐짓 놀라며 몹시 아쉬운 듯하면서도 더는 들이대진 않았다. 한 걸음 더 다가왔으면 그에게 기울어졌을까? 하고 생각하다가 머리를 감쌌다. 머리가 잔뜩 무겁기도 했다.

납기일을 일주일째 넘기고 있다. 결코 없었던 경우다. '차 한잔' 하자는 연락도 없던 차에, 청첩장이라니…. 이래저래, 헷갈렸다. 영업팀에서 새로운 루트를 뚫어 맺는 계약 문건이었다. 계약 문건은 1급 문서로 처음 맡는다.

이렇듯 정교한 문서의 최종 번역은 해당국 언어의 전공교수나 그에 버금가는 라이센스를 가진 번역사들이 도맡아 왔다. 중동지역 여행 허브 국가인 UAE의 항공사와 여행상품 소개, 특정 지역의 흥밋거리 등을 회사 홍보지에 싣기 위한 1차 번역 작업이 나의 업무였고, 대체로 최종 마감했다. 실력 인정으로 여겨 고무된 느낌까지 가졌으나, 뭘까? 하는 의구심 또한 내려놓지 못했다. 작업은 더뎠다.

일감이 계속 줄어드는 상황이다. 일감의 부재와 궁핍한 생활로의 연계가 밀접했다. 전업인 까닭이다. AI(인공지능) 시대의 전면적 도래에 이르진 않았다손 해도 번역업계에서의 1차 작업은 구글의 최신번역기로 대체된 지 꽤 됐다. 사실, 1급 문서를 의뢰받고는 들뜸보다 뭔가 모를 찜찜함이 턱 솟고라지는 거였다.

일주일이나 납기일을 어기는 건 일감의 부재를 자초하는 경우이자,

계약의 효력 상실을 의미했다. 번역원이나 에이전시 소속 번역사는 넘쳐났고, 경쟁은 치열했다. 3~4일 납기일을 어긴 적이 몇 번 있었음에도 일감을 줄곧 내준 건 회사의 배려였다. 회사에 대한 신뢰도 그만큼 쌓였다. 임 팀장에 대해서도 한편으론 고마움을 떨구지 못하던 터다.

냉장고에서 캔맥주를 꺼내 한 모금 들이키며 창밖의 어둠을 응시했다. 청첩장을 지워내려 머리를 휘휘 내둘렀다.

어둠 저 편엔…,

일감의 가뭄 끝엔…,

상상을 깨며 문자가 또 날아왔다. 업무계약 해지 통보였다. 이 밤중에, 트럼프스럽게…, 푸른 가로등이 더욱 푸르딩딩해 보였다.

민규는 '타다'를 탈 수 있을까?

　11층 아파트 현관문을 열며 '타다'를 호출하려다 접는다. 외곽 쪽 소재 아파트인데다 요즘은 1층 출입문 앞에서 불러도 개인택시 또한 금세 오는 듯했다. '타다'의 계약직·프리랜서 모집 파견회사 직원과의 미팅 시간에 매우 촉박하게 나서는 참이기도 했다. 주변 500미터 안팎에서 출발하는 까닭에 콜 하고도 3~4분, 길게는 6~7분 정도 기다리지만 사실, 택시 타는 일이 잦지 않은 탓에 지루하게 느껴지진 않았다. 하지만, '죄송합니다. 고객님 부근에 빈 차량이 없습니다'는 문자를 받는 건 짜증나는 일이었다.

　민규는 승차공유 서비스의 허용과 확산 의도는 현 정부가 시대의 흐름을 제대로 읽고 있다는 표증이라, 여겼다. ROTC 장교 의무복무 기간을 마치고 오늘까지 10개월 동안 뭘 할까? 고민하던 차에, 현 시점의 내게 딱 맞는 업종 아닐까? 하고 민규는 기대감을 키웠다. 운전이 취미라고까지 말하기엔 뭐 하나, 기회만 포착되면 눈치 봐가며 부모님의 차를 몰고 나가곤 했었다.

　한편, '타다'가 너무 거칠게 대응하네, 하는 염려를 민규는 떨궈내지 못했다. 택시업계와의 고소·고발 사태를 넘어 금융계 거물과 말싸움을 주고받는 '타다'의 대표가 아무리 다음(DAUM) 창시자였던 이재웅이어도 세게 나간다는 인상을 지우기 어려웠다. 개인택시 기사의 분신항거 사망이 여러 차례 발생하면서 정부의 협상 의지는 주춤했다. 어쨌거나, 승차공유 모빌리티에 '타다'가 연착륙한다면 맞춤형 취업문인바, 기꺼이 열겠다고 다짐한 터다.

며칠 전엔 시범운행 중인 보라색 승합차서비스 '파파(PAPA)'까지 타봤다. '타다'가 현재 자신의 조건과 더 부합돼 보였으나 한국의 우버라 불리는 럭시((Luxi)도 자가용 영업이 가능한 카카오도 끌렸다. 상황에 따라 카카오나 럭시로 진출할만 한 여력이 전혀 없는 건 아니었다. 노동 여건은 애당초 고려하지 않았다. 이 분야의 진입 장벽은 차라리 조부이다.

조부는 민규가 제대한 이후 취업 걱정에 부모님보다 더 여념 없으시다. 이웃 아파트에 살고 계신 조부모님은 외동 손주인 민규에게 매일 전화했다. 이것 먹으러 오라고, 저것 해보면 어떠냐고 채근하곤 했다. 농어촌공사 시험 일자를 알려주며 묘목과 조경업은 싫으냐? 묻기도 했다. 산림조경학은 민규의 전공이었다. 묘목업으로 번창한 친척 분이 계시지만 마음이 움직이지 않았다.

차량공유 모빌리티나 플랫폼의 확장은 제4차 산업사회의 발전 모형으로 민규는 진단했다. 공유경제에 바탕을 둔 승차공유 서비스는 결국엔 자동차제조완성업체마저 위협할 수 있다고 보고 현대기아차가 차량공유 업체인 동남아의 그랩(Grab)과 국내의 럭시에 투자한 건 이제 기업 비밀이 아니다. 태슬라 역시 자동차 플랫폼 사업에 뛰어 들었고 폭스바겐의 모이아(Moia), 중국의 디디추싱(Didi Chuxing) 등은 대표적인 차량공유 업체들이다. 정부가 택시운송 사업자와 승차공유 서비스

업체 양쪽을 다 아우르려 한다면 공생보다 공멸로 향해 갈 수밖에 없다고 민규는 판단했다. 택시가 왔다.

"우리 손자, 어디 가는데?"

배차되었다는 메시지만 힐끗 봤지, 조부의 택시인 건 몰랐다. 32년 동안이나 운전대를 잡고 있는 개인택시 사업자이자, '타다' 추방론자다, 조부는.

오빠의 편의점

  싱싱한 유기농 야채 등 먹을거리를 주문한 시간대에 받는 건 채식 위주 식사를 하는 상희에겐 몹시 고마운 배송 서비스다. 오늘은 아침 6시 10분에 물품을 받았다. 아침 식사를 거른 지 꽤 됐지만, 때때로 먹고 싶거나 영양 섭취를 위해 필요를 느낄 적이 없지 않다. 보섭할 요량으로, 아보카도 드레싱과 렌틸콩 루꼴라 샐러드에 필요한 루꼴라, 구운 호도, 레몬 3개, 호주산 누디에 코코넛 요거트 500ml를 어젯밤 10시경 주문했었다.

  숙소 인근에 편의점이 두 군데 있지만 수입 맥주를 차디차게 냉큼 마시려는 때 빼곤 거의 이용하지 않았다. 매대에서 고르고 장바구니에 담아 들고 오는 번거로움이 싫었다. 앉아서 받는 이런 편리한 물류 혁신을 상희는 즐겼다. 고양이 살림이며 화장지, 건전지, 세제까지 주문해서 썼다.

  상희는 데이터와 AI(인공지능) 연계의 프로그램 개발 IT 업체에서 '데이터 사이언티스트'로 7년째 일하고 있는 중견급 사원이다. 회사는 업계 선두 그룹에 속하지만 후발주자였다. 대표의 카리스마적 경영 마인드가 일으킨 이례적인 경우라고 업계에선 인정한다. OO백화점 체인의 입찰 건을 수주한 건 거의 신화급에 속한다. 회사가 선두 업체로 진입하게 된 모멘텀이었다.

쿠팡의 '로켓배송', 마켓컬리의 '새벽배송'처럼 이 업종에 뛰어든 00백화점 체인의 입찰 건은 쿠팡과 마켓컬리를 능가하는 배송 프로그램을 최단기간에 작성하여 납품할 수 있느냐는 게 관건이었다. 물류업체 제일의 난제인 '재고 보충'과 '빠른 배송'을 위해서는 데이터와 AI의 융합 작업을 통한 현장 적응 프로그램을 최적화해야 했다. 경쟁사는 모두 선발업체였다. 대표는 기어이 따냈고, 인력의 풀 가동과 핵심부서의 달포 합숙을 통해 기일에 맞춰 납품했다. 00백화점 체인은 물류업계의 선두를 명성대로 여전히 유지하고 있다. 상희는 자신의 회사가 납품한 프로그램에 의해 물품 배송을 받으면서도 물류 기업의 혁신적 판매 전략과 환경 적응력에 감탄한다.

입사 초부터 긴장의 연속이었다. 비밀 유지가 몸에 배도록 여러 조치를 강요당했고, 과제에 대한 분석과 융합, 적용을 위한 토론 합숙이 일상이었다. 이 바닥의 통상적인 업무 형태가 아닌 이런 혹독한 통제와 요구를 견딘 몇 명만이 회사에 남았고 잔류파에 속한 상희 역시 핵심 부서장으로 승진했다.

아침 식사를 거르다가도 해먹을 요량하면 딴은, 서두르게 된다. 레시피대로 잘 안될 때가 있다. 뭔가 부족하다는 느낌이 들었다. 올리브 오일은 있는데 아몬드 크림도 캐슈 크림도 바닥난 걸 몰랐다. 대용마저 없으니 그냥 믹싱한다. 요즘 들어 야근하거나 새벽까지 작업을 하면 몸과 맘의 평형을 잃곤 해서, 신선한 고영양 아보카도 드레싱과 렌틸콩으로 보양한다. 루꼴라와 구운 호두, 코코넛 요거트 맛도 상큼하다. 상희는 캐슈 크림이 주는 고소함을 못내 아쉬워한다.

출근길로 나선다. 문자음이 몇 차례 울렸다. 상희는 정체가 심한 지역을 통과하면서 거치대에 놓인 핸드폰 문자를 본다. 엄마다. 엄마는 지방 소도시에서 오빠네와 살고 있다. 기운 빠진 엄마 모습이 물씬 배인 문자가 액정에 찍혀 있다.

－니 오빠가,

－점포를 내놨다.

－맨날 폭음이다.

실패를 거듭하던 오빠가 편의점을 연 건 오년 전이다. 아마존 효과(Amazon Effect)는 갈수록 더 세지고 있으니 그만하면 오래 버틴 셈이다. 정체 구간이 끝났다. 상희는 엄마를 위로해줄만 한 선물을 보내야겠다고 생각하며 엑셀레이터를 힘껏 밟는다. 쿠팡이 나을까, 마켓컬리가 좋을까, OO백화점 체인을 이용할까?

우산 장수 딸과 소금 장수 아들을 둔 엄마다.

그 1분 1초가…

"오늘도?"

휴일 아침, 나가려는데 거실에 앉아 있던 남편이 뜨악한 표정을 짓는다.

"당신이 내몬 거잖아."

남편은 이제 응원군이 아니다.

"힘드니까, 내려놓으라는 거지."

"당신은 9층까지 계단으로 오르내리는 사람이야. 그런 사람이 그걸?"

"빗댈 걸 빗대야지, 거기다 빗대."

"그거나 저거나. 이왕 나선 거, 끝까지 가 볼 거야."

"선을 넘으면 깨진다고, 부서진다고."

"정해 놓고 넘지 말라고 하면 그게 선이야? 악이지."

"그러니, 차선이라도 받아들이라 했잖아."

"차선? 약속대로 하면 되는데 그럴 의사가 없는 치들이야."

현관문을 나서려다, 대거리하듯 내뱉는다.

"허리띠 졸라매지, 뭐."

거듭, 그만두라는 압박이다.

"이 손으로 벌어오지 않으면 애들 뒷바라지는?"

"그 손으로 번 돈 아니어도 저만큼 잘 컸잖아."

"큰애 전세 올려줘야지, 작은앤 마지막 학기야."

"융통해 볼게."

"무슨 수로? 기름값마저 더 들어가는 판인데."

"…."

남편은 이번 인사이동에 왕복 74㎞를 출퇴근해야 하는 곳으로 전보됐다. 승진 인사이긴 했다.

"빌려주시는 거라지만 아버님한테 손 벌리는 것도 더는 염치없고."

"이쁜 손 좀 보자."

남편이 문을 여는 나를 돌려 세운다. 남편은 연애할 때도 내 손을 꼭 쥐고 걸었고, 퇴근해서도 손등에 입 맞추곤 했다. 작은애 대학 들어가면서부터 시작한, 6년차 하는 일에 늘 안쓰러워했다. 살가운 남편이었고, 지금도 그렇다.

"오늘 따라 별스럽긴."

나는 슬며시 손을 뒤로 감췄다.

"로봇밀도 8년째 세계 1위라는데, 더 심해지겠지…. 이제 그 손, 좀 쉬어라, 응."

자동화시스템이 구축되면서 일자리 잃는 건 비정규직이었다. 우린 뭉쳤고, 싸웠다. 직접고용을 요구했으나, 회사는 매몰차게 거절했다.

"사람잡기 1등인 로봇이네."

"스마트 톨링으로 바뀌면 그 자리도 땡, 이라고."

그런 추세였다.

"사람 나고 기계 생겼지, 기계 생기고 사람 난 거 아니잖아. 뭐든 기계로만 하겠다면 나 같은 사람은 뭘 해서 먹고 살라고? 기계가 대신 했으면 사람이 할 수 있는 다른 일을 찾아주거나 보상해주는 게 정부 역할 아냐?"

"기업 하는 일에 정부가 규제만 할 수 없으니까."

"그래서? 그래서? 내 밥줄인 거 알면서, 그걸 달고 와?"

모든 게, 남편 탓이라도 되는 양 앙칼지게 퍼붓는다.

"1분 1초를 다투는 출근 시간이잖아."

"이쁘다는 내 손, 당신이 자른 거라고, 그 1분 1초가."

남편이 상의도 없이 '하이패스'를 달고 온 날, 통행료 받던 내 손은 끝내 잘리고 말았다. 우연이라고 기필코 우기고 싶은 거다, 남편은. 주말 투쟁은 서울 톨게이트에서 한다.

거기까지 딴은, 멀다.

590명 속에 있는

한상준

"아빠, 택배 올 거야. 받아줘."

"알았어. 내용물이 뭐래?"

"신발."

"신발장에 가득한데, 또 신발."

"세계에서 오직 한 켤레만 있는 신발이야."

"어이쿠, 이멜다, 우리 집 이멜다."

필리핀 독재자 마르코스가 축출될 때 대통령궁에 부인 이멜다의 신발이 3,000켤레나 있었다는 기사를 기억해 낸, 딸아이의 신발 수집 욕구에 빗댄 별명이다.

"이거 알아, 아빠?."

"뭘?"

전화기 너머로 딸아이의 들뜬 음성이 전해졌다.

"아디다스가 베트남 공장을 독일로 이전해 갔는데, 독일 공장에서는 단 한 켤레의 신발도 소비자 요구대로 만들어 준다는 거야. 세계 유일무이의 신발인 거지. 주문한 지 5시간 만에 디자인 샘플을 보내왔고, OK 사인 보내자마자 제작해서 7일 만에 온 거야."

베트남에 있던 공장을 독일 안스바흐로 이전해 간 게 2016년이다. 고임금이 원인이었다.

"항공택배네. 비싸겠다, 하나뿐이니?"

"매장에 있는 제품과 비교할 순 없지만, 그렇지도 않아."

"서른이야, 이제. 신발 욕심을 아직도 못 버리면 어떻게 해. 놀고 있는 애가."

허벅지까지 올라오는 부츠며 킬 힐, 군화형 구두 등이 없진 않으나 딸아이는 좀 특이한 운동화를 선호했다. 각양이고 각색인 30여 종의 운동화가 신발장에 진열되어 있다. 딸아이는 스페인 바르셀로나에서 한국인 신혼 여행객을 주 대상으로 예약 사진을 찍는 사진사였다. 회사 대표와의 불화로 생긴 스트레스성 소화기 질환으로 그만두고 귀국했다. 5개월째다.

"스피드 팩토리(Speed Factory)에서 제조하는 거라 가능해. 3D 프린팅, ICT와 연결된 생산 시스템인데, 전체적인 모형을 주면서 소재, 색상, 끈, 깔창, 밑창 등등을 선택 주문하면 돼. 로봇 생산이니까 단가를 낮출 수 있는 거지."

마침, 며칠 전에 읽은 ICT 연계의 제조업 관련 글이 떠올랐다.

"근데, 너, 그거 알아? 베트남 아디다스 공장에서 일하던 600명 인원이 독일로 이전해 가면서 모두 잘린 거. 베트남 공장과 똑같은 분량을 생산하는데 10명이면 된다네. 숫자적으로는 590명이 일자리를 잃은 거야. 지금 너처럼."

스피드 팩토리 공정은 로봇밀도 세계 1위인 한국 기업의 현실이기도 했다.

"나는 내 발로 나온 거야, 아빠."

"결과적으로는 590명 속에 있는 거잖아."

"4차산업혁명 시대의 산물인 걸."

"삶의 지속성이 어떻게든 주어진다면, 문제겠니?"

"청년수당? 기본소득제? 기대도 안 해. 통장 바닥 전에 잔일이라도 하면 되지, 뭐."

"젊어서야 그런다지만…. 베트남의 아디다스 노동자, 600명은 지금 뭘 할까?"

"너무 나가지 마, 아빠."

'당신의 일자리는 안녕하십니까?'라는 물음 없는 사회에서 살아야 하는 거 아냐? 하는 말은 입안으로 삼켰다.

미니픽션이란?

미니픽션은 아주 짧은 단편과 초단편을 지칭한다. A4 용지 한 장 분량이 일반적인 길이이지만 열려 있는 장르의 특성상 한 줄이 될 수도 있고 조금 더 길어질 수도 있다. 문제는 형식이 아니라 내용이며 폭이 아니라 깊이다. 삶에 대한 통찰은 분량의 많고 적음과는 아무 상관도 없다. 예리한 칼날로 베어낸 인생의 단면인 미니픽션은 짧아서 오히려 그만큼 사유의 깊이를 드러낼 수 있다. 한 마디로 줄여서 말하자면, 짧지만 역설적으로 긴 여운을 남기는 글이 미니픽션이다.

미니픽션의 또 하나의 장점이자 생명은 다양한 해석 앞에 열려 있어야 한다는 점이다. 많은 것이 압축되어 있어 무한한 해석이 가능한 작품이 좋은 작품이다. 많은 생각을 하게 하는 실마리를 제공하는 작품. 종결된 이야기가 아니라 끝이 열린 이야기가 미니픽션에 어울린다. -'한국미니픽션작가회'에서 정리한 내용을 요약함.

목소리를 낮추라니깐! (단막극 : 1막 3장)

윤지형

등장인물 2인

1인 : 교사, 아버지, 철학자 (키가 크고 나이 들어 뵈는 남자)
2인 : 학생, 아들, 어린이 (키가 작고 어리게 뵈는 남자)

단순한 무대. 딱딱한 나무 걸상 둘, 낮은 언덕, 헐벗은 나무 한 그루. 걸상은 교사와 학생의 학교 역할을 하고, 언덕은 아버지와 아들이 쉬는 곳, 나무 한 그루는 철학자의 명상 자리로 기능할 것이다. 이 세 가지의 도구는 장면이 바뀔 때 적절히 옮겨 배치될 수 있도록 만드는 게 좋다.

첫째 장면 : 학교

(막이 열리면 캄캄한 속, 멀리로부터 수백 수천의 들소 무리가 평원을 달려오는 소리, 점점 가까워졌다가 멀어져 가면 스산한 바람의 소리)

목소리 : (허스키한) 내 이름은 '얼굴에 내리는 비'다. 이 황량한 도시에도 비가 내리면 나는 묻고 싶어진다. 왜 들소는 모두 살육되고, 야생마는 길들여지며, 숲의 오지가 수많은 사람들의 냄새로 더럽혀지는가? 덤불은 어디 있는가? 사라져 버렸다. 독수리는 어디 있는가? 사라지고 말았다. (사이) 쏙독새의 외로운 울음소리나 한밤중 연못가에서 들리는 개구리 소리를 들을 수 없다면 인간이란 무슨 의미가 있겠는가? 들짐승들이 모두 사라지고 나면 인간은 영혼의 깊은 고독감 때문에 말라죽고 말 것이다.

(조명 서서히 밝아오면 교사와 학생. 교사는 서 있고 학생은 두 개의 걸상 중 뒷 걸상에 앉아 있다. 자동차와 공사장 소음. 서서히 약해졌다가 다시 커졌다가 한다.)

교사 : 알았지? 그러니까, 조용히 하란 말이야! 저 빌어먹을 놈의 소음! 뭐라구? 창문을 닫아! 더워도 할 수 없지. 시끄러운 것보단…….
아예 귀를 막겠다구? 이런 빌어먹을 놈. 선생을 능멸할 거야? 그러니까, 너희들이라도 제발 좀 입 다물고 있으란 말이야. (사이) 안팎으로다 떠들어대면 나까지 떠들어대야 하고 이건 정말 악순환이라구! 사십오 페이지 펼쳐! 그렇지! 아메리카 인디언 멸망사 편 하다 말았지? 뭐야? 질문? 좀 더 크게! 더 크게! 흠, 지난 시간엔 인디언 패망사라고 했다구? 이놈아 감이나 곶감이나! (사이, 근엄하게) 그것은 곧 그 영혼이 참으로 위대한 민족을 말살한 양키들의 죄악의 역사, (소음 더욱 커진다. 그러니까 교사의 목소리는 그것에 비례해 커질 수밖에 없다) 그것은 침묵의 소리를 말살하고 영혼의 대화를 말살하고 순결한 들소들

의 초원을 황폐케 한 (다이너마이트 폭발음. 사이. 갑자기 조용해진다. 5초가량 적막. 적막을 깨며 낮음 목소리로) 아니, 왜들 그래? (학생은 벌써부터 앞 걸상 등받이에 두 팔을 걸치고 졸고 있는 판이다) 너! 일어서! (학생 벌떡 일어난다) 방금 내가 뭐라 그랬나?

학생 : 잘못했습니다!

교사 : 웃기는군. 이건 정말 일장의 희비극이야.

학생 : 그렇습니다. 아메리카 인디언 멸망의 역사는.

교사 : 그게 아냐, 임마. 너와 나의 꼬라지가 그렇다는 거야.

학생 : 잘못했습니다, 선생님.

교사 : (경멸 투로) 이건 완전히 자동기계인형이로군. 니 잘못은 니 잘못이 어디에 있는지를 모르는 데 있는 거야. 근데 넌 왜 그렇게 서 있나?

학생 : 잘못했습니다, 선생님. (앉는다)

교사 : 아냐, 아냐. (학생, 재빨리 일어선다) 그게 아니라니까! (학생, 또 재빨리 앉지만 언제 다른 명령이 나올지 몰라 엉거주춤한 자세다) 중지! 중지하란 말이야! (학생, 아주 위태로운 자세로 고정된다. 쿵, 하는 발파음과 함께 자동차의 경적 소리, 브레이크 소리 등이 되살아난다) 정말 미치겠군! 내 말은 인간은 본래적으로 자유라는 거야. 거친 나무껍질과도 같은 관습, 도덕, 질서 따위 말야, 초원으로 부는 봄바람이나 소나기 한 번이면 즉각 사망을 면치 못하는 것이라구. 인디언들은, (소음이 점점 커지는 가운데 교사, 문득 몽롱한 상태가 된다) 아아! 제군들, 들리지 않나? 저 야생의 소리! 야생 동물들의 울음소리, 발소리! (그러나 들리는 건 물론 자동차 소음이다. 교사, 빠른 동작으

로 교실 바닥에 엎드린다. 동시에 학생도 그대로 따라 한다. 학생에겐 선택의 여지가 없는 것이다.) 네 가슴을 이 부드러운 대지의 흙가슴에 대고 귀를 기울여라! (속삭이듯) 들리지?

학생 : (명령에 복종하여 가슴과 귀를 더욱 바닥에 밀착하며 교사를 본다)

교사 : 그렇지? 들리지? 그렇지?

학생 : 확실히 뭔가 들리기는 들리는 것 같습니다만.

교사 : (확신과 기쁨이 뒤섞이며) 그래, 그래. 말할 수 없는 무엇. 생명의 숨결.

학생 : 말할 수 없는 그…….

교사 : (벌떡 일어서며 학생의 엉덩이를 걷어찬다. 그 서슬에 학생, 재빨리 일어서서 부동자세가 된다) 들리긴 뭐가? (얼토당토않게 연극적으로 겉멋을 부리며) 위선자! (낄낄거린다) 그렇게 빠른 동작을 해서는 그 어떤 것도 들을 수 없어. 현대의 핵심적 절망은 정신없는 스피드와 소음 공해란 말이다. (사이. 다시 연극적인 겉멋을 부리지만 조금은 진지하게) 너, 담배 있냐?

학생 : 없습니다.

교사 : 이리 내. 사타구니가 불룩한 걸.

학생 : (머리를 긁으며) 잘못했습니다. (담배를 내민다)

교사 : (짐짓 연극적으로) 그대는 나의 친구인가?

학생 : (딱딱해져서) 아, 아닙니다.

교사 : 인마, 한 대 피워. (학생, 받기는 한다) 어차피 오늘 수업은 꽝

이다. (학생을 일별하곤) 흥, 차마 필 수는 없을 테지. (사이) 빌어먹을, 여긴 아메리카 인디언 부락은 아니니까. 나도 이제 지쳤다. 이노무 학교를 빨리 떠야지.

학생 : (바보같이 용기를 내서) 어디로 가실 작정입니까?

교사 : 어디긴 어디야? 지하철 공사 안 하는 학교로 전근 가야지.

학생 : 그럼, 우리는요?

교사 : 뭐?

학생 : (갑자기 딴전을 피듯) 선생님, 들리지 않습니까?

교사 : 이놈 봐라?

학생 : (목을 쭉 빼며 귀를 기울이는 시늉) 달려오고 있어요! 수백 수천 마리의 들소, 아메리카 들소들이 달려오는 소리 ……! (비로소 음향효과, 들소 무리들이 달려오는 소리. 진짜 열광하여) 아아, 정말 장관이에요. 보세요. 저들에겐 돌이킬 수 없는 야생의 생명력이 있죠. 그래요, 돌이킬 수 없는! 백척간두 진일보, 리얼리즘의 극치죠!

교사 : (얼이 빠져 보고 있다가) 야, 이놈아. 정신 차려! (머리를 쥐어박는다)

학생 : (겁도 없이) 왜 때려요?

교사 : 너, 좀, 횡 돈 거 아냐?

학생 : (쳐다보며 여전히 겁도 없이) 선생님이 가시면 우린 어떡하구요!

교사 : 가면, 어떡하다니?

학생 : 전 선생님의 가르침으로 이 도시의 한복판에서 들소가 달리는 소리를 듣게 되었단 말이에요. (자동차 소음)

교사 : 저건 인마, 자동차 소리야! 빌어먹을 놈의 포클레인 소리고!

학생 : 그래요 저건.

교사 : 근데?

학생 : 하지만 아깐 아니었어요. 전 정말 들었단 말이에요.

교사 : 정말?

학생 : 선생님은 아니었나요?

교사 : 미치겠군.

학생 : 선생님이 이러시니 저도 미치겠어요.

교사 : (앞 걸상에 앉는다. 좀 심각해진다) 얘야. 이젠 네가 해라.

학생 : 네에?

교사 : 니가 선생 하고 난 이 자리에 앉아 있겠다.

학생 : (5초 정도 대담하게 노려본다)

교사 : (무서운 벌을 재촉하는 사람처럼) 빨리 해! 빨리 하란 말이야!

학생 : (뭔가 작정을 하고는) 뭘 빨리 하란 말이야? (빠르게) 현대의 절망은 스피드에 있단 말이다, 알겠나? 엄청난 속도와 엄청난 소음. 이것이 바로 오늘날의 모든 폭력의 근원인 것이다. (바닥의 막대기를 주워서 휘두른다. 자동차와 포클레인 소음 시작. 학생의 목소리가 높아지는 건 당연지사다) 그러나 들소, 아메리카 들소는 달라. 그 들소의 속력은 단지 자연의 속력일 뿐이야. 바람과도 같은 거지. 하지만 자동차는 아냐! (그러나 학생 역의 교사는 벌써 졸고 있다) 야!

교사 : (벌떡 일어난다) 잘못했습니다!

학생 : 뭐가?

교사 : (금방 정신을 차려) 뭐가? 뭐가라니, 뭐가?

학생 : (관성적으로) 뭐가, 라니, 뭐가?

교사 : (학생에게로 달려든다) 네 이놈!

학생 : (사태를 파악한 듯 재빨리 도망가서는 교사와 사이를 둔 다음 그 자리에 납작 엎드리고는 고개를 죽 내민다) 쉿! 조용히! (사이) 들소다, 들소다!

교사 : (뒤로 넘어지며) 들소? 들소?

(자동차 소음, 지하철 공사장의 발파음과 함께 암전)

둘째 장면 : 휴식

(캄캄한 속, 첫 장면처럼 들소 무리의 달리는 소리. 바람 소리가 멀어져 가면)

목소리 : 내 이름은 '상처 입은 가슴'이다. 목이 마를 때 물을 찾듯이 우리는 영혼이 갈증을 느낄 때면 평원이나 들판으로 걸어 나간다. 그 곳에서 혼자만의 시간을 갖는다. 그리고는 홀연히 깨닫는다. 혼자만의 시간이란 없다는 것을. 대지는 보이지 않는 영혼들로 가득 차 있고, 부지런히 움직이는 곤충들과 명랑한 햇빛이 내는 소리들로 가득 차 있기에. 그 속에서는 그 누구도 혼자가 아니다. 우리는 모두 대지의 한 부분인 것이다.

(조명 서서히 밝아지면 무대에 아버지와 아들. 낮은 언덕. 저 멀리로

석양.)

　아버지 : 자, 이제 다 왔다. 여기에 좀 앉자.
　아들 : 예, 아버지. (멀리 앞을 바라본다)
　아버지 : (아들의 표정을 잠깐 살핀 후) 힘드냐?
　아들 : 아뇨. (앉는다)
　아버지 : 그래. 이 정돈 너도 견뎌야지. 내가 너만 했을 땐 매일 20
리 산길을 걸어 학교를 다녔으니까.
　아들 : 괜찮아요, 전. (사이) 아버지도 앉으세요.
　아버지 : 응? 그래. (앉는다)

　(아버지와 아들, 전방을 응시하며 5초간 침묵. 야하게 시계 초침 째
깍째깍 돌아가는 소리. 물론 이 시계 소리는 대화가 시작되는 즉시 사
라진다.)

　아버지 : 지는 해가 참 아름답지?
　아들 : 네, 정말 그래요.

　(10초간 침묵. 시계 초침 돌아가는 소리, 조금 더 커진다.)

　아버지 : 옛날, 인디언은 말이다. (사이. 아들을 돌아보며) 인디언을
아니?
　아들 : 네. 영화에서 봤어요. (절로 신이 나서) 아메리카의 멋진 카우
보이가 말을 타고 쫓아가면서 총을 쏘면 바보 같은 인디언들은 숲속에

숨었다가 화살이나 도끼를 날리죠.

　아버지 : (웃는다) 영화에선 그렇지. (사이. 혼잣말로) 뒤집어진 세상
이야.

　아들 : 왜요?

　아버지 : 너도 장차 크면 알게 될 거다. (사이) 그건 그렇고, 아까 내
가 뭐라고 그랬지?

　아들 : 인디언을 아느냐고 물으셨죠.

　아버지 : 아니, 그것 말고. (사이) 아, 생각났다. 내가 옛날 인디언 얘
기 하나 해 줄까?

　아들 : 네.

　아버지 : 할아버지 인디언과 손자 인디언이 칠면조 사냥을 나갔는데
말이야. 사냥이라고는 하지만 숲속 여러 곳에 놓은 칠면조잡이 덫을
확인하러 간 거지. (열중하며) 숲을 헤매고 다녀 보니 덫에 걸려 퍼덕
거리는 칠면조가 열 마리나 되지 않았겠니?

　아들 : 와! 인디언들은 칠면조 고기 좋아하나보다.

　아버지 : 아니 꼭 그렇다기보다, 어쨌든 사냥 확인을 해 보니 그렇더
란 거고.

　아들 : 칠면조 고기는 맛이 좋나요?

　아버지 : (답하기가 내키지 않는 태도) 머, 닭고기와 비슷한 거야.
(빠르게) 문제는 그 인디언 부족이 당분간 필요한 칠면조 고기는 여섯
마리였다는 데 있었던 거란 말이야.

　아들 : (대수롭지 않게) 그럼 네 마리는 나중에 먹으면 되겠네요. 아
님 시장에 내다 팔든가.

　아버지 : 계산을 그런 식으로 하면 그것도 그렇다. 그러나 애야, 그

게 그렇게 간단한 문제가 아닌 거야. 인디언들에겐 단지 오늘 내일 먹을 칠면조만 필요한 게야.

　아들 : ……?

　아버지 : 할아버지 인디언이 손자 인디언에게 물었지. 얘야, 이 일을 어쩌하면 좋지? 라고 말이야. (아들의 표정을 살핀다. 하지만 아들은 흥미 없다는 얼굴이다.) 인디언 아이가 뭐라고 그랬느냐 하면 (아들의 표정을 다시 살피고는) 그래 네가 생각하기엔 뭐라 했겠니?

　아들 : (심드렁하게) 그야, 나머지 네 마리는 내다 버리면 되겠네요, 뭐.

　아버지 : 만세! 그렇지, 바로 그거야. 날려 보내는 거야. 하하하하. 필요 이상으로 가진다는 건 죄악이거든!

　아들 : (무료한 듯 돌팔매질을 한다)

　아버지 : 돌 함부로 던지지 마라.

　아들 : 왜요? 아무도 없는데요?

　아버지 : 아무도 없다니?

　아들 : 없잖아요?

　아버지 : 생명은 어디에도 있는 거란다, 이 녀석아.

　아들 : 개구리 한 마리도 안 보이는데. (하품)

　아버지 : (떠보듯이) 넌 오늘 아버지와 들판을 산책 나온 게 못마땅한 게로구나.

　아들 : (못 들었다) 에, 예에?

　아버지 : (엄격해져서) 전에도 말했지만 책과 컴퓨터 속의 지식은 다

죽은 거란 걸 너도 알아야 해.

　아들 : (지겨운 모양) 알아요, 아버지.

　아버지 : (잠깐 기분이 좋아지지만 아들의 말투가 심드렁하다는 걸 금방 알아채고는 담배를 피워 문다) 이제 곧 어두워지겠는 걸.

　아들 : …….

　(15초간 침묵. 째깍거리는 시계 바늘 소리, 서서히 커지면서 마지막엔 아주 귀가 따가울 정도가 된다.)

　아버지 : (소리를 물리치듯이 큰 소리로) 어둠의 힘은 위대한 거야. (하는 동시에 시계 소리가 딱 멈추었으므로 제풀에 놀라 입을 다문다. 3초간 정적. 그는 마치 시계 소리를 기다리는 사람처럼 된다. 그러나 정적이 3초간 계속되자 입을 조심스레 연다.) 어둠의 힘은 바로 침묵의 힘이고 (다시 시계 소리를 기다리는 사람 모양으로 귀를 기울여 본다. 그러나 여전한 정적. 징검다리를 하나하나 뛰어 건너는 것처럼) 그, 러, 니, 까, (빠르게) 그게 바로 (사이) 자연에 순응할 줄 아는 지혜의 힘이란 거지. (정적이 여전하므로 한숨을 돌린다.)

　(10초간 침묵. 3초 정도 지난 후부터 다시 시계 소리 요란하다. 급기야 아버지, 귀를 틀어 막는다. 그러는 동안 아들은 오불관언, 정면을 바라보거나 때로 하늘을 바라본다. 아버지, 자신의 귀에만 들리는 시계소리를 이젠 더 이상 견딜 수가 없게 된다.)

　아버지 : (숨 돌릴 틈도 없이 말한다. 물론 말하는 순간부터 시계 소

리는 도망치고 없다.) 그들, 인디언 할아버지와 인디언 손자는 말야, 칠면조 사냥을 끝내고선, 언덕배기에 나란히 앉아 두 시간을, 그러니까 무려 두 시간을 서로 아무 말 없이 그러고 있다가 해가 지고 캄캄해져서야 또한 아무 말도 없이, 약속이나 한 듯이, 일어서서 천천히, 그래 천천히 (숨을 돌리는 사이, 기다렸다는 듯 째깍째깍 소리 끼여든다.) 마을로 돌아가는 것이었지. 얼마나 아름다운 광경인가 말이다. 침묵의 대화, 마음의 소리를 들을 줄 안다는 거, 그건 대자연의 섭리는 (한숨 돌리려 하자 다시 째깍 소리. 절망한다.) 빌어먹을, 될 대로 되라지! (그런데 시계소리 들리지 않는다) 나도 이제 지쳤어! (시계 소리 여전히 들리지 않는다)

(3초간 침묵. 그러나 마지막 1초를 남겨두고 희미하게 째, 깍 거리는 소리 들리기 시작한다.)

아버지 : (앞을 멍하니 바라보며, 그러나 시계 소리를 막아야 하겠기에 말을 해야 한다.) 얘야.
아들 : …….
아버지 : (아들에게 고개를 돌리며) 얘야.
아들 : 네, 아버지.
아버지 : 넌 이 아비를 사랑하니?
아들 : 네?
아버지 : 날 사랑하느냐구. 도대체 넌 이 아비에게 관심이 없구나.
아들 : 아버지 왜 또 그러세요? 전 이렇게 아버지 곁에 있는데.
아버지 : 생각해보면 넌 여태 이 아비에게 사랑한다고 말한 적이 한

번도 없었어. (사이) 사람이란, (이때부터 말을 하고 있는 중에도 시계 소리는 들린다. 요컨대 아버지는 소음 속에서 계속 지껄이고 있는 것인데 아버지에겐 악귀처럼 따라오는 시계 소리가 아들에겐 전혀 안 들리는 모양이다.) 사회적 동물로서, 에 또, 인간이 동물과 다른 건 언어를 가졌다는 것인데, 침묵의 소리 또한 소리의 침묵이며, 설사 소리 내어 말을 하지 않더라도 자기 마음이 시끄러우면 그건 침묵이라 할 수 없는 것이, 말을 하면서도 침묵할 수 있는가 하면 침묵하면서도 말을 할 수 있는 것이기 때문에, 말 한마디에 천냥 빚을 갚는가 하면 바위 같은 벙어리 10년에도 깨달음이란 죽은 아들 고추 만지기만큼 헛된 꿈일 수도 있고, (시계 소리, 이 극 중에서는 가장 시끄럽고 크게 들린다) (급기야 외친다) 그만! (귀를 틀어막는다) 정지……! 이젠 제발 그만하라구! (시계 소리 계속) (마침내 벌떡 일어선다) 아아……!

아들 : (무심히) 아버지, 벌써 가시게요? (시계 소리 멈춤)

아버지 : (혼자) 아, 이젠 안 들린다. (다시 들린다) 빌어먹을!

아들 : (혼자 무엇엔가 골몰해 있다가) 아! 아버지, 이젠 알겠어요. (소리 멈춤) 아버지가 왜 이런 쓸쓸한 벌판으로 절 데리고 오셨는지를요. 들리지 않으세요? 저 풀벌레 소리들. 그리구.

아버지 : 아, 또 안 들린다. (사이) (살핀다. 앉는다. 여전히 째깍 소리는 안 들린다) 너, 방금 뭐라고 했니?

아들 : 아버지, 저기 저 별들 말예요. 아까부터 별들이 처음에는 하나 둘 나타나더니 어느새 은하수가 되었어요!

아버지 : (그러나 시계 소리가 다시 들려올까 봐 공포에 떨고 있는 판이다) 뭐? 별들? 별들이 무슨 소릴 하더냐?

아들 : 아버지도 들으셨군요!

아버지 : 듣다니? 뭘? (사이) 그래, 너도 분명히 들었지? 그 시계
……!

아들 : 풀벌레들은 별들을 향해 노래 부르고 별들은 풀벌레들에게
별빛을 보내고 있잖아요.

아버지 : (어디선가로부터 희미하게 다시 시계 소리 들리는 듯하다.
벌떡 일어난다.) 가자, 애야! 어서 여길 벗어나자!

아들 : (어쨌든 일어서며 아쉬운 듯 저 먼 곳을 바라본다)

아버지 : 어서 가자니깐!

아들 : 따라와요.

아버지 : 뭐라구? (귀를 기울인다. 희미하게 째깍거리는 소리) 그러
니까 가자는 거야! (시계 소리 점점 커진다)

아들 : 가도 따라와요. (물론 아들이 입을 열면 시계 소리는 사라진
다) 저기, 저 별들, 은하수, 풀벌레 소리.

아버지 : (어느새 도로로 나온 사람처럼) 택시! 택시! (이제부터는 자
동차의 경적음, 엔진 소리 등의 소음들) (뒤를 돌아보고 있는 아들을
손을 잡아끌며) 너도 어서 타기나 해! (두 개의 나무 걸상에 나란히 앉
는다) 휴우. (사이) 기사 양반, 그 동안 뭐, 별 일 없었소? (사이) 흐흥,
그날이 그날이었겠지, 뭐. (사이) 그 참, 뭐 좀 클래식한 음악 없소?
아, 그래요. 에프엠을 틀어 봐요. (사이) 그렇지. 베토벤의 전원 교향
곡! (아예 지휘자 흉내까지 내며) 라라라라라, 라라라라라. 아아 편안
해, 편, 안, 해……. (졸다 잠드는 사이, 서서히 암전)

셋째 장면 : 사냥

(캄캄한 속, 첫 장면처럼 들소 무리의 달리는 소리. 바람 소리, 멀어
져 가면)

목소리 : 내 이름은 〈붉은 구름〉이다. 우리는 왜 이곳에 왔는가? 올
해의 첫 연어 떼를 구경하기 위해서다. 연어 떼는 우리의 식량이기 때
문에 그들이 일찌감치 큰 무리를 지어 강의 위쪽으로 거슬러 올라오는
걸 보는 일만큼 즐거운 일은 없다. 수를 헤아릴 수 없을 만큼 연어 떼
가 햇살에 반짝이며 춤추는 것을 우리는 우리의 눈으로 직접 보았다.
그리하여 우리는 진정 행복하다. 또 한 번의 행복한 겨울이 우리를 찾
아올 것이기에.

(조명 서서히 밝아지면 헐벗은 나무 아래 명상에 잠겨 있는 철학자.
가부좌를 한 자세다.)

철학자: (가부좌를 천천히 풀면서 어깨와 목 운동을 정성 들여 하고
는 합장을 한 채 일어선다. 고개를 젖혀 하늘을 봤다가 허리를 굽혀 땅
에 귀를 갖다 댄다. 눕는다. 와선이다. 선다. 입선이다. 나무를 한 바
퀴 천천히 돈다. 포행이다. 나무에 기댄다. 어쨌든 다양한 명상 자세
의 하나다. 무대 한쪽에 치워져 있는 나무 걸상 하나를 가져다 나무 아
래 놓고 앉는다. 팔짱을 꼈다가 풀고 고개를 갸우뚱해서 해서 고정시
켰다가 바로 하고 다리를 꼬았다가 풀고 다시 꼰다. 그 자세로 비시시
웃는다.) 흠. (좀 더 분명하게 소리 없이 웃는다) 과연 우스워. 모든 게

유희야. 절묘한, 아주 절묘한 유희. (그때 바깥에서 웃음소리들이 터져 나온다) 응? (놀랍고도 수상쩍다는 표정) 흐음. (사이) 으하하하하하하……. (돌아본다, 아무 소리도 없다. 그런데 도로 바른 자세를 하는 순간, 메아리처럼 으하하하하하하……) (벌떡 일어난다. 그리곤 우선 나무 한 바퀴를 돈 다음 무대 구석구석으로 무언가를 찾는다) 젠장. 메아리, 메아리였군. (사이) ('메아리였군' 하는 메아리 소리. 그러나 아까와는 다르게 어린이 목소리다.) 허, 그 참. ('허, 그 참' 하는 메아리 소리. 역시 어린이 목소리) (철학자 다시 가부좌 자세로 돌아간다) 내가 잠시 망상을 피웠군.

어린이 : (나무 뒤에 숨은 채) 잠시 망상을 피웠군.

철학자 : (어린아이의 소리를 메아리 소리로 듣고선 고개를 한 번 흔들고는 다시 명상 자세를 취한다)

어린이 : (여전히 나무 뒤에서) 망상이 뭐야?

철학자 : 그거야 헛된 생각, 잡념…… (하다가 정신이 난 듯 주위를 살펴본다) 거기 누구 있소?

어린이 : 잡념은 또 뭐야? (이윽고 모습을 드러낸다)

철학자 : (짐짓 놀라며) 너, 누구냐?

어린이 : 난, 나야. 아저씬?

철학자 : (웃으며) 너부터 말해야지. 이름을.

어린이 : 내 이름은 많아. 소나기 오는 여름이면 〈얼굴에 내리는 비〉고 우리 할아버지가 세상을 떠났을 땐 〈상처 입은 사슴〉이었어. 지금은, 〈붉은 구름〉이야.

철학자 : (어린이의 말과 태도에 빠져들었다가 정신을 차린다) 그러니까, 그러니까, 넌…….

어린이 : 아저씨는 누구야?

철학자 : (여유를 가장하려고 웃으며) 나는 뭐랄까.

어린이 : (철학자의 얼굴을 들여다보며) 슬퍼 보이기도 하고.

철학자 : (기분이 좋아져 빠르게) 슬퍼 보인단 말이지, 내 얼굴이?

어린이 : 불만에 가득 찬 것 같기도 하고.

철학자 : (이내 안색이 달라진다) 그만둬라. (근엄해지며) 그리고 이제 네 갈 길을 가거라.

어린이 : 난 갈 거야. 아저씨는 한 번 일어서 봐.

철학자 : 뭐라구?

어린이 : 일어서 보라니깐.

철학자 : 넌 잘 이해 못 하겠지만 난 여기에 꼼짝 않고 앉아 있어야 해.

어린이 : 아저씨 궁둥이 밑으로 아까 메뚜기가 숨어버렸단 말이야.

철학자 : 메뚜기? (벌떡 일어난다)

어린이 : 아, 저기 있네.

철학자 : 잡아!

어린이 : 왜요?

철학자 : 저리로 뛴다! 잡으란 말이야!

어린이 : 정말 잘 뛰네. 잘 가.

철학자 : (정신을 수습하고 어린이를 바라본다) 너 참 맹랑한 녀석이로 구나. (사이) 어린이는 어른의 아버지라더니. (마음이 풀어져서) 애야.

어린이 : 응.

철학자 : 난 말이야 누군고 하니, 사냥꾼이야.

어린이 : 사냥꾼? (뜯어보곤) 사냥꾼 같진 않은데? 하지만 어쨌든 좋

아. 우리, 들소 잡으러 가, 아저씨!

철학자 : 들소?

어린이 : 왜? 무서워?

철학자 : 무섭냐고? 들소가? 하하하하하하. (사이, 근엄해지며) 내겐 진리 외엔 무서운 게 없단다.

어린이 : 진리란 게 그렇게 무서워?

철학자 : 뭐, 무섭다기보단, 말하자면 그렇다는 거야. (생각에 잠기며) 하여튼 난 사냥꾼이야. 보통 사냥꾼관 다르지만, 그러니까 진리의 사냥꾼이라고나 할까? (공연히 웃는다. 공허하다) 진리를 포획하여 내 소유로 만들고 나면 세상 무서울 게 없을 거란 말이야.

어린이 : 진리의 사냥꾼은 들소는 안 잡나?

철학자 : (즉흥적으로) 잡지, 잡아. 못 잡을 것도 없지. 그 들소가 진리라면. (마지막 말에 무게를 실었다는 걸 어린이에게 확인시킬 요량으로 어린이를 일별한다. 그러나 어린이는 생각에 골몰해 있을 뿐이다) 알겠니? 들소란 것도 말이야, 따지고 보면 진리의 일부분이고.

어린이 : (갑자기) 저기, 들소다! (엎드린다)

철학자 : (너무도 빨리 엎드렸기 때문에 어린이보다 먼저 엎드린 셈이 되었다) 어디?

어린이 : (속삭이며) 지, 나, 갔, 어.

철학자 : (꼭 같이 속삭이며) 놀, 랐, 잖, 아.

어린이 : (속삭이며) 아, 저, 씨, 는, 꼭, (빠르게) 어린애 같애.

철학자 : (벌컥 하며) 뭐야? (사이) 너 정말 재미있는 애로구나.

어린이 : (큰 소리로) 들소 잡으러 안 갈 거야?

철학자 : 쉿! 조용히 해! (사이. 혼잣말로 다짐하듯) 중요한 건 침묵

이고 적막이 적멸이야.

　어린이 : 활 가지고 왔어?

　철학자 : 진리의 과녁에 박힐 화살은 가지고 왔지.

　어린이 : 뭐, 그거라도. 이제, 전진하는 거야. (포복 자세)

　철학자 : 잠깐. 한 가지만 다시 한 번 일러두겠는데.

　어린이 : 난 무섭지 않아.

　철학자 : 그게 아냐. 녀석아. 잘 들어. 들소 사냥에서 가장 중요한 건 조용히 하는 거야. 조용히. 알았어? 그래야 우린 진리에 아니 들소에게 접근할 수 있는 거야.

　어린이 : 알았어. 그 정돈 나로 알아.

　철학자 : (목소리를 깔아) 지금부터!

　어린이 : (같이 목소리를 깔아) 전진이다!

　(철학자와 어린이, 수풀 속에서인 듯 수풀을 조심스럽게 헤치며 1m가량 기어가다 멈춘다. 둘 다 무엇엔가 귀를 기울이는 모습. 5초간 정적)

　철학자 : (엎드린 채 한 쪽 손으로 턱을 괴고 생각에 잠긴다) 이건, 무슨 소리지? (고개를 흔든다) 아냐, 아냐. (다시 고개를 흔든다. 다른 쪽 손으로 턱을 괸다.) 심상찮군.

　철학자의 소리 : (이 소리는 철학자의 머릿속을 종횡무진하는 그 자신의 목소리다. 그는 겉으로 보기엔 침묵하고 있지만 그 내면은 시끄럽기가 그지없다. 그 목소리가 나오는 동안 철학자는 내내 턱을 괸 채 전방을 응시하거나 하늘을 바라보고 있다. 목소리는 속도가 매우 빠르

다) 간다. 어쨌든 가보는 거야. 열 시간의 명상. 명상? 무슨 명상? 저 녀석이 토끼 새끼처럼 나무 뒤에서 튀어나오지만 않았어도, 아니, 고 놈이 바로 부처고 자연이고 진리인 건데, 진리, 진리, 진리의 사냥꾼이 란 말은 너무 멋진 유머였어. 안 그래? 게다가, (이때 옆의 어린이가 돌로 돌을 치는 소리를 냈기 때문에 철학자의 소리는 뚝 멈춘다)

철학자 : 쉿! (목소리를 한껏 죽여) 지금 무슨 장난을 치고 있는 거야?

어린이 : 앞으로 안 갈 거야?

철학자 : 여기서부터 기다려 보는 거야.

어린이 : 난 갈 거야. (기어간다)

철학자 : (다리를 잡으며) 제발! (사이) 무조건 전진하는 게 중요한 건 아냐! (주위를 돌아보며) 현대의 절망은 스피드와 소음의 폭력에서 오는 거야. 궁핍과 기다림의 미학을 잃은 데 있단 말이다. (호소하듯) 너마저 이럴 거니?

어린이 : 그럼 들소 사냥은 어떡하고?

철학자 : 들소는 기다리면 온다.

어린이 : 정말?

철학자 : 단 조용히 하고 있어야 한단 말이다. 내가 명상을 하는 까 닭이지. 그러면 구원은 온다.

어린이 : 들소가 온다면서?

철학자 : 애야, 우린 시간이 없단다. 입부터 다물자.

어린이 : 알았어.

(철학자는 다시 턱을 괴고 명상에 잠긴다. 다시, 철학자의 소리가 들

리기 시작하는 동안 어린이는 엎드린 채 주위의 풀과 그 풀 속을 뛰어
다니는 풀벌레들과 노는 데 열중해 있다)

철학자의 소리 : 인디언, 인디언, 인디언, 그들은 이미 세계와 자연
과 인간에 대한 모든 지혜를 완성한 것이었고, 인디언, 인디언, 그들은
이미 사라졌지만 아주 사라졌다고는 볼 수 없는 것이며 그들의 영혼은
나의 마음속, 이 철학자의 마음속에서 되살아나고 있는 것으로서…….

(이때 풀벌레 소리가 찌르르르 들려오면서 철학자의 목소리는 뚝,
끊긴다)

철학자 : (목소리를 죽여 엄하게) 너, 도대체 뭘 하고 있는 거냐?
어린이 : (풀벌레와 노느라 정신이 없다. 풀벌레 소리 점점 커진다.)
철학자 : (주위를 살펴보며 여전히 내리간 목소리로) 그냥 내버려 둬.
공연히 만지니까 소리를 내잖아! (바로 이어서 철학자의 소리 "공연히 만
지니까 소리를 내잖아."가 마치 턴테이블 헛돌아가듯 반복된다)
어린이 : (무심히 철학자를 한 번 돌아보곤 다시 풀벌레에 열중한다.
철학자의 소리가 멈춰지면 풀벌레 소리는 다시 울린다. 더 커진다)
철학자 : (여전히 낮은 목소리. 거의 안달한다) 들소들이 마구 몰려
올지도 몰라. 조용히, 조용히 하란 말이야! (역시 바로 이어서 철학자
의 소리 "조용히, 조용히 하란 말이야"가 반복된다. 반복음 서서히 낮
아지면 풀벌레 소리 들리기 시작한다)
어린이 : (속삭인다) 나? 난 붉은 구름이야. 넌? 뭐? 귀뚜라미? 방울
벌레? 풍뎅이?

철학자 : (마침내 불안해서 그냥 엎드려 있을 수가 없다. 엉거주춤 일어서며 어린이를 노려 본다. 철학자의 소리, "뭐? 귀뚜라미? 방울벌레? 풍뎅이?"가 반복된다. 물론 어린이의 대사가 시작되면 그 반복음은 그친다.)

어린이 : 난, 저 사냥꾼이랑 들소를 기다리고 있어. 뭐? 우스워? 넌 누구야? 애, 애, 애노란테 먼지 벌레? 무슨 이름이 그래? 넌? 잘록하니 왕잠자리? 하하하하하!

철학자 : (급기야 어린이의 입을 틀어막는다. 어린이는 그냥 장난일 줄 알고 고이 당하고 있지만 이젠 풀벌레 소리가 요란스레 시작된다. 철학자, 자제력을 잃고서 그러나 여전히 목소리엔 신경을 쓰며) 이런 빌어먹을! 온 세상을 다 깨워 놓았군! (어린이의 입을 막았던 손을 푼다)

어린이 : (풀벌레 소리가 천지를 진동하는 가운데) 홍다리사슴벌레, 알락방울벌레, 청동실잠자리, 칠선무당벌레, 청술박이하늘소……,

철학자 : (여전히 한껏 목소리를 낮추긴 했지만 증오에 가득 찬 음성) 제발, 그 입 좀 다물어! (3초간 적막, 그러나 이어서 다시 풀벌레 소리 요란하다. 철학자, 마침내 벌떡 일어서며 소리를 꽥, 지른다) 목소리를 낮추라니깐!

(순간, 폭풍이 몰아치면서 모든 균형은 깨져 버린다. 하늘에선 온갖 쓰레기 같은 것들이 무너져 내리는가 하면 철학자와 어린이의 정면으로 들소 떼가 한꺼번에 달려드는 광경이 음향을 통해, 그리고 철학자와 어린이의 뒤로 넘어지는 동작을 통해 연출되면서 철학자와 어린이, 같이 죽음을 면치 못한다. 그리고 서서히 암전.)

—막—

입춘 함백산 외 1편

송 언

    입춘을 맞아 나의 그녀와 훌훌 집을 나섰다.

    환갑 지나도록 이 땅에 살며 한 번도 가보지 못한 곳, 백두대간이 지나가는 함백산 아래 정암사를 찾아갔다. 정암사가 1차 목적지이긴 하지만, 만항재에서 함백산 정상으로 올라가는 겨울 산의 경치가, 매우 근사하다는 이야기를 여러 차례 귀동냥했기 때문에 정한 여정이었다.

    정암사는 신라시대 자장대사가 창건한 사찰이다. 자장대사는 당나라에 유학을 갔다가 돌아오는 길에, 잠시 용궁에 들러 마노석을 얻어가지고 와서, 정암사 언덕배기에 수마노탑을 쌓았다고 한다. 그 수마노탑 안에는 부처님 진신사리가 모셔져 있고, 탑 아래엔 적멸보궁이 아담하게 자리 잡고 있다.

    직접 가본 사람은 알겠지만, 수마노탑은 1천 3백년 전에 쌓은 전탑인데도 불구하고, 방금 구워낸 듯 벽돌 낯짝에 어룽어룽 옥빛이 비치는 것이었다. 신비로운 벽돌 빛깔이 아닐 수 없었다. 나라면 두 말 않고 국보로 지정했을 텐데 수마노탑이 보물의 자리에 머문 건 못내 아쉬웠다. 7층 전탑 가장자리에 풀씨들이 날아와 어지러이 싹을 틔우고 있었다. 약간 지저분해 보이긴 하였으나, 1천 3백년 세월의 무게를 느낄 수 있어, 오히려 격조가 엿보여서 좋았다.

정암사 적멸보궁은 정면 3칸 측면 2칸의 소박한 법당이다. 무욕의 경지가 어떤 것인지를 미루어 짐작할 수 있고, 자장대사 선한 마음씨를 짐작할 수 있는 정갈하기 짝이 없는 적멸보궁이다. 동해안 추암 해변에서 본 해암정(海岩亭)이 꼭 그러했다. 정면 3칸 측면 2칸이었는데 그렇듯 욕심을 덜어낸 해변의 정자를 나는 본 적이 없다. 해암정과 정암사 적멸보궁은 같은 어머니에게서 나온 두 아이처럼 꼭 닮았다.

이렇듯 무욕의 극치를 보여주었던 자장대사가 서글픈 고사의 주인공이 된 까닭은 무엇일까. 어찌하여 자장대사는 문수보살을 알아보지 못했던 것일까. 예로부터 고승에 얽힌 숱한 이야기가 전해오고 있으나, 나는 자장대사의 고사처럼 가슴이 저릿저릿 떨려오고, 마음이 미어지듯 슬퍼지고, 심장이 덜컥덜컥 내려앉을 것 같은 처절한 이야기를 알지 못한다.

삼국유사에 기록된 자장대사의 고사는 다음과 같다.

자장은 중국으로 유학을 가서 더 큰 가르침을 받기를 원했다. 신라 제27대 선덕여왕이 왕의 자리에 있을 때였다. 자장은 선덕여왕을 찾아가 당나라로 유학을 떠나겠다고 말했다. 선덕여왕은 그의 뜻을 흔쾌히 받아들였다. 자장은 제자 10여 명과 함께 당나라 청량산으로 들어가 그곳에서 도를 닦았다.

하루는 꿈을 꾸었는데 문수보살이 나타나 머리를 어루만져 주는 것이었다. 그 뒤 자장은 더욱 정진하여 큰 깨달음을 얻었다. 자장에 대한 소문은 당나라 안에 널리 퍼졌다. 황제가 직접 사신을 보내 위로할 정도였다. 하지만 자장은 번거로움이 싫어서 종남산 운제사 동쪽 낭떠러지 바위 끝에 작은 암자를 짓고 살았다. 3년 동안 오로지 부처님 말씀에 의지해 도를 닦았다. 자장의 영험함은 날로 높아졌다. 황제는 비단 200필을 보내 자장과 제자들이 쓰도록 해주었다.

서기 643년 선덕여왕은 당나라에 사신을 보내 자장대사를 신라로 돌려보내 달라고 요청했다. 당나라 황제가 허락해 자장대사는 신라로 돌아오게 되었다. 자장대사는 불경과 불상 등 필요한 물품을 수레에 가득 싣고 서라벌로 돌아왔다. 자장대사가 황룡사에서 강연을 하니, 하늘에서는 단비가 내리고, 절 둘레에는 구름과 안개가 자욱했다. 선덕여왕은 자장대사를 나라의 큰스님인 대국통으로 삼았다.

세월이 흘러 자장대사도 나이가 들어 늙었다. 하여 서라벌을 떠나 강릉군으로 가서 수다사란 절을 짓고 그곳에 고요히 머물렀다. 하루는 꿈을 꾸었는데, 당나라 청량산에서 보았던 문수보살이 불쑥 나타나 말하기를,

"내일 나를 대송정에서 보게 되리라."

자장대사는 놀라 꿈에서 깨었다. 꿈이 마냥 현실인 듯하여, 새벽같이 일어나 수다사를 출발해 이윽고 대송정에 이르렀다. 과연 문수보살이 은은하게 미소 지으며 자장을 기다리고 있었다. 문수보살이 자장을 보자 대뜸 말하기를,

"태백산 갈반지에서 다시 만나기를 기약하자." 하고는 바람처럼 사라져버렸다. 자장대사가 급히 태백산을 찾아가 보니, 큰 구렁이가 칡덩굴 옆에 똬리를 틀고 있는 것이 보였다. 자장대사를 따라나선 제자가 아뢰기를,

"큰스님, 이곳이 바로 갈반지가 아닐까요?"

갈반지(葛蟠地)를 글자 그대로 풀이하면 '칡덩굴 옆에 용이 되지 못

한 큰 구렁이가 있는 땅'이란 뜻. 자장대사가 그 말을 옳게 여기어 그 자리에 석남원 즉 오늘날의 정암사를 짓고는 문수보살이 오기만을 기다렸다.

그러던 어느 날이었다. 한 늙은이가 다 해진 너덜너덜한 옷을 입고 칡으로 만든 삼태기에 죽은 강아지 새끼를 담아 메고 와서는 자장대사의 제자에게 말했다.

"나는 자장을 보러온 사람이다."

자장대사의 제자가 심사가 뒤틀려 나무랐다.

"아직까지 우리 큰스님 이름을 함부로 내뱉는 사람을 나는 보지 못했소. 늙은 그대는 대관절 누구이기에 이처럼 버릇없이 말하는 것이오?"

거지 차림의 늙은이가 말했다.

"군소리 보태지 말고, 네 스승에게 내가 왔노라 이르기나 해라."

자장대사의 제자가 하는 수 없이 스승에게 그 사실을 아뢰었다. 한데 자장대사도 미처 알아차리지를 못하고 이렇게 대꾸하고 말았다.

"아마도 정신이 나간 늙은이인 모양이로구나."

자장대사의 제자가 다시 늙은이에게 다가가 꾸짖으며 말했다.

"우리 큰스님은 당신과 같은 늙은이를 모른다고 하오. 내쫓기 전에어서 이곳을 떠나시오."

그러자 거지 차림의 늙은이가 하늘을 우러르며 탄식하기를,

"돌아가야겠구나, 왔던 곳으로 나는 다시 돌아가야겠어. 자기 아집에 사로잡혀 남을 업신여기는 마음이 있는 자가 어찌 나를 알아보겠는가?"

거지 늙은이가 삼태기를 거꾸로 하여 터니 죽은 강아지가 떨어져 사

자로 돌변했다. 늙은이는 사자 등에 올라앉아 환한 빛을 내뿜으며 쏜
살같이 하늘 저 멀리 사라져버렸다. 자장대사의 제자가 혼비백산 놀라
스승에게 달려가 자기가 본 대로 아뢰었다. 자장대사가 즉시 뉘우치고
는 사자 등에 올라타고 사라진 거지 늙은이를 뒤쫓았다. 허둥대고 지
둥대며 산마루까지 한달음에 뛰어 올라갔으나 그림자조차 찾아볼 수가
없었다. 아, 그 거지 늙은이가 바로 문수보살이었던 것이다.

   자장대사는 크게 한숨을 내쉬고, 피를 한 바가지나 토한 뒤, 그 자
리에서 쓰러져 죽었다. 자장대사의 제자가 시신을 수습하여 그 유골을
동굴 안에 모셨다.

   나는 무거운 마음으로 정암사를 등졌다. 414번 지방도로를 따라 함
백산 만항재로 차를 몰았다. 고갯마루 주차장에 차를 세우고 쉼터에
들러 늦은 점심을 먹었다. 꽁치찌개와 감자부침에 의지해 소주 한 병
을 단숨에 뒤집었다. 만항재에서 흰 눈 뒤덮인 산길을 따라 함백산 정
상까지 오르는 데는 1시간 반쯤이 걸린다고, 쉼터 주인이 말해주었다.
저 멀리 거인처럼 우뚝 서 있는 함백산 정상을 바라보며 걷노라니, 가
슴이 사정없이 뛰고 심장이 벌떡대는 것이었다. 저 옛날, 자장대사가
쓰러져 죽은 자리가, 어쩌면 만항재 언저리가 아닐까, 하는 느낌 때문
이었다.

   한참을 걷다 보니 어느 능선 자락에 '두문동재'란 팻말이 박혀 있다.
고려가 멸망하고 조선이 세워졌을 때, 오로지 충절을 지키고자 두문동
에 틀어박혀 끝끝내 세상 밖으로 나오지 않았다는 선비들이 살았다는
바로 그곳. 그 충절을 기억하기 위해 함백산 자락에 '두문동재'란 이름
을 가져다놓은 게 아니었을까.

함백산 정상에 오르니 가슴이 확 트이는 것 같았다. 마지막 오르막 길이 가팔라서 만만찮은 등정이었다. 큰 산은 쉽사리 정상을 허락하지 않는다는 평범한 진리를 되새길 수 있었다. 함백산 정상에서 사방을 둘러보니 백두대간이 얼마나 장엄한지를 능히 알겠다. 다음엔 기필코 태백산 정상에 오르리라. 그동안 삶이 어찌 그리도 팍팍했는지 태백산 정상에 오를 엄두조차 내지를 못했다. 다시 만항재 쉼터 주차장으로 내려와 태백으로 차를 몰았다. 구불구불 산을 내려가는데 함백산과 태백산이 얼마나 너른 품을 간직하고 있는지 느낄 수 있었다. 해가 저물 무렵 태백의 황지연못을 둘러보고는 바로 숙소를 정했다.

다음 날 아침, 무심코 텔레비전을 틀었는데, '생활의 달인' 프로그램을 방영하고 있었다. 찹쌀떡 만드는 달인이 불현듯이 내던지는 말이 내 가슴을 후려쳤다.

"앞만 보고 가야지 이리 기웃 저리 기웃하면 못써. 10년 20년 해가 지고 되나. 30년은 한 우물을 파야 길이 보이지. 그 정도 노력은 해야 승부가 나는 겨."

찹쌀떡 하나를 제대로 만들기 위해 30년을 부단히 용맹정진했다는 것. 나는 언제쯤 저런 달인의 경지에 오를 수 있을까. 1982년 중앙일보 신춘문예에 소설로 등단한 뒤 쉼 없이 글을 써왔고, 그 뒤 생각한 바 있어 소설을 접고, 20년 넘게 동화를 쓰고 있지 않은가. 이러구러 작가로 산 세월이 35년이나 되었는데, 아직껏 까마득하니 길이 보이지를 않는다. 10년쯤 더 수행정진하면 환한 길을 볼 수 있으려나.

강원도 산간지방에 밤새 폭설이 내린다고 난리여서 두려운 마음으로 창문을 열어젖히니 쌓인 눈이 보이지 않는다. 하늘만 그저 꾸물꾸물할 뿐이다. 다행이다 싶어서 38번 국도를 따라 급하게 차를 몰았다. 강원도의 겨울 산은 어찌하여 저리도 을씨년스럽고 쓸쓸해 보이는 것일까.

여름에도 과연 저럴까 싶은 산
생각해보면 나보다 더 추운 산
나보다 더 외롭고 높고 거칠거칠한 산
정녕코 쓸쓸한 강원도의 겨울 산
젊디젊은 아들을 사고로 잃고
달마산 미황사 절간에 엎드려 꺽꺽대던 내 친구만큼이나
서러움이 가득한 산
태백에서 고한, 사북, 영월로 이어지는
38번 국도를 따라가며 바라보는 거무튀튀한 겨울 산
단종이 유배되었다가 사약 받고 죽은
청령포가 점점 가까워져서 더 그러한가.
말할 수 없이 춥고 배고픈 강원도의 겨울 산

곧바로 상경하려다가 오랜만에 청령포에 들렀다. 청령포로 건너가는 허리가 휘어진 강은 예상보다 물줄기가 사뭇 깊었다. 어린 단종이 헤엄쳐 건너오기 어려우리라 짐작이 되고도 남았다. 그 어린 단종이 죽기 전까지 수시로 찾아가 걸터앉곤 했다는 500년 된 관음송을 우두커니 바라보았다. 천연기념물이 되고도 남을 만큼 기품이 서려 있는 신령스러운 소나무 한 그루.

한데 세월의 무게를 견디기가 그렇게도 힘겨웠던 것일까. 소나무 한쪽이 옆으로 기울어져서, 쇠기둥 몇 개가 안간힘을 쓰며 소나무 줄기를 떠받치고 있었다. 한쪽으로 기울어지고 있는 저 소나무가 단종이라면, 쇠기둥은 단종복위를 꿈꾸다가 새남터의 이슬로 사라져버린 사육신이 아닐까. 아니, 기울어지는 소나무를 사육신으로 본다면, 저 쇠기둥이야말로 사육신의 주검을 수습해준 '금오신화'의 작가 김시습의 서글픈 영혼이 아닐까.

이런저런 생각을 하다가 청령포를 뒤로하고 후다닥 서울로 돌아왔다.

그대는 동백꽃을 아시는가

봄이 오면 꽃구경을 하고 싶어 내가 몸살을 앓는다. 명예퇴직하고 학교를 떠나온 뒤부터 찾아온 고질병 가운데 하나다. 젊어서는 오로지 사는 일에 바빠 언감생심 꿈도 못 꾸었던 꽃구경이다.

이른 9시쯤 출발하기로 전날 언약했으나 집은 나선 시각은 오전 10시가 다 되어서였다. 나의 그녀 몸에 밴 습성이기도 하지만, 이즈막엔 몸 상태가 삐그덕삐그덕 정상이 아니어서, 군소리 한마디 보태지를 못했다. 집을 나서는데 미세먼지가 나쁨이라 천지사방이 온통 희뿌옇다. 그렇다고 꽃구경 가는 마음조차 흐릴 수는 없지 않은가. 날씨와 상관없이 꽃은 꽃답게 피어나리라.

내 승용차는 중부고속도로를 달리다가 호법분기점에서 영동고속도로 가뿐히 갈아탔고, 이어 여주분기점에서 중부내륙고속도로로 방향을 바꾸었다. 감곡에서부터 도로공사로 인해 20여 분 정체되었고, 그 다음부터는 소통이 대체로 원활했다. 선산휴게소에서 점심을 먹었다. 안동 간고등어구이를 시켰는데 워낙 큰 놈이어서 3분의 1쯤을 남겼다. 나의 그녀는 집에서 알뜰히 싸가지고 온 빵과 커피로 점심을 대신했다. 주유소에서 자동차에 기름을 가득 채웠다.

꼬박 6년 만에 창원시 진해구에 있는 여좌천을 찾았다. 이번 주 토요일에 군항제 축제가 시작된다는데 목요일인 오늘 벚꽃은 대부분 만개했다. 평일인 데도 여좌천 둘레는 상춘객으로 바글바글했다. 사람이 너무 많아 여좌천을 반쯤 둘러보고는 근처에 있는 호수공원을 한 바퀴 산책했다. 호수 둘레의 산세가 완만하기도 했고 군데군데 산 벚꽃이 화사하여 봄이 들이닥쳤다는 걸 실감할 수 있었다.

기다리지 않아도 봄은 오고, 아쉬워서 발을 동동 굴러도 봄은 가듯이, 기다리지 않아도 꽃은 피고, 아쉬워서 발을 동동 굴러도 꽃잎은 떨어지리라.

나의 그녀가 화장실에 다녀오더니 왠지 기운이 없다면서 나무의자에 잠시 걸터앉는다. 이런 일도 처음이다. 그동안은 제법 쌩쌩했는데. 나이 들어가면서 서러운 게 바로 몸뚱이가 시들시들해지는 게 아닐까.

한 시간쯤 분홍 벚꽃으로 눈망울을 호강시키고 다시 승용차를 몰았다. 전라남도 광양시 다압면 매화마을로 향했다. 2시간 가까이 차를 달려 늦은 6시 20분쯤 거뭇거뭇 어둠이 내려앉는 매화마을에 도착했다. 올해 매화가 일찍 피었다는 소식을 듣긴 했으나, 아직은 3월말인지라 더러 꽃나무를 볼 수 있으려니 했는데, 매화꽃은 우수수 다 떨어지고 드넓은 산야에 꽃다운 꽃을 피워놓은 매화나무는 한 그루도 눈에 띄지 않았다. 아, 매화꽃이 한순간에 저버리다니! 노을 지는 하늘을 배경으로 느긋하게 매화꽃을 감상하고 싶었는데 속절없이 무위로 끝나버렸다.

이제 동백꽃이라도 보리라, 하고는 차를 여수 오동도로 몰았다. 광양만을 가로지르는 거대한 이순신대교를 건너 여수 오동도 근처에 도착했을 때는 캄캄한 밤이 되어 있었다. 자그맣고 깔끔한 호텔에 여장을 풀고 저녁 식사를 하러 밖으로 나갔다. 갈치조림을 안주 삼아 남도의 좋은 술 잎새주로 매화 못 본 서운함을 지그시 달래주고는, 그대가 오동도의 밤을 아느냐, 하는 마음으로 밤의 오동도로 향했다. 가는 길에 가로수로 심어놓은 벚꽃이 거의 만발해 마음을 들뜨게 했다. 벚꽃 아래 길을 따라 느릿느릿 오동도로 건너갔다. 곳곳에 조명등을 밝혀 놓았으나, 어둠이 짙어 붉은 동백꽃을 감상하기는 어려웠다. 하니 어쩌겠는가. 어둠 속을 되짚어 호텔로 돌아와 깊은 잠 속으로 빠져들었다.

다음 날 일찍 서두르려고 마음먹었으나, 나의 그녀가 피곤한지 마냥 힘겨워해서 9시 30분이 넘어서야 겨우 오동도로 건너갔다. 지난밤에 보았던 것보다 훨씬 많은 동백꽃을 볼 수 있었으나 황홀할 정도는 아니었다. 오히려 오르막길에서 본 겹으로 피어난 순백의 벚꽃 몇 그루가 눈길을 사로잡았다. 서울 우리 집 가까이 있는 어린이대공원에도 겹으로 피어나는 벚꽃이 꽤나 많은데, 하얀색은 한 그루도 없고, 탁한 분홍색 겹벚꽃을 볼 수 있을 뿐이었다. 오동도에서 새하얀 겹벚꽃을 보게 되다니 귀한 선물을 받은 듯 반가웠다. 백목련처럼 희디흰 겹벚꽃은 보다보다 처음인지라 더욱 그러했다. 세상에는 내가 아직도 보지 못한 것들이 많다는 걸 절감하는 순간이었다.

동백꽃을 볼 때마다 느끼는 바는, 짙은 녹색의 잎사귀 사이사이에 수줍은 듯 얼굴을 내밀고 있는 동백꽃이, 예상보다 오종종하니 작다는 것이었다. 붉은 동백꽃이 짙은 녹색을 지배하는 게 아니라, 짙은 녹색에 감싸여 있는 듯해 아쉽다는 것. 아마도 그렇기 때문이리라. 나무에 꽃핀 동백꽃보다 나무 아래로 뚝뚝 떨어져 나뒹구는 동백꽃이 한결 숭고하게 느껴지는 것은. 아무려나 오동도 전망대 옆 편의점 둘레에 있는 동백나무는 제법 볼 만하다. 꽃들이 촘촘히 피어나기도 하지만 땅바닥에 뚝뚝 떨어져 나뒹구는 동백꽃 주검들이 보여주는 처연한 미감 때문이리라.

　동백섬 오동도를 뒤로하고 구례 산동 산수유마을로 향했다. 아직은 산수유가 남아 있으리란 기대감 때문이었다. 허나 산수유마을에 도착하기도 전에 기대치가 무너졌다. 산수유마을 들머리 길가에 개나리와 산수유를 어깨동무 하듯 나란히 심어 놓았는데 생기발랄한 개나리 노란빛에 산수유 탁한 빛깔이 형편없이 짓눌리는 것이었다. 차라리 산수유 곁에 샛노란 개나리를 심어놓지 말았어야지. 산수유를 죽이려고 작정을 했는가. 혼잣소리로 산수유 탁한 빛깔을 나무랐더니, 나의 그녀가 다시 나를 나무라는 것이었다. 산수유 스스로 선택한 빛깔에 대해, 사람이 시시콜콜 토를 달아서는 안 된다고.

　산수유마을 식당에서 점심으로 메기매운탕을 주문했다. 맛은 그저 그러했다. 우리 옆자리에서 70대 두 남자노인이 60대 두 여인과 마주 앉아 참게매운탕을 먹고 있는데, 점잖은 양반들 같으면서도 왠지 너드럭대는 것 같아 보기에 좋지는 않았다. 점심을 잘 먹고 산수유 마을을 산책했다. 어느 버스정류장 의자에 앉아 먼산바라기를 하던 팔십 줄에 들어선 여자 노인 둘이, 우리 내외를 눈으로 훑더니만 대번에 내뱉는 말이 좀 얄궂었다.

　"하이고, 저그를 좀 봐. 한참 늙은 노인이 젊은 샥시를 데리고 다니는구먼."

　"애고 시상에, 저게 웬일이고?"

　내가 워낙 백발인데다가 콧수염까지 하얗게 된서리를 맞은지라, 저만큼 떨어져서 보면 영락없는 노인으로 보이는 게 맞다. 한데 나의 그녀는 차림새가 워낙 신식이기도 하지만 나이보다 훨씬 젊어 보이는지라, 함께 나들이를 하다 보면 오해를 사는 경우가 비일비재한 것이다.

그러니 오늘의 운수려니 하고 지나쳐야지 무슨 말을 보태겠는가.

산수유마을을 휘휘 둘러보고는 고창 선운사로 향했다. 동백꽃 한 번 제대로 보려고 선운사를 찾아간 게 무릇 얼마인가. 어디 선운사뿐인가. 어제 찾아갔던 오동도도 그렇고 강진 백련사 동백나무숲은 또 얼마나 뻘뻘대며 찾아갔던가. 사실대로 고백하거니와 그동안 나는 동백꽃을 보고 단 한 차례도 흡족해 본 적이 없었다. 이번에도 역시 그러했다. 그 어느 때보다 선운사 동백꽃이 그득그득 피어난 걸 감상할 수는 있었으나 마음 깊이 뿌듯하게 차오르는 건 없었다. 500년을 자랑하는 동백나무 수령에 비해 피어난 동백꽃 빛깔이 탁해서 더 그러했다. 꽃이란 역시 자태보다는 빛깔이 아니던가!

나는 아쉬운 마음으로 울울창창한 선운사 동백나무숲을 등졌다. 다시는 동백꽃에 미련을 두지 않으리라 다짐하고 또 다짐하면서. 선운사 산책로를 따라 터덜터덜 내려가다가 서정주 시비 앞에서 문득 걸음을 멈추었다. 「선운사 동구」란 시가 적혀 있는 허름한 시비 앞이었다. 전에도 몇 차례 본 적이 있는 시비인데 이번에는 왠지 느낌이 확 뒤집어지게 다가오는 것이었다. 쇠망치로 머리를 얻어맞은 사람처럼 망연히 서서 나는 시를 읽어 내려갔다. 그러다가 벼락을 맞은 듯 놀라면서 이 세상에서 가장 아름다운 동백꽃을 보고야 말았다.

선운사 골째기로
선운사 동백꽃을 보러갔더니
동백꽃은 아직 일러 피지 안했고
막걸리 집 여자의 육자배기 가락에
작년 것만 상기도 남았습디다

그것도 목이 쉬어 남었습디다

　천연기념물 제151호라는 강진 백련사 동백나무숲도 아니고, 천연기념물 제184호라는 고창 선운사 500년 수령을 뽐내는 아름드리 동백나무숲도 아니고, 여수 오동도 그 오밀조밀한 동백나무숲은 더더욱 아니고, 서정주의 시에서 세상에서 가장 아름다운 동백꽃을 보고야 만 것이었다. 육자배기를 불러제끼는 막걸리 집 여자의 신산스러운 삶이 진정한 동백꽃이라 말하지 않는가. 세상살이에서 이런 반전을 쉽사리 만날 수 있는 게 아니지 않은가. 서정주의 인생살이까지 좋아하는 건 아니지만, 동백꽃을 찾아, 내가 더 이상 세상을 이리저리 배회할 일이 아주 없어져 버린 순간이었다. 드디어 동백꽃으로부터 진정한 해방을 맞게 된 것이었다.

하룻밤의 비밀 외 1편

임정아

　몇 해 전 시골집을 전면 보수하면서 마당 구석에 쌓아 두었던 연탄을 이웃에게 주려다가 생각을 바꾸어 먹은 적이 있다. 연탄보일러를 사용하다가 기름보일러로 바꾸면서 더 이상 필요 없어진 연탄이어서 그랬는데 다시 생각해 보니 마루에 연탄 난로를 피워야 할 것 같았기 때문이다. 나무 바닥인 마루에는 난방이 되지 않아 난로를 피워야만 했는데 해마다 연탄 난로를 피워 놓고서 물도 데우고 고구마도 구워 먹으면서 긴 겨울 넘기던 기억이 포근했었다.

　그 시골 마을의 우리 이웃들 중에는 기름보일러로 고쳐 놓고도 비싼 기름값을 감당하기 어려워 다시 연탄보일러로 개조하는 집들도 많았다. 대부분 혼자서 사시는 할머니들인데 살기 편하시라고 자식들이 기름 보일러로 바꾸어 주어도 다달이 드는 기름값 무서워서 다시 연탄을 찾으시는 것이다. 하긴 하루 두어 번 연탄불 갈기가 성가셔 그렇지, 마음 놓고 뜨끈뜨끈 때는 데에는 연탄만 한 연료도 없을 듯하다.

　지금이야 다들 기름이나 가스보일러지만 불과 십 몇 년 전만 해도 대부분 연탄을 때었다. 내가 순천에서 근무할 때에도 그랬다. 그때 나는 순천 매곡동에 작은 아파트를 얻어 살고 있었다. 그런데 집주인이 집을 팔아서 서울로 이사 가야 할 형편이 되었다. 갑자기 집이 나오지 않아 한 달가량을 친구 집에서 다니며 겨우 집을 구하였는데 전에 살던 데 근처이면서 조금 더 넓은 아파트로, 학교 가깝고 시내도 가까워서 여러 가지로 편했다. 물론 연탄 보일러였다.

토요일 오후, 아이들의 도움으로 무사히 이사를 끝내었다. 나는 가만히 있게 하고 저희들이 알아서 척척 일하는 모습이 듬직하였다. 그 당시 나는 남자고등학교에서 2학년 국어를 가르치고 있었는데 담임은 없었으나 이사한다니까 너도나도 돕겠다고 아이들이 몰려든 것이다.

대충 정리를 해 놓고서 저녁을 시켜 먹은 다음 아이들을 돌려보내려 할 때였다. 문조가 다가오더니 조용히 말했다. 하긴 그애는 언제나 조용했다. 그 자리에 있는 듯 없는 듯 머물면서 중요한 일을 찬찬히 챙기는 아이여서 마음속으로 가장 믿고 있던 터였다.

"선생님, 오늘 여기서 주무실 건가요?"

"그럼. 드디어 이사를 했으니 오늘은 내 집에서 자야지. 좀 어수선하지만 그래도 내 집이 편하잖아?"

"오늘 밤만 하루 더 친구 분 댁에서 주무시면 안 될까요?"

"안 될 건 없는데, 그런데 왜?"

"이유는 묻지 마시구요. 내일 오전에 오십시오. 오늘 밤은 제가 여기서 자겠습니다."

문조는 허튼소리는 하지 않는 성격이었기에 나는 더 묻지 않았다.

'얘기하지 못할 무슨 사정이 있는가 보다. 워낙 조용한 성격이니까 혼자 조용히 있고 싶어서 그러는 건지도 몰라. 긴 가을밤 혼자 글도 쓰고 책도 읽고 싶어서 그러는 건 아닐까?'

그저 이런 상상들을 잠깐 해 본 후에 집 열쇠를 맡기고서 나는 친구

집으로 자러 갔다.

다음날, 날씨도 화창한 일요일이다.

오랫동안 속 썩여온 이사도 끝냈겠다, 날씨도 좋겠다, 오늘은 일요일이겠다……. 룰루랄라 날씨만큼 화창한 기분으로 나의 새 집으로 달려갔다.

'문조는 뭐하고 있을까? 어젯밤 대체 그 어수선한 집에서 뭘 하고 있었느냐고 물어봐야지.'

생각하며 초인종을 누르자 음악 소리가 흘러나왔다. 그애는 음악을 크게 틀어놓고서 청소에 열중하고 있던 중이었다. 간밤에 한숨도 안 자고 정리만 했는지, 어느 새 집안이 말끔히 정돈되어 있을 뿐 아니라 반들반들하기까지 하다. 내가 감격어린 목소리로 칭찬을 해도 아이는 그저 빙긋 웃을 뿐 아무 말이 없다. 그러더니 마치 방금 생각난 것처럼, 지나가는 말투로 한마디 했다.

"선생님, 이제 마음 놓고 연탄불 피우셔도 되겠습니다."

'응? 이게 무슨 소리지?'

"제가 어젯밤 연탄 피워 놓고 하룻밤 자 봤거든요. 아무 이상 없어요. 오래 비워 둔 집이라기에 혹시 새는 데 없을까 걱정했는데……."

말문을 잃은 채 나는 그애의 얼굴을 멍하니 바라보았다.

"너, 그래서 어젯밤 여기서 잔 거였어?"

"네."

나는 연탄불 같은 것은 생각도 하지 않고 있었다. 그런데 그 아이, 어제 저녁 내가 돌아간 뒤 아파트 앞의 쌀집에서 연탄 두 장을 꾼 다음 구멍가게에서 번개탄 사다가 연탄불을 붙였다. 그리고 거기서 하룻밤을 혼자 잔 것이다. 아니, 자 본 것이다.

친구에게 그 이야기를 들려주었을 때 초등학교 교사이던 내 친구는 내 얼굴을 한동안 쳐다보다가 조용히 말했다.

"그래, 연탄가스 나오나 안 나오나 실험해 보려고 일부러 제가 자 봤단 말이지? 그앤 그날 밤 목숨 걸고 그 집에서 잤구나. 그런 제자가 있다는 사실 하나만으로도 네 삶은 성공한 거야. 부럽다!"

벌써 오래 전 일이다. 찬바람 쌀쌀해지고 골목길 작은 구멍가게에 희귀하게 연탄난로라도 등장하는 이런 계절이 돌아오면 어김없이 그 아이가 떠오른다. 그리고 보고 싶다. 말없던 아이, 문조.

국어 선생의 즐거움

　중학교 1학년 교실은 언제나 활력과 소란과 즐거움이 공존하는 공간이다. 특히 아이들과 의사소통을 많이 하는 국어시간은 다른 시간에 비하여 그 비중이 더욱 커지는 듯하다.

　우리 반에서 '음절'을 가르칠 때였다.

　"한 음절로 된 아름다운 말들을 꼽아 보자."고 했더니 아이들이 '꿈, 길, 벗, 강, 꽃, 비, 해, 달, 별……' 즐겁게 이야길 해 나가는데 뒷자리에 앉은 남학생이 무언가 소곤거리니까 그 주위 아이들 한 무리가 와아 웃음을 터뜨리는 것이다. 무슨 말을 했기에 그러냐고 물어도 대답을 않기에 그 자리로 가서 아이 쪽으로 고개를 기울이며 "정말로 무어라고 한 거야?"라고 물었다. 그러자 뒤에 앉은 남자 아이가 아무렇지도 않은 얼굴로 흔연스레 대답한다.

　"'좆'이라고 했어요."

　와하하……. 순식간에 교실 전체가 웃음바다가 되었다. 남자아이들은 책상까지 치면서 웃느라 정신이 없고 여자아이들도 민망한 표정을 지으면서도 저희끼리 눈짓을 주고받으며 배실배실 웃음을 참는 얼굴이다. 나 역시 터져 나오는 웃음을 참을 수 없어 교탁 앞으로 돌아와 한

참을 웃다가 가까스로 정신을 가다듬고는 우리 반의 대표적 악동들인 그 남학생 무리를 행해 되물었다.

"그래, 그게 왜 아름다운 말이라고 생각해?"

그러자 남자아이들의 반응이 채 나오기도 전에 앞자리에 앉은 다은이가 아주 진지한 얼굴로 조용히 대답하였다.

"아름답죠. 거기서 생명이 번식하니까요."

굉장히 뜻밖이었다. 활달한 성격에 운동을 잘하는 여학생으로, 생각이 깊다거나 진지한 아이라고 여긴 적은 별로 없었기에 더 놀라웠다. 정작 '좆' 발언을 한 당사자, 기황이에겐 그런 깊은 뜻이 있어 그런 것이 아님은 분명한데 여학생 다은이의 해몽으로 인해 대화는 심오해지고 분위기는 진지해졌다. 무조건 낄낄대며 웃던 남자애들이 갑자기 의젓한 표정들로 변하여 점잔을 빼고 앉아 있는 것이다. 그 모습이 우습고도 귀여워서 나는 또 한참 동안 미소를 지었다.

한참 웃고 나서 많은 것을 생각해본 시간. 내가 교사라는 사실에, 특히 언어를 가르치는 국어교사라는 사실에 다시금 감사했던 시간이었다.

오래전 서울의 남자고등학교에서 1학년 남학생들에게 '문학'을 가르칠 때였다. 황진이의 시조가 나왔기에 한 시간 동안 황진이에 대하여 이야기를 하였다. 황진이의 삶과 문학에 대하여 잠깐 말한다는 것이, 한 시간 가득 그녀에 관한 특강으로 채워지게 되었다. 수업을 하다 보면 아이들의 반응이 감지되기 마련인데 그 시간은 지금까지의 내 수업 중 단연 최고라 할 만했다. 50여 명의 덩치 큰 고등학교 남학생들이 빨려들 듯이, 취한 듯 내 이야기를 듣고 있었다. 평소에 그렇게도 시끄럽고 장난이 심하며 활기차던 아이들의 어디에 그런 고요함과 집중력이 숨어 있었는지 놀랄 정도였다. 그토록 진지하고 열렬히 빛나는 눈빛이라니! 아이들의 반응이 좋으면 교사는 더 신이 나게 마련이다. 나 역시 열정을 다하여 강의를 하였다. 천천히 창가 쪽으로 걸음을 옮기며 황진이의 시조 몇 수를 암송할 때면 도취된 듯한 수십 개의 빛나는 눈동자들이 내 발걸음을 따라 함께 움직였다.

수업이 끝날 무렵 나는 다음 말로 대단원의 막을 내렸다.

"너희들도 나중에 인생에 한 번쯤 황진이 같은 멋진 여자를 만나는 행운을 누리기 바랄게."

아이들이 한숨을 내쉬었다. 그런 여자를 만나지 못하면 어쩌나…… 하는 듯한 느낌이었달까? 그런데 그때 한 아이의 굵은 목소리가 그 짧은 순간의 적막을 깨뜨리고 울려퍼졌다.

"우린 벌써 만났어요."

나를 포함한 교실 아이들이 모두들 고개를 돌려 그 아이를 돌아보았다. 그애는 담담한 표정으로 말을 이었다.

"우리 앞에 있잖아."

잠시 침묵. 곧이어 아, 하는 탄성이 들리더니 이내 박수가 쏟아졌다. 아이들의 환호성을 뒤로 한 채 교실을 나오며 가슴이 마구 울렁거렸다. 행복감이라 해도 좋을 그런 감동.

'국어교사 아니면 이런 기쁨을 어떻게 누리랴?' 속으로 혼자서 반문하며 하루종일 (황진이가 되어!) 뛰는 가슴으로 보냈던 그날이 선명히 떠오른다.

옛날에 시골 중학교에서 3학년을 맡았을 때였다. 2학기 국어교과서에 '다른 나라의 시'라는 대단원이 있었고 거기 예이츠, 디킨슨, 프로스트 등 외국 시인들의 시 작품들이 실려 있었다. 예이츠 「이니스프리의 호도」, 프로스트 「가지 않은 길」 등. 교과서에 실렸던 디킨슨의 시는 정작 어떤 것이었는지 기억나지 않는데 디킨슨을 배우는 시간에 그녀의 다른 시 「내가 만일」을 칠판에 써주었던 것은 또렷이 기억한다. 나는 지금도 그 시를 외우는데 '내가 만일 한 가슴의 미어짐을 막을 수 있다면 내 삶은 결코 헛되지 않으리.'로 시작되는 아름다운 시다.

그때 우리 반에 최효숙이라는, 발랄하고 학교 성적도 매우 좋은 아이가 있었는데 큰 도시의 고등학교로 진학한 뒤 서울의 대학에서 영문학을 전공하게 된 그애가 대학 합격 후에 나를 만나러 왔다.

"선생님, 제가 왜 영문과에 갔는지 아세요? 선생님 덕분예요."

"왜? 내가 영어 선생님도 아니었는데……. 네가 중학교 때부터 영어를 잘해서 그런 거겠지."

"그래서가 아니예요. 선생님이 국어시간에 에밀리 디킨슨의 시를 칠판에 적어주신 적 있잖아요."

"그래. 「내가 만일」이라는 시였지."

"그때 그 시가 너무 가슴에 와 닿아서 그 시인의 시를 더 공부하고 싶어졌어요. 그러려면 영문학을 해야겠다고 결심했고, 그래서 영어공부도 열심히 했고, 그래서 영문과 간 거예요. 그러니 선생님 덕분이죠."

그애의 말은 오래도록 긴 여운으로 가슴에 남아 있다. 지금도 간혹 쓸쓸한 날에 에밀리 디킨슨의 시를 읽을 적이면 어김없이 효숙이의 예쁜 보조개와 "선생님 덕분에 영문과 갔어요."라는 말이 떠오른다.

간혹 '선생님 덕분에' 국어교사가 되었다는 제자들은 만날 수 있지만 '국어선생님 덕분에' 영문학을 전공하게 된 제자도 있다니 뜻밖이면서도 고맙다. 그 또한 국어교사만이 누릴 수 있는 축복이라 생각한다.

중학교엔 장래 희망을 교사로 삼는 아이들이 비교적 많다. 그애들에게 나는 교사가 되는 게 참 좋다고, 그중에서도 국어선생님이 되라고 말해주곤 한다.

우리 교사들끼리는 가끔 이런 대화를 나눈다.

"난 미술선생님이 제일 좋을 것 같아. 애들한테 '그려라.' 하고 돌아다니기만 하면 되잖아. 목 아프게 떠들지 않아도 되고."

"미술선생님이 그런 말 들으면 사정이 또 다르다고 하지."

"그래. 그런데 국어나 사회는 정말 말을 많이 해야 하니까 더 힘들지요? 더구나 국어는 온갖 내용이 다 본문에 나오니까 광범위하게 알아야 하잖아. 힘이 더 들 것 같아."

"애고, 다 힘들지. 체육은 하루 종일 운동장에서 땡볕에 있어야 하고……. 편한 과목이 어딨어?"

때로 나도 국어교사가 힘들다는 생각을 하지 않는 것은 아니지만 그래도 다시 태어나도 교사가 되고 싶고, 물론 다시 국어교사가 될 것이라는 생각에는 한 치의 의심도 없다.

이 정도면 행복한 국어교사겠지요?

읽고 쓰는 삶을 물려줄 나비효과

김수연

"후⋯."

여기저기서 깊은 한숨 소리가 들린다. 초등학교 6학년 교실에서 들을 만한 소리가 아니다. 목요일 6교시 알림장 쓰는 시간, 화면을 본 아이들이 땅이 꺼질 듯 한숨을 쉰다. 아이들을 그렇게 만든 두 글자, '수필'. 주말마다 하나씩 해야 하는 수필 쓰기 과제가 그렇게나 싫은 것이다. 글 쓰는 게 그 정도로 싫을까 싶다가도 그 마음을 이해 못 하는 것은 아니다.

지긋지긋하지만 우리 삶은 글쓰기의 연속

나도 마찬가지였다. 고등학교 시절, 국어 선생님 한 분이 내내 읽고 쓰게 하셨다. 초등 일기 쓰기의 저주에서 겨우 벗어났는데, 게다가 공부할 시간도 없는데 자꾸 책 읽고 글 쓰라 하시니 한숨 정도가 아니라 짜증 나 죽을 지경이었다. 선생님이 하라고 하시는 것은 또 다 하는 스타일이라 속으론 부글부글 하면서도 열심히 해내긴 했었다.

고등학교를 졸업하며 이제는 그 지긋지긋한 글쓰기에서 벗어나는가 싶었다. 아니었다. 졸업하려면 '국어와 작문'이라는 과목을 필수로 들어야 했다. 과목 이름부터 지루함이 몰려왔다. 아니나 다를까, 그 시간이 정말 싫었다. 나는 국어과도 아니고 국어교육과도 아닌데 이런 과목을 왜 반드시 이수해야 하는지 도무지 이해할 수가 없었다.

어느 날, 교수님이 과제를 내주셨다. 시집 한 권을 읽고 독후감을 써오라는 것이었다. 선배 언니의 추천으로 김남주 시집을 골랐고, 생각보다 재밌게 읽었다. 제출 기한을 하루 정도 앞두고 서둘러 글을 써 제출했다. 그리고 그다음 시간. 전날 뭘 했는지 머리도 감지 않고 모자를 푹 눌러쓴 채 지겨운 수업 시간을 보내고 있었다. 그때, 교수님이 내 이름을 부르셨다. 뭐가 잘못됐나 싶어 깜짝 놀랐다. 교수님은 내 과제를 돌려주시며 다른 사람들이 다 듣게 읽어보라 하셨다. 너무 잘 썼다는 칭찬도 잊지 않으셨다. 내가 대학교에 와서 글 잘 썼다고 다른 사람들 앞에서 칭찬을 받다니…. 살짝 감격스러울 지경이었다. 초등학교 때, 고등학교 때 꾸준히 글을 써온 덕분이리라.

그날 이후로 글쓰기에 자신감이 생겼다. 내가 글을 잘 쓰는 사람이라고 생각하니 두려운 것이 없었다. 가만히 보니 우리 삶은 글쓰기의 연속이 아닌가! 글쓰기 자신감은 나에게 엄청난 힘이 되었다. 당장 대학에서는 서술형으로 평가했고, 각종 리포트도 내야 했다. 자기소개서, 학업 계획서는 말할 것도 없고, 학교 현장에 나와 보니 온갖 계획서와 보고서도 전부 글쓰기였다. 대학원 입학원서를 낼 때도, 대학원 과제도 그랬다. 좋아하는 SNS를 하기 위해서도, 군대 간 짝사랑 남에게 편지를 쓰기 위해서 글쓰기는 필요했다. 대학에서 작문을 필수 이수 과목으로 지정한 이유도 그 때문인 것이 분명했다.

초등교사의 숙명, 일기 쓰기 지도

그래서일까? 교사가 되고 초임 발령 때부터 아이들에게 일기 쓰기를 강조했다. 대단한 결심이 서서 시작한 일은 아니었다. 다만, 내가 그렇게 배웠듯, 초등학교 다닐 때 일기를 꾸준히 써야 글 쓰는 실력이 향상된다고 생각했다. 막연한 믿음이었다. 발령 첫해는 얼마나 악독한 교사였는지 모른다. 아이들에게 일기를 매일 쓰라고 했다. 아이들도 힘들었고, 일일이 검사하며 코멘트 다는 나도 힘들었다.

해를 넘기면서 점차 현실과 타협해갔다. 일주일에 두세 편 정도만 쓰라고 했다. 몇 해 지나서는 그마저도 한 편으로 줄였다. 특별히 일기 쓰는 방법을 지도하지는 않았다. 아이들이 글 쓰는 연습이나 조금 하고, 나는 아이들 생활을 알 수 있는 정도로 만족했다. 내가 검사하며 달아주는 코멘트로 소통하고, 맞춤법 틀리면 그런 거나 고쳐 주었다.

그러다 문득 '아이들이 왜 이렇게 글을 길게 못 쓸까?'라는 의문이 생겼다. 어느 해 한글날 기념 글짓기 대회 날이었다. 앞뒤로 줄을 빽빽하게 그린 B4 크기 용지를 나눠주고, 대회를 진행했다. 아이들은 대략적인 글 구조도 생각하지 않고 무작정 연필을 들더니 한 페이지는커녕 반 페이지도 채우지 못했다.

한창 고민하고 있을 때, 아이들이 일기를 쓰고 그것을 교사가 검사하는 것이 학생 인권에 반하는 행위라는 기사가 나왔다. 청천벽력 같았다. 긴 글쓰기는커녕, 일기 검사하며 글쓰기 지도도 못 하게 생겼다. 그렇다고 해서 초등에서나 겨우 하는 글쓰기 지도를 포기할 수는 없었다. 일기라도 써야 매주 글 하나씩 꾸준히 쓴다는 생각 역시 변함없었다. 매일 고민을 이어나가던 중에 드디어 새로운 방법을 찾았다.

일기 대신 수필을 쓰자

독자가 있는 글쓰기를 하면 된다는 말을 듣고 속으로 유레카를 외쳤다. 일기 쓰기가 문제인 이유는, 읽는 이가 없을 거라고 가정하고 쓰는 글을 교사가 읽기 때문이다. 수필은 다르다. 처음부터 독자가 있는 글을 쓴다. 일기는 수필의 한 종류일 뿐이다. 일기는 읽는 이가 없지만, 수필은 있다. 그렇게 수필 쓰기를 지도한 지 5년이 훌쩍 넘었다.

일기 쓸 때는 분량이 몇 줄 이상이라는 것 말고는 특별히 정해진 규칙이 없었다. 하지만 수필을 지도하기 시작하면서 새로운 방식을 도입했다. 달별로 문단 개수를 늘려나가는 것이다. 3월에는 세 문단, 4월에는 네 문단 이런 식이다. 각 문단에 문장은 5개 정도 있어야 한다. 그리고 글쓰기 전에 반드시 개요를 짜야 한다.

아이들은 처음에 다들 어려워했다. 수필이라는 장르를 처음 접해보았기 때문이었다. 그래서 아이들에게는 일기 쓰듯 편하게 쓰되, 제발 일과를 나열하는 형태로만 쓰지 말라고 했다. 한 가지 주제에 대해 자기 생각을 깊이 그리고 자세하게 쓰는 연습도 시켰다. 시범을 보여주고 같이 연습하는 시간을 거치면서 아이들 실력은 날로 늘어갔다.

제목: 새 학기

새 학기가 시작되고 새로운 아이들을 만나 1년을 보낼 생각을 하니 기분이 새롭다. 문을 열고 들어가 앞으로 1년 동안 지낼 아이들을 쭉 훑어보니 옛날에 같은 반이었던 아이들이 모르는 아이들보다 많았다. 그래도 학교생활 5년 6년쯤 되니까 애들하고 더 잘 친해질 수 있을 것 같았다. 첫인상들은 다들 시끌시끌할 것으로 생각했지만, 겉모습만 보고 판단하지 않기로 했다. 원래 6학년 때는 조용히 지내려고 했는데, 놀다 보니 나도 시끄러워질 것 같다.

솔직히 6학년이 돼서 성적이 제일 걱정이었다. 더구나 이미 수능을 본 사촌오빠들이 우리나라 교육을 현실적으로 알려 줬기 때문에 더 겁을 먹었다. 앞으로 더 많은 학원도 다녀야 했기에 내 정신력이 버틸지 모르겠다. 또 하나는 친구 관계인데, 지금까지는 친구들이랑 잘 치내왔지만 6학년이 시작되면서 아이들이랑 어울리는 게 조금 떨린다. 혹시 '저 애가 날 괴롭히진 않을까?', '날 싫어하면 어쩌나'라는 생각이 많이 든다.

5학년 때부터 생각해온 다짐이 있다. 6학년이 되어선 최대한 조용히 지낼 것이다. 괜히 친구한테 쓸데없는 말 하다가 싸움으로 번지면 다 내 탓이니까. 그리고 제일 중요한 공부도 열심히 할 거다. 공부를 많이 해놔야 중고등학교 가서 덜 힘들 거라고 주변에서 그렇게 얘기하기 때문이다. 책임감 있게 5학년 때 생각해온 다짐을 깨지 않도록 노력해야겠다.

제목: 에너지 회복제 미술관

토요일의 태풍이 지나간 것치고는 맑은 일요일. 나갔다간 날아갈 것 같았던 어제 가기로 한 메들리미술관을 오늘 가기로 했다. 내 친구의 엄마가 메들리미술관에서 서울예술고등학교 학생들이 그림을 전시한다고 해서 후다닥 달려간 것이다. 미술관은 2학년 이후로 처음인 것 같아 두근거리기도 하고 집에 돌아와 할 숙제들과 공부들을 생각하니 머리가 어지럽고 당장에라도 쓰러져 병원으로 이송될 만큼 몸이 무겁기도 했다. 어쨌든 난 엄마와 함께 미술관에 갔다.

메들리 미술관은 경복궁역에 있다고 해서 경복궁역 근처에 있는 줄 알았는데 역 안에 자리 잡고 있었다. 언젠가 본 역 안에 있는 파충류관보다 더 놀랐다. 미술관 안으로 들어가니 깔끔하고 흰 공간에 그림들이 쫙 전시된 것을 보고, 멋지고 치유되는 기분이 들었다. 훗날 내가 이 그림들처럼 나만의 미술관에서 내 그림들을 전시하고 싶었다는 생각도 들었다.

첫인상은 매우 잘 그렸다는 생각뿐이었다. 아직 그림 보는 눈은 딱히 없어서 잘 모르지만, 물감도 다채롭게 썼고 눈이 예쁜 색들을 봐서 즐거웠다. 나도 물감 쓰는 노력 좀 해야겠다는 생각이 들었다. 역시 고등학생은 나보다 훨씬 뛰어났다. 언젠가 나도 저렇게 그리는 날이 왔으면….

계속 둘러보니, 캔버스에 그냥 그림만 그린 게 아니라 입체적으로 표현하기도 하고 이것저것 붙이기도 했다. 예를 들어 환경에 관한 풍자를 하는 그림의 사람들은 모두 캔버스 위 비닐봉지로 그려졌다. 캔을 붙인 그림, 거울을 붙인 그림 등을 다양하고 신기하게 표현했다. '어떻게 이런 생각을 하지?' 하는 작품들도 있었다. 내 고정관념을 깨주는 작품들을 보고 사고의 방향을 바꿨다.

둘러보다 보니 내 발걸음을 멈추고 입이 벌어지게 하는 그림 두 점이 있었다. 이름은 기억이 잘 안 나지만 김혜련이라는 학생이 그린 전체적으로 흑백에 중요 포인트가 되는 부분만 물감으로 파스텔톤으로 칠한 그림이 제일 마음에 들었다. 잘 그렸을 뿐더러 사람의 배치와 분위기가 아주 예뻤다. 또, 푸른색 계열의 그림인데 마치 바닷속에 있는 것처럼 해파리가 돌아다니고 그 가운데에 소년이 앉아 도시를 바라보고 있는 그림도 좋았다. 만약 그린 사람을 만나면 평생 1호팬 할 수 있다!

아직 고등학생이 아니라 그런지 이해하기 힘든 그림들도 있었다. 예술의 세계는 어렵다고 하는 것처럼 말이다. 하지만 대충 이해는 갔었다. 어두운색과 무표정의 사람, 경직된 자세나 몸을 말고 누워있는 사람이 그려진 그림들은 무섭고도 인물의 정신세계가 피폐하다는 것이 느껴졌다. 반대로 밝지만, 어딘가 기괴해 보이는 그림들은 사회풍자였다.

과연 나도 이런 그림들을 그릴 수 있을까? 나에게 질문을 한번 던져보았다. 답은 그냥 죽도록 노력해야 한다는 것이었다. 꿈이 일러스트레이터인 만큼 그림과 관련된 학교에 가는 것. 그리고 그 학교에 다니면서 서예고 학생들처럼 멋진 그림을 그려 전시회를 여는 것! 아, 상상만 해도 좋다. 많은 사람이 내 그림을 봐주는 것만큼 좋은 건또 없다.

미술관을 찬찬히 뜯어보고 훑어보면서 이 작품의 숨겨진 의도와 색칠, 구도, 표현 방법 등을 생각했었다. 미술관이 내 그림의 사고의 전환을 시켜준 것 같다. 이제부턴 한가지 그림만 그리지 말고 이것저것 시도도 해 볼 것이다. 중학교 땐 만화학원에 다니는 것도 도전해야지! 다음에도 기회가 있으면 미술관에 다시 한번 가보고 싶다. 보는 내내 즐겁고 흥미로웠다.

정현이라는 아이가 3월과 9월에 쓴 글이다. 원래도 글을 잘 쓰는 아이였다. 하지만 6개월 동안 성실히 글을 쓴 덕분인지 수준이 더 높아졌다. 내가 여태 봐왔던 글은 대체로 아침 먹고 준비해서 미술관에 다녀와 저녁 먹는 일상을 나열하듯 쓴 것이었다. 일러스트레이터가 꿈인

정현이는 미술관에 갔던 일 하나를 가지고 여덟 문단을 썼다. 대견하지 않을 수 없었다.

글감이나 주제는 보통 내가 정해준다. 그달의 이슈나 기념일과 관련된 경우가 많다. 3월은 새 학기, 5월은 어버이날, 스승의 날 같은 것들이다. 생활지도나 인성 교육을 염두에 두고 주제를 정하기도 한다. 짝을 몰래 관찰하고 자세히 써보라고 했더니 재밌는 글이 제법 쏟아졌다. 하지만 꼭 내가 정해주는 주제로 쓰지 않아도 된다. 정해진 틀 안에서 자유롭게 쓰면 된다. 그 자유로움의 끝을 보여준 아이가 있다. 연경이다.

제목: 설사

요즘 설사를 정말 많이 한다. 내가 설사를 하는 이유는 거의 음식 때문이다. 첫 번째로는 기름진 음식이다. 삼겹살 같은 고기도 기름이 많아서 웬만하면 안 먹으려고 노력한다. 두 번째는 밀가루다. 예전엔 지금 설사하는 음식들을 먹어도 아무 탈 없었는데 이 밀가루 중, 라면 때문에 내 속이 망가졌다. 예전에 라면을 아침에 먹으면 얼굴이 붓는다고 해서 아침에 먹었다. 난 뭣도 모르고 나만의 팁이 생겼다며 좋아했는데 그 나만의 팁이 내 속을 다 망가뜨렸다. 지금도 아주 가끔 아침에 라면을 먹곤 하는데 보통 사리 곰탕 같은 안 매운 라면을 먹는다. 그리고 세 번째는 찬 음식이다. 이건 잘은 모르겠는데 재수 없는 날에는 찬 음식을 먹고 설사를 하는데 컨디션이 좋은 날은 찬 음식을 먹어도 멀쩡하다. 네 번째는 유제품이다. 이건 우유 알레르기 때문에 못 먹는다. 우유 알레르기 때문에 내가 좋아하는 밀크티도 못 마신다. 그리고 다섯 번째는 초콜릿인데 초콜릿은 ABC 초콜릿

4개 이상은 거의 설사를 한다. 그래서 초콜릿도 끊고 있다. 내가 시현이한테 초콜릿 끊은 걸 말해주자 조금 아쉬워했다.

그리고 설사를 할 때 나는 엄청나게 배가 아프다. 누가 배에 전기드릴로 배 속을 쑤시는 것 같다. 그리고 설사를 하면 그래도 속에 있는 게 빠져서 배가 고프다. 나는 똥 싸고 나서 보다 설사하고 나서가 더 배고프다. 그리고 머리가 약간 띵해지면서 무기력해진다. 나만 그런진 모르겠지만 엄청 무기력해지고 힘이 빠진다. 만약 나는 장점을 꼽자면 가끔 식욕이 떨어지는 게 장점인 것 같다. 내가 앞에서는 배고파진다고 했는데 코가 막혔을 때는 배가 고프지만, 코가 안 막혔을 때는 똥 냄새가 좀 심해서 밥을 안 먹어도 배가 부른 느낌이 난다. 나는 코가 자주 막혀서 자주 배고프다. 그리고 설사를 조금 많이 오래하면 똥 냄새에 익숙해진다. 그래서 다 하고 밖에 나가면 아무렇지않았던 밖의 공기가 뽀송뽀송하고 향기롭게 느껴진다.

그리고 같은 똥 같지만, 완전히 다르다. 우선 똥보다 더 불쾌하다. 나는 똥보다 설사라는 말이 더 불쾌하게 느껴진다. 그리고 할 때는 엄청 많이 나와서 거의 쌓여 있을 것 같은데 다 하고 보면 얼마 안 돼서 실망할 때도 있다. 하지만 똥은 대강 예상할 수 있다. 그리고 조금 배가 아파서 변기에 앉으면 처음부터 요란한 소리와 함께 한 번에 우수수 나온다. 그에 비해 똥은 짤 주머니에서 나오는 크림처럼 조금 곱상하게 나온다. 그리고 나는 치즈를 먹고 설사를 하면 거의 설사 위에 이상한 거품 같은 것이 둥둥 떠다닌다. 그러면 코가 막혀도 배가 부른 것 같은 식욕이 억제되는 효과를 볼 수 있다. 그리고 설사는 덩어리로 나오는 똥과 달리 정말 묽게 나와서 조금 당황스럽다. 오늘은 조금 더럽지만 자연스러운 지금까지는 아무도 안 했을 것 같은 주제로 수필을 써보았다. 이제 더 설사를 안 하길 빌어야겠다.

정말 더럽게 잘 쓴 글이다. 아무도 안 썼을 것 같은 주제로 썼단다. 다른 사람들과 수필 지도 이야기를 나눌 때 이 글은 꼭 보여준다. 이런 어마어마한 글재주를 가진 아이가 우리 반 학생이라니…. 자랑스럽기 그지없다. 연경이 아이디어에 감탄한 나는 그 주 알림장에 이렇게 썼다.
"이번 주 수필 주제: 아무도 쓸 것 같지 않은 이야기"

읽고 쓰는 삶을 물려줄 나비효과

올해 목표가 있다. 아이들 각자 수필집을 한 권씩 내는 것이다. 자가 출판은 2년 전 처음 시도했다. 그때 여학생 다섯 명이 책을 냈다. 그것을 올해는 우리 반 모든 아이가 성공하도록 돕고 싶다. 비록 담임인 나는 책 한 권도 못 냈지만 말이다.

벌써 아이들 글로 책을 내신 분이 계신다. 만덕 고등학교에서 문학을 가르치시는 조향미 선생님. 고등학교 때 나를 독서와 글쓰기 세계라는 불구덩이로 몰아넣으신 분이다. 선생님은 여전히 아이들을 읽고 쓰게 하신다. 그 아이들이 쓴 소설을 엮어 책으로 만드셨다.

불구덩이로 알고 떨어진 그곳이 사실은 꽃밭이었다. 누군가 나비효과라고 했던가. 선생님이 나에게 보내주신 날갯짓 한 번이 우리 반 아이들 글쓰기 지도로, 그리고 자가 출판으로 이어졌다. 시간이 더 흐르면 수필이라는 단어만 봐도 한숨 쉬던 우리 아이들이 글 쓰며 보낸 1년을 감사히 여길 날이 반드시 올 거라고 믿는다. 그러면 그 아이들도 다음 세대 아이들에게 읽고 쓰는 삶을 가르쳐 주지 않을까?

앞으로도 매주 한 번씩 나는 우리 교실 바닥의 안위를 걱정해야 할 것이다. 아이들 한숨에 꺼질 수도 있기 때문이다. 그러거나 말거나 나는 꿋꿋이 아이들을 창작의 고통 속으로 인도할 것이다. 나는 글쓰기의 힘을, 글쓰기와 함께 할 때 우리 삶이 한층 풍요로워짐을 믿는다.

베트남에서의 한국어교육

김진호

나는 5년째 베트남 달랏대학교에서 KF(한국국제교류재단) 객원교수로 일하고 있다. 베트남 대학생들에게 외국어로서의 한국어 의사소통 능력을 향상시키는 사명을 감당하는 중이다. 이런 포지션에 대해 궁금해하시는 분은 극히 소수이겠지만 해외에서 오래 교직 생활을 하면서 보낸 예사롭지 않은 경험을 되짚어 보자는 마음으로 정리해본다. 통계자료나 연구논문으로는 접근할 수 없는 외국에서의 한국어교육 현장이 어떠한지를 생생하게 전하는 것이 내가 맡은 역할이라 생각하며 경험을 나누고자 한다.

교직 기간 동안 "배워서 남 주자"는 마음으로 살아왔다. 시대와 역사 가운데 잘 배우고 경험하며 쌓은 내공으로 34년간 직업 교사생활을 하였는데 그중 15년째를 해외에서 보내고 있다. 그동안 코리안 디아스포라(Diaspora)의 울타리가 재외국민교육기관의 일자리를 만들어 주었고 5년 전부터는 베트남 대학생을 위한 한국어 선생으로 서게 되었다. 한국어와 한국문학을 전공하였고 영어도 잘 못 하면서 외국에서 오래 살게 된 것은 특별한 경험이다. 한국어가 세계로 뻗어가는 시기에 경험하기 쉽지 않은 기회가 내게 주어진 것이다.

2001년에 인도네시아 자카르타한국국제학교로 교육부 파견교사가 되어 5년간 근무하였다. 그전까지 해외에 살고 있는 재외동포는 조선족, 고려인, 재일동포 그리고 북미나 호주 지역의 이민자가 거의 전부인 줄 알았다. 그런데 인도네시아가 당시 인구 2억에 가까운 큰 나라라는 것도 부임에 즈음하여 알게 되었고 수도 자카르타를 중심으로 교민수가 3만 명 정도 되는 비교적 큰 한민족 디아스포라가 형성된 곳임을 새롭게 알게 되었다. 그 당시 학생 수가 초중고를 합쳐서 1500여 명에 이르렀는데 이는 재외국민 교육기관으로서는 최대 규모였다. 학교에 근무하는 교직원들 대부분은 한국인이었지만 그 외의 현지 직원들과 소통하기 위해서 최소한의 인도네시아어 공부는 필요했다. 더구나 외국인으로 인도네시아에서 살아가려면 운전사와 가정부가 필수적인 곳이었다. 그들과 매일 만나면서 떠듬떠듬 단어를 조합하며 어설프게 배운 말로 5년을 버텼지만 불편함이 크게 없었다. 우리가 "개떡같이 말해도 찰떡같이 알아듣는" 그분들 덕분에 잘 지낸 것이다.

2008년부터는 베트남 하노이한국학교에 중고등과정이 신설되면서 중고등부 교감으로 2년 동안 근무하였다. 〈대장금〉 같은 드라마가 유행했고 한류의 바람이 막 불어오던 시기였다. 하노이의 교민들은 당시 8천 명 정도로 추산되었고 학생 수도 150여 명인 작은 학교였다. 설립 초창기라 학교의 환경과 여건에서 어려운 점이 많았다. 언어의 장벽이 높아서 학교에서 필요한 물건 하나 사는 일도 통역의 도움을 받지 않으면 어려운 일이었다. 그런 와중에 학교 안에서 교사들이 현지인을 대상으로 무료 한국어 강습을 시작하였고 나는 하노이대학교의 요청으로 음운론과 말하기–듣기 강의를 위해 야간과 토요일을 이용하여 출강하면서 처음 베트남인을 가르쳤다. 수업시간이 시작되기 전에 학생들이 기립하여 인사하는 모습이 신선하게 느껴졌다. 교직 초창기에는 많이 경험한 일이지만 잊고 살아온 풍경이 아니었던가. 베트남인들에게는 교사와 윗사람에 대한 존경심이 남아 있어서 내가 가르치지 않은 학생들도 교내에서 지나가다 수줍은 듯 가벼운 목례를 하는 것을 자주 본다. 이후에 다시 베트남으로 오게 된 계기도 이때의 경험이 큰 몫을 하였다. 교사에 대한 존경심이 남아 있는 교육현장이 새로웠다. 베트남어를 잘 못하는 나는 교수 능력이 부족하다고 생각했는데 학생들의 모습에서 감동을 받고 게으름을 피울 수가 없었다. 교육은 상호작용이기 때문이다.

　재외동포 750만 명 시대이다. 해외 교민들의 자녀교육이 중요하기에 여러 나라에 한국학교가 생겨났다. 내가 2년간 근무한 일본 동경한국학교는 설립된 지 65년이 넘었고 인도네시아 자카르타한국국제학교도 43년이 지났다. 2019년 5월 기준으로 16개국 34개 한국학교가 있고 총 재학생 1만 3천명이 넘는다. 한국교육원이 18개국에 41개원이 분포하고 있다. 그중 현재 최대 규모는 하노이한국국제학교 2,032명, 호치민시한국국제학교 1,863명이다. 2001년~2005년 내가 근무했던 자카르타한국국제학교는 당시 1500여 명까지 학생이 있었지만 지금은 639명으로 줄어들었다. 봉제, 신발, 운송, 제지 등 노동집약적인 사업의 기회가 많았던 곳이었으나 교민들의 수가 점점 줄어들고 새로운 사업지인 중국, 베트남, 미얀마 등으로 이전하는 기업들이 늘어난 결과 교민의 자녀도 줄어들었기 때문이다. 상해, 북경의 한국학교도 10년 전만 해도 1600명이 넘는 규모로 입학을 대기하는 학생들이 많았지만 이제는 사업 환경이 달라지고 특히 베트남으로 이주한 교민들이 많아

져서 이전보다 많이 줄어들었다.(상해:1,092명, 북경: 777명)

한국기업의 증감에 따라 한국학교의 학생 수도 변한다. 하노이한국
학교 중고등부가 만들어진 2008년에는 초중고 재학생이 200명 미만
이었지만 앞으로 600명으로 증가할 것을 예상하고 건축설계를 하고
학교를 신축했는데 예상 외로 급격히 늘어나는 학생들을 수용하려고
계속 증축하게 되었다. 지금은 2천 명이 넘는 학생들로 학교는 포화상
태이고 전입학을 대기하는 학생들이 많다고 한다. 굳이 해외의 한국학
교를 말머리로 두는 이유는 해외동포의 초미의 관심사가 자녀교육이어
서 정착하여 살아가는 재외동포의 이동과 변화를 쉽게 감지할 수 있는
지표가 되기 때문이다.

한국기업들의 해외 진출이 시장의 흐름에 따라 꾸준히 있어 왔지만
최근 20년 사이에 크게 증가하였다. 중동건설 특수 붐 이후에 인도네
시아와 중국과 베트남에서 주목할 만한 변화가 있었다. 그중에서도 베
트남을 이해하는 것이 중요하고 이와 관련한 한국어교육에 관심을 갖
게 된다.

1992년 수교 이후에 베트남에는 현재 한국기업이 5500개 정도 진출
해 있는데 거기에 따라 새로운 일자리가 생기고 베-한 통번역 업무 인
력을 구하기가 점점 어려워지고 있다. 한국기업에 취직하면 일반 직장
보다 1.5배~3배 이상의 임금을 받는다. 특히 의사소통이 가능한 한국
학과 졸업생들의 취업률이 100% 그 이상으로 높다. 구인난이다. 한류
열풍에 더하여져서 한국어교육 붐이 지속적으로 증가하고 있다.

왜 베트남인가?

베트남에서는 지금 박항서 감독의 선한 영향력이 화제다. AFF스즈키컵 축구결승전 2차전을 중계한 SBS시청률이 한국에서 18.1%였다. 베트남은 말할 것도 없이 열광하였다. 여러 가지 요인이 있을 것이다. 스포츠 한류, 겸손함을 갖춘 파파 리더십, 인맥 없는 선수 선발, 은퇴자의 새로운 도전 등이 거론되지만 사회현상에서 주목할 점은 남북간의 정서적 통일이다. 한발 다가가서 생활하고 경험해보면 남과 북이 통일이 된 지 40여 년이 지났지만 내전을 치른 남북간 지역감정 골이 깊게 남아 있음을 발견한다. 그런데 축구가 매개가 되어 하나됨의 응원 열기가 이를 덮은 것처럼 보인다. 그 중심에 한국인 박항서 감독이 있는 것이다.

베트남은 사회주의 공화제이며, 집단지도체제(당서기장, 국가주석, 총리, 국회의장)를 유지하고 있다. 1986년부터 추진해 온 도이모이 정책의 성공에 따라, 개혁·개방을 통한 국가 발전을 기본 정책으로 지속 추진하고 실리적·능동적인 경제외교를 통해 세계경제 통합과 개혁·개방 정책을 적극 추진하고 있다. 그리고 독립, 주권존중, 평화 및 다양화·다변화라는 원칙 하에 모든 국가와의 협력을 해나가고 있다. 1992년 한국과 베트남의 외교 수립 이후 양국 관계는 비약적으로 발전하였는데 전략적 협력동반자 관계로 격상(2009.10)되었다. 단 국가의 일체성 유지를 위해 인권·소수민족 문제에 대한 외부 개입을 경계하고 있음을 외국인들은 알아두어야 한다.

베트남은 사회주의 체제이나 시장경제를 천명, 적극적인 외자 유치와 수출을 추진하고 있다. 외국인 투자기업 중심의 수출주도형 제조업과 농림 수산업을 중시하는 이중적인 산업구조를 가지고 있는데 안정된 환율, 물가 및 지속적 외자 유치를 통해 최근 3년 연속 6%대 경제

성장을 하고 있다. 한국은 베트남 최대 투자국이며, 우리 기업이 중국 지역 다음으로 많이 진출(5,500여 개)하고 있다. 외국 기업이 진출하기 좋은 환경도 갖추고 있다. 지방정부는 삼성전자와 같은 기업에 저렴한 공단 제공과 법인세 10년간 감면과 같은 혜택을 주며 기업 유치에 힘을 쏟고 한-베 FTA 정식 서명(2015.5)으로 관세 장벽이 낮아져서 중국을 떠나는 기업들이 베트남으로 향하고 있다. 2020년 양국 교역액 1,000억불을 목표로 잡고 있다. 한국인 거주자들이 10년 사이에 폭증하고 한국어교육 수요가 급증한 것도 이와 관련이 깊다.

베트남 전쟁 참여에 대한 베트남인들의 생각을 들어보면 그들의 포용력과 유연한 사고방식을 알게 된다. 월남전 당시 중부지방에서 자행했던 한국군의 민간인 학살에 대한 책임 문제는 잠복해있으나 '미국과도 가깝게 지내는데 미국의 우방으로 참전한 것을 미안하게 생각할 필요 없다.'고 하는 의견이 많다. 과거는 잊지 않되 미래를 향해 나아가는 포용력과 화해정신이 배울 점이다. 베트남 정부는 현재까지 미국은 물론 한국과 일본 정부에 베트남전과 관련해 어떤 사과나 보상도 요구하지 않고 있다. 과거사와 관련된 베트남 정부의 공식 입장은 '과거를 닫고 미래를 열자'(Khép lại quá khứ, hướng tới tương lai)는 구호로 설명할 수 있다. 이긴 전쟁인 만큼 사과 요구가 불필요하다는 해석도 있다.

베트남에서 한국어 교육의 열풍

1992년 12월 베-한 외교관계가 수립이 되고 1993년 하노이국립대학교 인문사회과학대학에서 한국학과 부전공이 개설되면서 베트남에서 한국어교육이 시작되었다.

2014년까지는 13개 대학교에 전공과목이 개설되었고 2016년까지 한국어 전공 학생 수는 1,088명으로 조사되었다. 그런데 2018년 말에는 25개 대학교에서 한국어와 한국학 부전공, 복수전공, 전공과목을 포함한 학생 수는 13,500명을 넘고 있다. 한류 영향과 한국기업의 진출로 한국에 대한 인식이 좋아져서 2014년 이후 현재까지 한국(어)학과 수강생이 10배 이상 폭증했다. 비전공자 중 독학으로 한국어를 익힌 중급 수준의 학생들도 주변에서 자주 만난다. 그러나 한류와 드라마 영향이나 여행 목적과 같은 한국어 초급 단계의 호기심을 벗어나면 중도탈락자가 다수 발생한다.

베트남 대학교 한국학과 현황

지역	기관	학과명	설립년도	총학생수	교수진
북부	하노이국립대학교인문사회과학대학	동방학부 한국학과	1993	244	7
	하노이국립대학교 외국어대학	한국어 및 한국문화학부	1995	982	30
	하노이대학교	한국어과	2002	673	25
	탕롱대학교	한국어학과	2016	394	16
	하노이백과전문대학교 (Hanoi Polytechnic)	한국어학과	2014	1037	20
	박하전문대학교	한국어학과	2013	350	8
	베일외국어기술전문대학교	한국어학과	2007	569	12
	타이응웬대학교	외국어학부	2017	526	6

	타이응웬경제기술전문대학교	교양학과 한국어전공	2015	539	8
	하노이공업대학교	한국어 및 한국문화학과	2018	393	10
중부	다낭대학교 외국어대학	일어-태어-한국어학부	2007	796	15
	후에대학교 외국어대학	한국어언어문화학과	2009	373	11
	태평양대학교 (냐짱)	동방학과(한국학전공)	2017	187	3
남부	달랏대학교	국제학부 한국학과	2004	778	13
	호치민 국립대학교 인문사회과학대학	한국학부	1994	599	43
	호치민시 사범대학교	한국어학부	2016	503	25
	호치민외국어정보대학교 (HUFLIT)	동방문화언어학부 한국학과	1995	1372	13
	홍방국제대학교	외국어-외국문화학과부	1999	176	6
	반히엔대학교	외국언어문화대학	2007	794	20
	호치민기술대학교(HUTECH)	동방학과 (한국학 프로그램)	2015	599	11
		한국어학과	2018	93	
	응엔떳탄대학교	외국어학과 동방학부	2011	357	9
	락홍대	동방학과	2003	257	12
	투득기술전문대학교	한국어 학과	2013	683	8
	사이공 문화예술관광전문대학교	외국어 학과	2008	75	3
	바리어뽕다우대학교	언어문화예술학부동방학과	2014	170	5

　다수의 대학은 교원의 부족으로 언어학습에서 요구되는 작은 규모의 반으로 나누기 힘들기 때문에 언어 사용 실습을 충분히 할 수 없고 강의에 몰입도가 떨어진다. 베트남 교원들은 생계를 위해 다른 아르바이트를 많이 해서 학교수업에 소홀한 면도 있다. 비용이 다소 비싸지만 사설학원에서 한국어를 배우는 숫자가 많다.

　학부로 모집된 학생들이 선호하는 학과로 몰려서 입학정원 관리가 안 되고 있다. 정부의 재정지원이 미약하여 자체적으로 예산을 확보하려고 인기학과 정원을 늘리고 있기 때문이다. 이번 학년도에 달랏대학교 한국학과 신입생은 300명이 넘는다. 국제학부 정원 400여 명의 대다수가 한국학과를 지원하고 있다.

홍방대 같은 사립대학교의 경우에는 등록금을 두 종류로 나누어서 2+2로 한국에서 수학하며 학점을 이수하는 프로그램을 운영하고 있다. 국립대학교가 한 학기 등록금이 400만 동(20만원) 정도인데 대도시 사립대학은 2천~3천만 동(100~150만원) 정도를 받는다.

양적 팽창에 따르는 인재들의 질적 수준 제고가 필요한 시점인데 학교마다 졸업 때까지 TOPIK 3~4급을 취득하도록 하고 기업에서의 현장실습을 학점화하여 3학년 여름방학 때에 인턴으로 일하는 제도가 정착되어 가고 있다.

달랏대학교 한국학과 이야기

대부분의 베트남 대학들은 건물만 있고 운동장이나 산책할 곳이 없는데 달랏대학교는 캠퍼스가 아름다운 예외적인 대학이다. 1957년 베트남 중앙가톨릭주교협의회의 교육센터로 설립되어 1958년부터 사립학교로 대학교육을 실시하다가 통일 후인 1976년부터 공립인 달랏대학교로 교명이 변경되었다. 현재 36개 전공과 7개 석사, 1개 박사과정이 있다. 현재 2만 명의 재학생이 있고 38헥타르(11만 5천 평)의 캠퍼스 곳곳에 소나무 숲과 산책로가 있다. 길 건너에는 100년 전통의 골프장이 있고 과학, 기술, 경제 및 사회-인문학에서 우수한 자격을 갖춘 인적자원을 제공하는 훈련기관이다. 그 동안 한국의 많은 대학 및 기관과 MOU를 체결하였으나 실질적 교류는 일회적이거나 지속 가능하지 못한 형식적인 경우가 대부분이었다.

달랏대학교 한국학과는 2004년 9월 동방학부 한국어 전공으로 개설되었다. 한국학과가 설립된 곳은 대도시 중심이거나 큰 한국회사가 있는 지방 도시이다. 해발 1,500m의 청정 고원지대이지만 중소 규모 이상의 한국기업도 없는 40만 인구의 달랏에 15년 전통의 한국학과가 꾸준히 성장하는 것은 아주 예외적인 경우에 속한다. 한국학과 학생들 대부분이 농촌 출신이거나 소수민족 출신인데(90% 이상) 국립대여서 등록금이 싸고 생활 물가가 대도시에 비하여 저렴하여서 멀리서도 공부하러 온다. 한국학과가 있기 때문에 효성, POSCO, 현대VINA(조선), 삼성전자, LG디스플레이 같은 대기업들이 먼 곳에서 찾아와 한국학과 학생들을 직원과 인턴으로 선발하고 있다.

달랏대학교 한국학과 출신들의 취업 현황을 보면 특이한 점이 있다. 우선 취업의 조건 중 고향에서 가까운 직장을 선호한다는 것이다. 베트남 설 명절에 민족대이동을 하는데 고향에서 너무 멀면 힘들다고 생각하기 때문이다. 일반적으로 우수 학생들은 한국계 대기업 취업을 선호한다. 초봉이 600불 정도인데 최근에는 중소기업에 가서 일을 제대로 배우는 졸업생들도 늘고 있다. 그리고 달랏, 냐짱 등에 단체관광객이 늘면서 관광가이드를 하는 졸업생도 많아지고 있다. 그리고 ICO같은 어학원 체인점의 한국어 강사로 취업하는 경우도 늘고 있고 개인 프리랜서로 한국어 과외지도를 하면서 높은 수익을 얻는 경우도 있다. 졸업생 중에는 2~3년 정도 대기업에서 근무하며 저축한 후 한국으로 유학 가는 경우도 점점 많아지고 있다.

현재 졸업생 800여 명이고(12회 졸업함) 재학생이 합계 963명(1학년 320명, 2학년 246명, 3학년 216명, 4학년 181명)이다. 이중에서 중도 탈락이나 미등록 학생을 제외해도 800여 명의 재학생이 있는 셈이다.

달랏대학교는 한국인 강사가 베트남 강사보다 더 많은 유일한 대학교이다. 졸업생 중 우수학생은 대기업을 선호한다. 이유는 강사에 대한 처우가 낮고, 한국 유학 후 진로를 변경하는 경우가 많기 때문이다. 강사가 되기 위한 보이지 않는 장벽과 조건이 있어서 강사 구하기가 더 어렵다. 베트남에서 교원은 일반적으로 보수는 적으나 사회적 신망이 높다. 그렇지만 월급이 많은 대기업을 찾아가는 졸업생이 절대 다수이다. 실력 있는 학생들은 대기업에 진출하고 고향인 달랏을 떠나기 싫어하거나 결혼해서 정착해야 하는 강사만 가족주의 영향 아래 강사로 남게 된다. 현재 4명의 강사가 한국 유학 중인데 다시 복귀할지는 알 수 없다. 현재 베트남 강사 5명 중에서 작년 졸업생만 3명이고 TOPIK 3~5급 수준이다. KF의 Fellowship으로 2명의 강사가 6개월~1년간 한국연수 후 복귀했는데 1명은 6개월 연수 후에 TOPIK 3급에서 5급으로 향상되었다. 그런데 다시 이번 학기에 유학을 가버렸다. 또 다른 1명은 호치민 시 경제대학교에 취업하여 이동하였다. 우수 강사 확보가 어려운 것은 농촌 지역 출신 학생과 소수민족 학생들이 대부분인 본교의 지역적 특성에도 있다. 본교 출신 졸업생들은 90% 정도가 부모의 직업이 농부인 시골 출신이다. 대체로 생활력이 강하고 가족의 가치를 중시하는 인성을 지녀서 부모님에게 월급 절반 이상을 보내는 졸업생들이 많다. 그래서 우수 졸업생은 강사가 되기를 꺼린다.

한국인 강사는 현재 KF 객원교수 1명, KOICA 봉사단원 2명이 있고, 전직 주베트남 한국대사, 전직 고등학교 교장, 전직 경영인 등 3명이 60대 후반~70대 중반으로 연금생활자들이다. 나머지 1명은 한-베 가정으로 40대 초반. 학생 수는 매년 늘어나고 있는데 좋은 교사를 확보하기 어렵다. 그래서 KOICA는 15년간 1~2명의 한국어 교원을, KF도 13년간 지속적으로 객원교수를 파견하고 있다.

비록 한국어교육 전공자가 아니더라도 사랑과 봉사의 마음으로 온 강사들이 그간 수고하였다. 은퇴 후 새로운 봉사의 기회를 찾는 교육자에게 보람을 줄 수 있으나 급여는 베트남 최저임금 이하(165달러를 10개월만 줌)이다. 단 숙소는 제공한다. 경력과 자격을 갖추어도 고용되기가 쉽지는 않다. 비자도 까다롭다. 자격보다 중요한 것은 섬김인데 선한 일을 하려다가 낙심하는 경우도 생길 것이다. 박항서 감독처럼 제2의 인생을 꿈꾸는 은퇴자나 한국어교육을 사업적으로 정착시킬 젊은 도전자들에게는 기회가 되겠지만 굳이 추천하지는 않는다. 그래도 관심이 있다면 요즘 유행하는 달랏 한 달 살기 같은 경험을 하면서 직접 부딪쳐보고 결정하라고 권하고 싶다.

달랏 이야기

달랏은 해발 1,500m의 고원 도시로 럼동성의 주도이다. 호치민 시에서 북쪽으로 300km 정도 거리이다. 1890년대 프랑스 식물학자 예르신에 의해 발견되고 식민지의 휴양지로 개발되어 프랑스풍의 건물이 많아서 베트남 관광객들이 가장 선호하는 여행지이기도 하다. 연평균 14~25℃로 사철 봄 날씨로 약간 쌀쌀한 밤공기를 여행객들은 즐긴다. 인구 40만에 인근에 크호족 등 소수민족이 많은 지역이기도 하다.

계절은 우기(4~10월)와 건기(11~3월)로 나뉘는데 여행하기에 좋은 시기는 건기이다. 주요 특산품으로 꽃, 특용작물(딸기, 오디, 야채 등), 커피, 아티소, 마카다미아 등이 유명하다. 교육도시로도 유명한데 선교사학교가 설립되어 프랑스 식민지 시절부터 통일 전까지 인도차이나반도의 교육중심지였다. 지금은 농학, 원자력연구소 등이 있고 예르신대학(사립종합대)과 3개의 전문대학이 있어서 인구 대비 학생 수가 많은 도시이다. 역사적으로는 1945년 남북 분단 후 남부 초대 대통령(마지막왕) 바오다이의 집무실이 있었고 황제궁이 관광지로 개방되어 있다. 관광 자원은 프랑스 식민지 시대의 건축물들과 울창한 소나무 숲과 도심 가운데 호수가 있어서 느리게 걸어 다니기 좋은 곳이다. 근래에 개발한 관광자원도 많아서 며칠 정도 머무르며 여행하기에 좋은 곳이기도 하다. 달랏대학교 맞은편에는 100년 전통의 골프장이 있어서 한국인들이 많이 찾아오기도 한다. 여름과 겨울에 3개월씩 머무르며 운동하며 지내는 은퇴자도 다수 있다.

은퇴 후 해외 거주지를 탐색해 본 분들은 필리핀의 바기오, 태국의 치앙마이, 말레이시아 피낭 등과 비교했을 때 달랏이 더 좋다고 하시는 분들이 제법 있다. 나도 15년의 해외생활지 가운데 가장 마음이 편하고 안전하고 적당한 날씨와 맑은 하늘과 청년들과 맺은 인연 덕분에 달랏에서 더 체류하고 싶은 마음이 강하다.

한국어 교육의 소회

한국어 교육에서 통합교육은 필수적이다. 언어 습득은 경험적인 것이다. 지식으로 배울 수 없는 것이 많다. 많은 시간을 한국어 사용 환경에 노출시키는 것이 필요하다. 그렇기 때문에 교실 안팎을 오가며 교사–학습자 간의 친근감과 신뢰감 형성이 중요하다. 래포(rapport) 형성을 위해 경험의 공유, 공감의 능력, 진솔한 대화와 정서적 교감이 필요하다. 교사에게는 낮아짐과 어울림이 요구되며 우월적 지위를 내세우거나 문화 우위를 주장할 수 없다. 대상에 대한 존중은 상식이다.

베트남의 Highland 지역에 와 있는 내 삶이 하방(下方)이라는 말에 잘 어울린다고 생각한다. 그래서 나는 교사이지만 학생들을 위한 요리사이자 상담가이고 전략가이며 멘토(mentor)가 되는 것을 지향한다. 친밀감이 생겨야 학생들의 자취집을 방문하고 속 깊은 고민을 들을 수 있다. 어려움 속에 있는 친구들의 문제 해결책은 내가 너를 위해 기도하고 응원한다는 것 정도이지만 그것이 중요하다. 밥도 무지하게 많이 사고 얻어먹기도 자주 하였다. 장학금을 꽤 많은 학생에게 주었지만 전달하는 일을 통해 개인사를 알게 되는 계기가 생기고 무엇보다 밥을 같이 먹는 것이 더 좋았다. 오고 가는 대화 속에서 생생한 한국어 사용 능력들이 개발되고 학습의 모멘텀을 주게 된다. 30여 년 전 외우들과 문학교육연구회를 만들어 집필한 책 제목처럼 "삶을 위한 한국어교육"을 해나가는 셈이다.

가르치는 것이 배우는 것이다. 나는 가르치는 것이 아니라 배우러 왔다. 베트남어는 매우 어렵다. 그래서 학생들이 교사 역할을 맡아 베트남어로 문법을 가르치게 한다.(이전에는 같은 과목을 한국인과 베트남 교사가 co-teaching을 하여 역할 분담하기도 하였다.) 나는 추가하거나 주의할 것만 가르친다. 교사의 역할은 학생들을 기본적으로 좋아하고 수업에 있어서의 조력자이고 전문가이자 소통을 잘하는 인품의 소유자여야 한다. 학생들을 격려하고 돕는 역할에서 벗어나지 않아야 한다. 그래서 수업 시간에는 질문하고 답하는 과정들이 중시된다. 교재의 활자가 살아 움직이는 언어로 사용되는 현장이 수업시간이 되게 하는 것이다. 자기주도적 학습의 경험이 적은 친구들에게 모둠을 짜고 발표를 시키는 것도 필요한데, 주제만 주는 방식보다는 삶을 돌아보고 발로 뛰어다니며 얻는 지식도 의미 있음을 알려준다. 베트남은 PC와 노트북을 넘어 바로 스마트폰이 교육의 보조 도구로 활용되고 있다. 한국학과 학생들은 모두 페이스북을 사용하고 있고 페북 메신저나 카톡이나 ZALO와 같은 메시지 프로그램으로 오가는 공간도 교육의 현장이다. 메시지를 전할 때 상호신뢰와 존중, 타 문화권에 대한 이해와 배려 등이 전제가 되면 심심하지 않게 삶을 즐길 수 있는 곳이기도 하다.

두서없이 긴 이야기를 풀어 놓았다. 마무리하겠다.

인생 90, 크게 세 등분하여 첫 30년을 미래를 위해 준비하며 교육받은 시기이고 두 번째 30년 동안 열심히 일했다면 마지막 1/3에 해당하는 봉사와 나눔의 시기를 외국에서 보내며 보람을 찾아가고 있다. 언제까지 계속할지는 모르지만 자리를 지키는 것이 중요하다는 것을 깨닫는다. 도움이 필요한 사람들이 손 내밀었을 때 거절하지 않고 잡아주는 일을 위해서라도 건강하게 추하지 않게 베풀고 전하며 지내고 싶다.

노란 고래야 날아라
-세월호 교과서『4 · 16과 미래』

민태홍

1. 들어가며 – 세월호 교과서 '고등학교 4 · 16과 미래'를 기획하기까지

세월호 참사 2주기에 전국교직원노동조합 4 · 16특별위원회에서 펴낸 '기억과 진실을 향한 4 · 16교과서'는 세월호 참사의 진실을 밝히고, 희생자를 추모하고, 그들의 삶을 기억하기 위한 노력의 하나였다.

다시 속절없이 시간이 흘러 5주기를 맞는 동안 세월호는 처참한 모습으로 물 밖으로 나왔지만 세월호의 진실은 여전히 맹골수로의 뻘 속에 묻혀 있다. 유가족을 비롯해 많은 시민들이 세월호의 진실이 명명백백하게 밝혀지기를 소망하며 촛불을 들었고, 정의와 민주주의 질서가 바로서기를 간절하게 바랐다.

이처럼 우리에게 세월호는 여전히 아픔이지만 동시에 새로운 시대로의 전환이라는 상징으로 새롭게 인식되고 있다. 특히 꽃다운 학생들의 희생으로 우리 사회의 교육의 질적 변화를 촉구하는 목소리가 어느 때보다 높아졌다.

이런 상황에서 세월호 참사 이후 단원고 희생자 기억시 낭송문화제 '금요일에 함께 하렴', '하하하 인문학 강연' 등을 기획하며 지속적으로 세월호 참사에 관심을 보여 온 김태철 선생님(한국디지털미디어고)을 중심으로 경윤영 선생님(송호중), 이성균 선생님(함현고), 하윤옥 선생님 (장기고) 등이 뜻을 모으고 '4 · 16 기억저장소' 어머니들의 자문과 '해냄에듀' 출판사의 도움으로 경기도교육감 인정 세월호 교과서 『4 · 16과 미래』를 엮게 되었다.

2. 『4 · 16과 미래』의 담긴 생각들

"주인다운 삶을 통해
개인과 사회가 아름답게 꽃을 피울 것을 소망하며"

세월호 참사 이후 국민들은 교육이 올바르게 살아나기를 절박하게 요구하고 있으며, 인간의 생명을 존중하고 인간의 존엄성을 소중하게 여기는 교육이 이루어지기를 바라고 있다. 또한 이를 통해 미래의 새로운 희망이 싹트기를 기대하고 있다. 그러나 교육을 통한 신분 상승 욕망이 여전하게 자리하면서 경쟁 교육이 지속되는 현실 속에서 학생 자신을 포함한 우리 모두의 책임과 역할이 그 어느 때보다도 절실한 상황이다. 또한 미래세대의 삶을 위한 사회 전반의 전환이 요구되는 상황이기도 하다.

『4 · 16과 미래』는 이러한 시대적 과제 앞에서 무엇을 해야 할지에 대한 고민을 담고 있다. 교과서를 개발에서 우선 '기억하고, 기록하며, 실천하라.'는 세월호 참사 희생자 유가족들의 목소리에 귀를 기울이고자 했다. 이들은 애간장 녹이는 슬픔의 힘을 모아 '세월호 참사'의 진실을 밝히는 사회적 행동을 온몸으로 실천한 사람들이다. 『4·16과 미래』는 이들의 목소리에 절절하게 공감하면서 교과서를 통해 생명 존중·정의·자유·평화·평등과 같은 인류의 보편적 가치의 중요성을 실천하는 사람, 타인과 사회의 아픔에 공감하고 소통하며 공동체 발전에 참여하는 사람, 전인적 성장의 기반 위에 자신의 미래를 주체적으로 개척하는 사람을 추구하고자 하였다.

『4·16과 미래』는 진실과 양심, 기억과 기록, 국가와 책임, 공감과 연대, 미래세대의 주권 실현이라는 다섯 개의 핵심 역량을 갖춤으로써, 미래 세대의 기본 인성을 갖추게 하는 데 목적이 있다. 동시에 성찰을 통해 미래 세대의 삶을 주도적으로 이끌어 갈 수 있는 자율성과 책임성을 길러 주고자 하는 실천적 성격의 교과서이다.

『4·16과 미래』는 4·16 이후의 시대를 살아가는 우리 모두의 살아 있는 '공감'의 약속이며 연대라고 할 수 있다. 이 교과서가 미래세대들이 살아가는 우리 사회를 바람직한 모습으로 그리기 위해 서로가 서로에게 배우는, 작지만 소중한 실천의 출발점이 될 것이라 생각한다.

미래의 주인은 자신과 공동체와 사회를 창조적이고 올바르게 바꾸어 나가는 사람이어야 한다. 이 교과서를 통해 미래 세대가 현실을 주인다운 자세로 알고, 살고, 나누며, 개인의 삶과 우리의 사회가 아름답게 꽃을 피울 것을 소망한다.

3. 교과서로서 『4·16과 미래』의 지향

가. 존중하기-생명과 생명을 잇다.

돈 중심, 욕망 채우기 교육을 벗어나 서로의 생명을 존중하는 새로운 '생명가치 앎' 중심의 교과서를 지향한다.

나. 기억하기-세월과 세월을 잇다
'가만 있으라' 교육을 벗어나 생존하기 위해 스스로 움직이는 '할 줄 앎' 중심의 교과서를 지향한다.

다. 기록하기-사람과 사람을 잇다
'경쟁 중심' 교육을 벗어나 지혜롭게 현실을 헤쳐 나가는 '살 줄 앎' 중심의 교과서를 지향한다.

라. 행동하기-세계와 세계를 잇다
싸움과 증오로 남을 짓밟는 교육을 벗어나 서로에게 스며드는 '관계 맺을 줄 앎' 중심의 교과서를 지향한다.

마. 평화롭기-평화로 평화를 잇다
일방적으로 가르치는 수업에서 벗어나 학생 스스로 읽고 깨우치며 서로에게 배우는 '평화로울 줄 앎' 중심의 교과서를 지향한다.

4. 4·16에 대한 교육의 필요성

가. 세월호 참사가 요구하는 우리의 삶과 교육
세월호 참사는 많은 사람들에게 새로운 삶과 교육을 요구하고 있다.

세월호 참사 이후의 근원적 성찰은 사람들이 심리적 욕망의 뿌리로부터 새로운 것을 욕망하게 할 것을 요구한다. 세월호 참사 이전과 이후의 삶은, 질적으로 전환되어야 할 삶과 일과 관계의 패러다임의 전환으로 인식되어야 한다. 『4·16과 미래』 교과서는 우리의 미래 세대가 기존의 삶의 형식을 넘어서 자율적이고 자립적인 삶, 우애와 사랑을 나누고 이웃과 연대하는 삶, 생태적 한계를 인정하는 겸손한 삶, 절제의 미덕을 실천하는 삶의 가치와 의미를 되짚어 새로운 미래가치를 탐색한다. 아울러 진실과 양심, 기억과 기록, 실천과 행동, 공감과 연대를 통한 미래 세대 스스로의 관계가 드러나야 한다. 『4·16과 미래』 교과서는 미래 공동체 구성원의 인간 존엄 고양의 필요성에 부합하여야 한다. "'가만히 있으라.' 교육은 이제 그만!"이라는 교육 변화에 대한 전 국민적 흐름에 대한 교육적 화답이다. 이는 세월호 참사가 당대 교육 현실에 대한 집단적 성찰의 계기가 되기 때문이다.

우리 교육은 지금까지의 변화에도 불구하고 여전히 획일적 서열화와 과잉 경쟁을 축으로 한 산업사회의 교육체제에 갇혀 있다. 또한 조변석개식 교육정책, 교육에 대한 과도한 정치 개입 등으로 인하여 교육을 둘러싼 사회적 혼란과 불신이 만연해 있다. 이 위기를 극복하기 위해서는 산업사회 교육체제의 낡은 패러다임을 획기적으로 전환하여 새로운 사회에 능동적으로 대응할 수 있는 미래교육의 비전과 4·16교육체제의 구체적 실천을 요구한다. 『4·16과 미래』 교과서는 미래교육의 비전과 4·16교육체제 수립을 위한 첫걸음이다. 4·16참사 이후 "잊지 않겠습니다. 행동하겠습니다."라는 한국의 성숙한 시민 의식과 촛불혁명으로 표출된, 전 세계적 민주주의의 미래를 밝힌 공감과 행동은 우리 미래 세대들이 "가만히 있으라" 교육으로 대표되는 암기 위주의 교육체제를 넘어선 할 줄 앎, 살 줄 앎, 주인다울 줄 앎, 관계 맺을 줄 앎의 미래적 교육 가치를 즐기며 배우고, 자신의 삶과 학습의 주권을 당당히 누리는 시대로의 전환을 요구하고 있다. 또한 세월호 참사의 기억, 기록, 행동, 관계에 대한 4·16 교육과정의 구체화는 더 이상 미룰수 없는 시대의 숙명적 요구이다.

나. 세월호 참사와 경기도교육청의 4·16교육체제

세월호 참사를 겪은 후 대한민국의 교육 전반에 대한 집단적 성찰이 일어났다. 특히 단원고등학교를 관내에 두고 있는 경기도교육청이 이를 선도하였으며, 그것을 구체화한 것이 4·16교육체제이다. 경기도교육청은 2016년 4월 20일에 경기도교육연구원 대강당에서 새로운 교육체제를 위한 선포식을 가졌다.

경기도교육청의 4·16교육체제에서 제시한 비전에서는 '행복한 배움으로 모두가 특별한 희망을 만드는 공평한 학습 사회'를 상정하고 있다. 이는 모든 학생이 함께 즐겁게 배우고, 배움의 과정에서 자신의 꿈을 구체화하고, 주체적으로 행복한 삶을 열어 갈 수 있는 공평한 학습사회를 실현하겠다는 의지를 반영한 것이라고 밝히고 있다. 이 비전은 크게 네 가지 교육적 신념을 배경으로 하는데, "모든 학생의 출발점은 평등해야 한다.", "모든 학생은 배움의 주인이 되어야 한다.", "모든 학생의 꿈은 존중되고 실현되어야 한다.", "모든 학생은 민주시민으로 성장해야 한다."이다.

경기도교육청의 4·16교육체제에서 추구하는 인간상은 크게 네 가지이다. '배움을 즐기는 학습인', '실천하는 민주시민', '따뜻한 생활인', '함께하는 세계인'이 그것이다. 자신의 내적 성장을 기반으로 이웃과 사회, 세상에 대해 관심을 갖는 공동체적 인간, 인류 의식에 기반을 두고 문제 해결에 함께 참여하는 실천적 인간을 육성하고자 하는 것이다.

경기도교육청의 4·16교육체제에서 추구하는 핵심 가치는 다섯 가지이다. 이를 그대로 인용하면 다음과 같다.

첫째, '협력'이다. 협력은 삶의 원리이자 학습의 원리이며, 미래사회에서는 그 가치가 더욱 중요해질 전망이다. 협력을 통해서만이 사회의 지속 가능한 발전이 가능하고, 한 인간으로서의 품격도 고양될 수 있기 때문이다.

둘째, '공공'이다. 이 가치를 강조하는 것은 사회 구성원 간 공존 및 공생 의식과 그에 합당한 규범의 내면화를 중요한 교육적 과제로 설정하기 위함이다.

셋째, '창의'이다. 학습자 개개인의 자기실현 차원에서도 창의는 중요한 가치지만, 생활문화 자체가 창의적 풍토로 재조정되는 것 또한 중요하다. 자유로운 참여와 실험적 사고가 지지·격려되는 학교를 상정하는 차원에서도 그 가치가 강조된다.

넷째, '자율'이다. 자율은 중앙집권적·위계적·규제적 운영체제에 대한 반테제이다. 따라서 지방교육자치의 안착, 학교 구성원에 의한 공동체적 학교 운영을 확산하는 차원에서 핵심 가치로 설정한다.

다섯째, '생태'이다. 지속 가능한 인류 문명을 위해, 대안적 세계에 대한 상상력을 고양하기 위해, 학교 삶의 민주적 구성을 위한 교육의 생태적 전환은 중요하다.

다. 경기도교육청의 4·16교육체제와 『4·16과 미래』 교과서

세월호 교과서에 대한 공감대 형성으로 새로운 교육 패러다임을 설

계할 조건이 무르익었다. 그리고 그것의 한 결과물이 경기도교육청의 4·16교육체제이다. 『4·16과 미래』교과서의 개발은 기본적으로 경기도교육청의 4·16교육체제와 궤를 같이하며 그것을 학교 현장에 구체화하기 위한 작업이다.

교육현장에 뿌리를 두고 학생 중심을 원칙으로 한 새로운 대한민국 미래교육 체제의 물음에 대한 가치 있는 해명에 이를 수 있을 것이다. 과거의 중앙집권적 교육정책 결정 과정을 넘어서 시민들과 함께 사회적 합의를 거쳐 미래를 향한 교육의 방향과 비전을 종합적으로 제시할 수 있는 미래교육 체제를 수립하는 일에 더 이상 지체할 수 없으며, 이를 위해 우리는 『4·16과 미래』교과서에 힘을 모으기로 하였다.

첫째, 『4·16과 미래』교과서에 미래를 향한 세대들이 스스로 즐기고 배움에 스며들 수 있는 미래 비전과 방향을 제시할 것이다. 미래교육 체제 수립을 위해 다 같이 협력한다.

둘째, 이에 대한 실행력을 담보하기 위해 경기도교육청이 발표한 4·16교육체제를 바탕으로 시민사회와 교육자치의 바탕 위에 새로운 교육 미래 비전을 구현하는 교육체제의 필요성에 공감하며, 이를 위해 『4·16과 미래』교과서를 만들기 위해 다 같이 지혜를 모은다.

셋째, 경기도교육청은 4·16교육체제를 바탕으로 2030 경기 미래 비전 교육과정을 제시하였다. 이를 위한 한 방법으로서의 『4·16과 미래』교과서 간행 및 활용을 위해 경기도교육청, 교사, 학부모, 학생 등 교육의 주요 주체들이 긴밀하게 협력할 수 있도록 노력한다.

이와 같이 『4·16과 미래』교과서는 4·16교육체제의 지향과 방향성을 설정하고 이를 구현할 수 있는 2030 경기 미래 비전 교육과정의 구체적인 실현을 목적으로 한다.

5. 『4·16과 미래』가 추구하는 인간상, 성격, 목표

세월호 참사 이후 국민들은 교육이 살아나기를 절박하게 바라고 있다. 그러나 소비 사회의 경쟁교육 상황은 변함이 없고 교육을 통한 신분 상승 욕망이라는 대중적 고정관념은 여전히 지속되고 있다. 중산층 이상에게 유리한 학교 교육이 지속될 뿐, 아이들의 자기 정체성을 살려 내기 위한 교육의 방향각이 제대로 제시되지 못한 채 미래에 대한 불투명으로 인한 불안과 자기 정체성 부재는 심각한 수준이다.

이를 극복하기 위해서는 학생 스스로 자주적 생활 능력을 신장하고 학생 스스로의 주체적 정체성 형성을 위한 교육이 시급하다. 이를 위해 학생 자신 및 사회의 올바른 미래를 주도적으로 준비할 수 있게 하는 국가의 책임과 그를 위한 투자의 필요성이 그 어느 때보다도 절실하게 요구되고 있다. 뿐만 아니라 미래 세대의 삶을 위한 경제, 사회 전반의 종합적이고 총체적인 전환을 요구한다.

국민의 압도적 다수가 소망했던 4·16 이후의 교육은 혁신과 포용의 미래이다. 인간의 생명을 존중하고 인간의 존엄성을 소중하게 여기는 질 높은 공교육에 쉽게 접근하고 참여하는 것이 교육의 공공성 강화의 핵심적 가치이다. 이를 위해 학생, 시민의 권리 보장을 위해 새로운 희망이 제시되어야 할 것이다.

가. 추구하는 인간상

인간의 미래는 인간이 만들어 간다. 따라서 우리가 기대하는 미래를 현실화하기 위해서는 그에 부합하는 인간을 육성하는 일이 우선이다. 새로운 교육체제에서는 미래에 직면할 다양한 도전을 지혜롭게 극복하고, 타자와 함께 공생의 삶을 살아갈 수 있는 인간의 육성을 강조한다.

이러한 이념을 바탕으로 『4·16과 미래』는 다음과 같은 인간상을 추구한다.

(1) 생명 존중, 정의, 자유, 평화, 평등과 같은 인류의 보편적 가치의 중요성을 아는 사람

(2) 전인적 성장의 기반 위에 자신의 미래를 주체적으로 개척하는 사람

(3) 타인과 사회의 아픔에 공감하고 소통하며 공동체 발전에 참여하는 사람

나. 성격

『4·16과 미래』는 학습·일·삶의 모든 영역에서 개인 역량이 제고되고 전 생애적 학습이 보장되는 시대를 미래 세대가 주도적이고 능동적으로 준비하는 교과서이다. 교육자와 학습자에 대한 구분을 탈피하여 서로가 교육자이자 학습자로 상호 배움으로 스며들어야 한다. 이를 위해 교육자, 학습자 간의 불평등과 불균형을 해소하고 미래를 선도할 학습 주체의 학습 주권 역량이 교육과정에 스며들어야 한다. 미래 세대에 짙게 드리워진 4차산업혁명의 미래를 냉엄하게 분석하고 자동화 인공지능 시대와 함께해야 하는 미래 세대에 예견되는 폐단을 주동적으로 걷어내는 지속 가능하고 점진적인 변화를 주도해야 한다. 우리

는 지난 5 · 31 교육선언 후 나타난 의도하지 않은 교육의 왜곡 현상에 대해서도 냉철하게 직시해야만 한다. 평준화 탈피 시도가 교육의 계층화, 서열화로 왜곡되었으며 하향식 자율화 시도는 교육현장의 황폐화와 경쟁 심화로 결과적으로는 근대적 관리체제 강화로 귀결되었다는 점을 간과해서는 안 될 것이다.

『4 · 16과 미래』는 진실과 양심, 기억과 기록, 국가와 책임, 공감과 연대, 미래 세대의 주권 실현이라는 다섯 개의 핵심 역량을 갖춤으로써 성찰하는 미래 세대의 기본 인성을 갖추게 함과 동시에, 성찰을 통해 미래 세대의 삶을 주도적으로 이끌어 갈 수 있는 자율성과 책임성을 길러 주고자 하는 실천적 성격의 교과서이다.

'진실과 양심'은 "거짓은 참을 이길 수 없다."는 진리를 믿을 수 있는 진실 공동체와 냉전과 인간에 의한 인간의 착취 구조로부터 비롯된 거짓을 자기로부터의 성찰을 통해 극복할 힘으로서의 양심을 확장하는 역량이다.

'기억과 기록'은 304명의 무고한 국민들이 우리 모두의 눈앞에서 수장되었던 잔혹한 현장을 보존하여 그 현장을 더 생생히 알아갈 수 있게 하고, 다시는 이런 참사가 일어나지 않게 직면할 줄 아는 역량이며 희망을 만드는 역량이다.

'국가와 책임'은 국가권력과 지배체제에 의한 국가폭력의 잘못을 인정하고 다시는 국가권력에 의해 무고한 국민이 희생되지 않는 생명 존중의 안전한 사회를 만들겠다는 우리 모두의 약속을 다짐하고 실천하는 역량이다.

'공감과 연대'는 "가만히 있으라"의 입시경쟁과 획일적 현실, 불공정과 양극화, 대립과 갈등, 불신과 증오를 극복하고 평화를 바탕으로 서로 관계 맺고, 그 관계를 고양하기 위해 어깨 걸고 나아갈 줄 아는 역량이다.

'미래 세대의 주권 실현'은 환경이 급격하게 변화하는 미래시대를 주도적으로 준비하며, 학습·일·삶의 모든 영역에서 바르게 살고 바람직한 공동체를 만들 줄 아는 주인다운 역량이다.

『4·16과 미래』에서는 자신을 존중하고 사랑하는 토대 위에서 자주적인 삶을 살고 자신의 욕구나 감정을 조절하며 이겨낼 수 있는 자기 존중 및 관리 능력, 일상의 문제를 성찰적으로 인식하고 성찰적 판단 및 추론의 탐구 과정을 거쳐 타당한 근거를 가지고 옳고 그름을 분별할 수 있는 비판적 사고 능력, 의사소통 과정에서 타인의 성찰적 요구 인식 및 수용과 이상적인 의사소통 공동체를 지향하면서 타인과 더불어 살아갈 수 있는 공감적 대인관계 능력, 성찰을 전제로 자신 및 타인의 감정을 인식하고 배려할 수 있는 공감적 정서 능력, 진실 규범과 정서 및 유대감을 근간으로 자신이 속한 다양한 공동체의 구성원으로서의 소속감을 갖고 살아갈 수 있는 공동체 의식, 일상 세계에서 자신의 삶을 성찰하는 토대 위에서 4·16의 가치와 미래를 지속적으로 실천할 수 있는 미래 주권 능력을 함양하고자 한다.

다. 목표

(1) 총괄 목표

『4·16과 미래』는 미래 세대가 학습에서 주권을 장악하는 스스로의 자발적이고 창의적이며 목적의식적인, 변화된 시대의 교과서이다. 『4·16과 미래』는 경기도교육청이 4·16교육체제에서 제시한 '배움을 즐기는 학습인', '실천하는 민주시민', '따뜻한 생활인', '함께하는 세계인'을 반영하여 목표를 설정하였다. 『4·16과 미래』는 "'가만히 있으라' 교육은 이제 그만!"이라는 촛불혁명의 요구에 대한 교육적 실천이자 대답이 되는 미래 세대 준비의 핵심 교양을 계승한다. 이를 통해 21세기의 한 개인으로서, 한국인으로서, 세계인으로서 갖추고 있어야 할 핵심 가치를 확고하게 내면화할 수 있게 하는 것을 목표로 한다. 여기에서 말하는 핵심 가치란 '진실과 거짓, 기록과 기억, 국가와 책임, 공감과 연대, 미래 세대의 주권 실현' 등을 말한다. 또한 이와 같은 내면화를 바탕으로, 청소년 민주시민으로서 개인과 공동체의 정의를 삶 속에서 실천할 수 있게 하는 것을 목표로 삼는다.

(2) 학교급별 목표

초등학교와 중학교와 고등학교로 구성된 『4·16과 미래』는 위에서 제시한 총괄 목표를 공동으로 추구하되, 학습자들의 발달 단계 및 처한 환경에 따라 별도의 학교급별 목표를 설정한다.

초등학교 단계에서는 진실과 거짓, 기억과 기록을 중심으로 생명의 소중함과 타인의 아픔에 공감하는 마음을 기르는 데 중점을 둔다. 그리고 이를 학생의 일상생활 가운데 실천하려 노력하며 모두가 바라는 사회를 만들어가는 과정에 대한 학습에 필요한 기본 습관과 기초 능력을 기르고 바른 인성과 상상력을 함양하는 데에 중점을 둔다.

• 생명의 소중함을 알고 이를 일상생활에서 실천하는 습관을 기르며, 풍부한 감수성을 바탕으로 타인의 아픔에 공감하는 능력을 키운다.
• 모두가 바라는 사회 모습으로 발전하기 위한 문제를 발견하고 이

를 해결하려는 기초 능력을 기르고 이를 만들어가는 상상력을 키운다.

- 미래사회의 변화 모습에 대한 이해를 바탕으로 미래사회를 살아가는데 필요한 가치와 갖추어야 할 역량을 키운다.

- 미래에 함께 살아가기 위한 다양한 능력을 키우며 서로 협력하는 마음을 바탕으로 서로 돕고 배려하는 태도를 기른다.

중학교 단계에서는 진실과 거짓, 기억과 기록을 중심으로 한 초등학교 교육의 성과를 바탕으로, 학생의 일상생활과 학습에 필요한 기본 능력을 키우고 바른 인성과 민주시민의 자질을 함양하는 데 중점을 둔다.

- 심신의 조화로운 성장을 바탕으로 자아 정체성을 기르고, 다양한 지식과 경험을 통해 적극적으로 삶의 방향과 미래에 대한 도전의식을 기른다.

- 학습과 생활에 필요한 기본 능력 및 문제 해결력을 바탕으로, 탐구력과 창의적 사고력을 기른다.

- 자신을 둘러싼 세계에서 경험한 내용을 토대로 다양한 문화를 이해하고 공감하는 태도를 익혀 세계시민의 자질을 기른다.

- 공동체 의식을 바탕으로 타인을 존중하고 서로 소통하는 민주시민의 자질과 태도를 기른다.

고등학교 단계에서는 국가와 책임, 공감과 연대, 미래 세대의 주권 실현을 중심으로 한 중학교 교육의 성과를 바탕으로, 학생의 적성과 소질에 맞게 진로를 개척하며 세계와 소통하는 민주시민으로서의 자질을 함양하는 데 중점을 둔다.

- 성숙한 자아의식과 바른 품성을 갖추고, 인간의 존엄이 보장되는 바람직한 미래를 이끌 평생학습의 기본 능력을 기른다.

• 다양한 사회 문제에 관심을 갖고 더불어 살아가는 상생을 실천하고, 새로운 상황에 능동적으로 대처하는 능력을 기른다.

• 구성원에 대한 공감적 이해와 적극적 소통을 바탕으로 인간 중심의 문화 창출에 기여할 수 있는 자질과 태도를 기른다.

• 사회 공동체에 대한 책임감을 바탕으로 배려와 나눔을 실천하며 세계와 소통하는 미래시민으로서의 자질과 태도를 기른다.

6. 『4·16과 미래』의 내용 체계와 성취 기준

가. 내용 체계(고등학교)

* 계기 수업을 위한 단원(소단원) 1차시 별도 구성

영역(대단원)	핵심 가치	내용 요소(소단원)	시수
Ⅰ. 그날의 기록	진실, 기록	1. 세월호가 침몰했습니다. 2. 구해야 했습니다. 3. 언론은 국민의 눈과 귀입니다. 4. 진실을 기록하겠습니다.	4
Ⅱ. 상처와 치유	공감, 치유	1. 가족들을 포기할 수 없습니다. 2. 오늘도 친구를 떠올립니다. 3. 우리는 함께 아팠습니다. 4. 상처를 드러내고 치유합니다.	4
Ⅲ. 성찰과 연대	기억, 성찰, 공동체, 연대, 행동	1. 그들을 기억합니다. 2. 우리를 성찰합니다. 3. 국가를 생각합니다. 4. 연대하고 행동합니다.	4
Ⅳ. 미래 사회와 가치	안전, 권리, 생명과 죽음, 상생과 평화	1. 안전한 미래를 생각합니다. 2. 나의 권리를 선언합니다. 3. 생명과 죽음을 돌아봅니다. 4. 상생과 평화로 나아갑니다.	4

나. 성취 기준(고등학교)

단원명		성취 기준
대단원	소단원	
Ⅰ. 그날의 기록	1. 그날 배가 침몰했습니다.	출항에서 침몰까지 세월호 참사가 일어난 과정을 알아본다.
	2. 그곳에 사람들이 있었습니다.	침몰 당시 세월호에 승선했던 사람들이 보여 준 태도와 행동을 알아보고 그 선택의 의미를 생각해 본다.
	3. 구해야 했습니다	세월호 참사 당시 구조 작업과 당국의 대처에 대해 알아보고 세월호 사고가 사회적 참사가 된 이유에 대해 생각해 본다.
	4. 언론은 사회의 눈과 귀입니다.	언론이 사고 당시에 세월호 참사를 어떻게 보도했는지 살펴보고 언론의 역할과 책임에 대해 생각해 본다.
Ⅱ. 상처와 치유	1. 가족들을 포기할 수 없습니다.	세월호 참사가 유가족에게 남긴 슬픔과 참사를 극복하는 공동체로서 유가족의 행동을 살펴본다.
	2. 친구가 생각납니다.	세월호 참사로 친구를 잃은 학생들의 상처와 이를 극복하기 위한 행동을 살펴본다.
	3. 우리는 함께 아팠습니다.	세월호 참사가 우리 사회에 남긴 트라우마와 이에 대처했던 사회 구성원들의 태도를 살펴본다.
	4. 슬픔을 기록해야 합니다.	세월호 참사의 기록이 지니는 의미를 이해한다.
Ⅲ. 성찰과 연대	1. 그들을 기억합니다.	세월호 참사를 기억해야 하는 이유를 살펴본다.
	2. 우리를 성찰합니다.	세월호 참사를 계기로 인식하게 된 우리 사회의 문제를 통해, 우리가 지향해야 할 가치를 살펴본다.
	3. 예술로 치유합니다.	세월호 참사와 관련된 예술의 사회적 역할과 치유적 기능을 이해한다.
	4. 연대하고 행동합니다.	세월호 참사 이후의 사회적 연대 활동을 살펴본다.

IV. 미래 사회와 가치	1. 안전한 미래를 생각합니다.	안전이 국민의 권리임을 알고 안전한 미래를 위해 우리가 할 수 있는 일이 무엇인지 살펴본다.
	2. 나의 권리를 선언합니다.	4·16 인권 선언을 통해 인간으로서의 기본 권리를 생각해 보고, 인권을 보장받기 위해 우리가 해야 할 노력이 무엇인지 살펴본다.
	3. 생명과 죽음을 돌아봅니다.	세월호 참사의 교훈을 바탕으로, 생명과 죽음을 대하는 우리의 태도를 성찰한다.
	4. 상생과 평화로 나아갑니다.	세월호 참사의 아픔을 딛고 상생과 평화의 미래로 나아가기 위해 어떤 노력이 필요한지 생각해 본다.

7. 『4·16과 미래』의 교수·학습 및 평가 방향

가. 교수·학습 방향(고등학교)

(가) 세월호 참사의 원인과 과정에 대한 이해를 바탕으로, 세월호 참사가 남긴 슬픔에 공감하고 세월호 참사의 원인이 된 우리 사회의 문제를 성찰함으로써, 생명과 인권을 소중히 여기고 상생과 평화의 미래를 추구하는 가치관을 함양하도록 교수·학습을 전개한다.

(나) 세월호 참사와 관련된 다양한 학습 경험을 제공하여 학습자가 자기주도적으로 수업에 참여할 수 있도록 한다.

(다) 세월호 참사와 관련된 다양한 가치를 확인하고, 가치 탐구 능력을 신장하며, 공동체 구성원으로서 요구되는 민주적 가치 태도를 함양할 수 있도록 한다.

(라) 학습자의 실생활과 관련된 구체적인 사례를 최대한 활용하여 바람직한 시민의식과 고차적 사고력이 형성되도록 한다.

(마) 교과서의 내용을 순차적으로 똑같은 비중으로 다루기보다 타 교과와의 연계성을 살려 소주제의 순서를 조정하거나 몇 개의 주제를 합하여 새롭게 구성하는 방안을 고려한다.

(바) 일상생활에서 직간접적으로 경험하게 되는 사회 문제를 세월호 참사와 관련지어 이해하고 종합할 수 있는 능력을 신장시킬 수 있게 교수·학습 방안을 모색한다.

(사) 세월호 참사와 관련하여 반드시 알아야 할 사실적인 부분과 이를 통해 사고를 확장할 수 있는 부분을 명확히 구분하여 제시함으로써 학생들의 학습량과 난이도를 조절한다.

(아) 세월호 참사를 다른 사회현상과 관련지어 전체적, 종합적으로 이해할 수 있도록 예술 작품, 신문 기사, 방송물, 영화, 역사 기록물 등 다양한 유형의 소재를 활용하도록 한다.

(자) 세월호 참사와 관련된 학습 내용에 따라 개념학습, 주제학습, 인물학습, 탐구학습, 토론학습, 협동학습, 프로젝트학습 등 다양한 교수·학습 모형을 활용한다.

(차) 고등학교의 타 교과와 연계 또는 결합하여 교수·학습 활동을 할 수 있다.

나. 평가 방향(고등학교)
(가) 교사는 다양한 방법을 적용하여 학생들의 학습 과정과 결과를 종합적으로 평가한다.

(나) 평가는 교육의 한 과정으로서 학습자의 학습 과정과 학습 내용의 성취수준을 이해하고 발달을 돕는 차원에 중점을 두어 실시한다.

(다) 평가는 성취 기준에 근거하여 실시하되 학습목표 및 내용, 탐구활

동, 교수·학습 방법과 평가 방법이 유기적으로 연계될 수 있도록 한다.

(라) 평가 결과는 학생들의 정신적이고 도덕적인 인성 성장, 즉 '인성의 발달'을 촉진하는 데 활용하며, 교사 자신의 교수방법 개선에도 활용한다.

(마) 선택형과 서술형, 논술형을 포함한 지필평가, 자기보고, 구술평가, 토론 과정 및 발표에 대한 관찰평가, 학생 상호평가, 면접법, 포트폴리오 등 여러 평가 방법을 적용하여 합리적인 평가가 이루어질 수 있도록 한다.

(바) 사회 문제와 관련된 자신의 경험 또는 자신이 관찰한 사례를 일기나 관찰 자료 등으로 표현할 수 있도록 학급 일기 프로젝트 등과 같은 평가 방법을 활용한다.

(사) 우리나라의 사회 현실을 이해하고 문제를 해결하며 이를 실제 생활에 적용할 수 있도록 체험 중심의 수행평가를 활용한다.

(아) 사회적 쟁점에 대한 상호토론의 과정을 평가하여 자신의 판단을 다른 사람 및 사회적 인식과 비교해 볼 수 있는 기회를 제공한다.

(자) 사회 문제 해결을 위한 참여를 평가하기 위해 관련 캠페인을 구상하고 실제 참여하는 과정에 대해 평가할 수 있다.

(차) 사회 문제 탐구 과정에서 학생들이 특정 입장에 편향되지 않도록 입장 바꾸어 주장해 보기, 입장 바꾸어 상황을 설명해 보기 등과 같은 평가 방법을 활용한다.

필자 약력

¶**강 물**　　　　　　2004년 소설 동인 '뒷북' 창간호에 「다락방과 나비」, 「풀벌레의 집」을 발표하며 작품 활동 시작. 소설집 『스캔』을 냈으며, '23.5℃' 동인으로 활동 중이다.

¶**공정배**　　　　　　1998년 『노동해방문학』, 1990년 『한길문학』 으로 작품 활동 시작. 시집 『모여살기』가 있으며, 덕소고 수석교사 및 한양대학교 겸임교수로 근무 중이다.

¶**권순긍**　　　　　　『활자본 고소설의 편폭과 지향』, 『고전소설의 풍 자와 미학』, 『고전소설과 스토리텔링』, 『헌 집 줄게, 새 집 다오─고전소설 의 근대적 변개와 콘텐츠』 등과 문학평론집 『역사와 문학적 진실』을 냈으 며, 현재 세명대학교 미디어문화학부 한국어문학과 교수로 재직 중이다.

¶**김경옥**　　　　　　2003년 〈무등일보〉 신춘문예 당선, 2004년 『시와 사람』 신인문학상 수상으로 작품 활동 시작. 시집 『기러기의 죽음』을 냈다.

¶ **김경윤**　　　　　　　　1989년 무크지 『민족현실과 문학운동』으로 작품 활동 시작, 시집 『아름다운 사람의 마을에서 살고 싶다』, 『신발의 행자』, 『바람의 사원』, 『슬픔의 바닥』을 냈다.

¶ **김민곤**　　　　　　　　프랑스어 교사로 36년 근무하고 2016년에 정년 퇴임 기념 시집 『우포주막』을 냈다.

¶ **김성장**　　　　　　　　시집 『서로 다른 두 자리』, 『눈물은 한때 우리가 바다에 살았던 흔적』, 정지용 시 해설서 『아무러치도 않고 여쁠 것도 없는』, 손글씨 시집 『내 밥그릇』, 문학관 답사기 『시로 만든 집 14채』가 있다. 현재 세종손글씨연구소 소장으로 활동하고 있다.

¶ **김수연**　　　　　　　　현재 서울 숭덕초등학교 교사이며, 에듀콜라(https://www.educolla.kr/)에 교육 관련 글과 독서교육신문에 '김수연의 지독한 창작소'를 연재하고 있다.

¶ **김영언**　　　　　　　　『교사문학』과 『황해문화』에 작품을 발표하며 활동 시작. 계간문예 『다층』 신인상 수상. 시집 『아무도 주워 가지 않는 세월』, 『집 없는 시대의 자화상』을 냈다.

¶ **김영춘**　　　　　　　　1988년 『실천문학』 복간호를 통해 작품 활동 시작. 시집 『바람이 소리를 만나면』, 『나비의 사상』을 냈다.

¶ **김윤현**   1984년 『분단시대』로 작품 활동 시작. 시집 『들꽃을 엿듣다』, 『지동설』, 『발에 차이는 돌도 경전이다』 등이 있으며, 『사람의 문학』 창간 및 편집위원으로 활동 중이다.

¶ **김재환**   2001년 『작가정신』으로 작품 활동 시작. 시집 『친구를 잊기 위하여』, 산문집 『사람은 얕고 강은 깊다』를 냈다.

¶ **김종인**   1983년 『세계의 문학』과 〈분단시대〉 동인으로 작품 활동 시작. 시집 『아이들은 내게 한 송이 꽃이 되라 하네』, 『나무들의 사랑』, 『내 마음의 수평선』, 『희망이란 놈』 등을 냈다.

¶ **김진호**   자카르타한국국제학교, 하노이한국학교 등에서 국어를 가르쳤으며, 현재 한국국제교류재단 객원교수로 베트남 달랏대학교에 재직 중이다. 『홍길동전: 차별 없는 세상은 없을까?』와 공저 『삶을 위한 문학교육』을 냈다.

¶ **김태철**   1989년부터 전국대학생문학연합을 만들고, 2003년 『문학마을』에 서사시 「치우(蚩尤)의 노래」로 작품 활동 시작. 시극 「청동단검」을 극작하고 공연함. 416교육연구소 소장으로 활동하고 있다.

¶ **나종입**   월간 『한국시』에 시, 계간 『세계의 문학』에 소설 신인상으로 작품 활동 시작. 시집 『아내 엿보기』, 『어머니의 언어』 등을 냈으며, 백호문학회 회장으로 활동하고 있다.